Robert A Heinlein

금붕어 어항

Goldfish Bowl

금붕어 어항

조호근 최세진 옮김

로버트 A. 하인라인 중단편 전집 7

ROBERT A. HEINLEIN

아작

차례

✳

✳

그들은

They

조호근 옮김

✦ 1941년 4월호 〈언노운(Unknown)〉에 발표

그들은 그를 혼자 두지 않았다.

앞으로도 그들은 절대 그를 혼자 두지 않을 것이다. 그들이 그러는 것역시 자신을 향한 음모의 일부라는 사실을 그는 깨달았다. 그를 마음 편하게 놔두지도, 그들이 말한 거짓말을 곱씹어볼 기회를 주지도, 모순을짚어낼 시간을 주지도, 스스로의 힘으로 진실을 밝혀내게 두지도 않을것이다.

오늘 아침의 그 간병인은 대체 뭐였지! 간병인이 아침 식사 쟁반을들고 문을 벌컥 열고 들어오며 그를 깨우는 바람에, 꿈의 내용을 완전히잊어버리고 말았다. 그 꿈이 기억나기만 한다면….

누군가 문의 자물쇠를 푸는 소리가 들렸다. 그는 그 소리를 무시했다.

"잘 있었나, 이 친구야. 사람들이 그러는데 아침을 안 먹겠다고 했다면서?" 헤이워드 박사의 전문가다운 친절한 얼굴이 그의 침대 위로 드리웠다.

"배가 안 고팠습니다."

"하지만 그러면 우리가 곤란한데. 몸이 허약해지면 말끔하게 치료해

줄 수가 없거든. 이제 일어나서 옷을 챙겨 입게. 에그노그를 하나 시켜줄 테니까. 그래, 착하지!"

내키지 않았지만 당장 감정싸움을 시작하고 싶지는 않았다. 그는 침대에서 일어나 가운을 걸쳤다. "좀 낫군.. 담배 한 대 하겠나?" 헤이워드가 만족한 듯 말했다.

"아뇨, 괜찮습니다."

의사는 영문을 모르겠다는 투로 고개를 저었다. "자네가 뭘 원하는지 도저히 알아맞힐 수가 없단 말이야. 자네와 같은 증상에서는 육체적 쾌락에 흥미를 잃는 일은 별로 없는데."

"저와 같은 증상이 뭡니까?" 그는 평온한 투로 물었다.

"안 되지! 안 돼!" 헤이워드는 익살스럽게 보이려고 노력하는 듯했다. "의사라는 직업의 비밀을 전부 까발려버렸다가, 먹고살려고 제대로 일을 해야 하는 사태가 벌어지면 곤란하단 말이야."

"제 증상이 뭐길래 그럽니까?"

"글쎄. 병명이 중요한 건 아니잖나? 자네가 내게 말해주는 건 어떻겠나. 나는 정말로 자네 증상에 대해 아직 아는 게 없어. 다시 대화를 나눌 시간이 되었다고 생각하지 않나?"

"체스나 두죠."

"좋아, 좋아." 헤이워드는 초조한 듯 양보하는 손짓을 보이며 말했다. "일주일 내내 매일 체스를 두지 않았나. 자네가 나와 대화를 해준다면 같이 체스를 두기로 하지."

무슨 상관인가? 그의 생각대로라면, 그들은 이미 그가 음모를 눈치챘다는 사실을 잘 알고 있을 것이었다. 명백한 사실을 숨긴다고 해서 득 될 일은 없었다. 그들이 그를 설득하는 꼴이나 구경해 보자. 되는대로 흘러가라고 하지, 뭐! 전부 박살 나버려라!

그는 체스 말을 꺼내어 판 위에 늘어놓기 시작했다. "지금까지 제 증상에 대해서 얼마나 알아내신 겁니까?"

"거의 없지. 신체검사 결과도 문제없고, 과거 병력도 없어. 자네의 학교 성적과 직장에서의 성공을 보면 지능이 높다는 것도 확인할 수 있고. 가끔씩 우울해지기는 해도 보통 수준 이상은 아니야. 도움이 되는 정보라고는 자네가 치료를 받으러 온 계기가 되었던 사건뿐이라네."

"끌려온 것이라고 해야겠지요. 그 일이 대체 뭐가 문제라는 겁니까?"

"글쎄, 이 친구야, 생각 좀 해보게. 방 안에 틀어박혀서 아내가 자기를 처리할 음모를 꾸미고 있다고 주장하면, 사람들이 당연히 걱정스럽게 보지 않겠나?"

"하지만 제 아내가 음모를 꾸미고 있던 것은 사실입니다. 당신도 그렇고요. 백입니까, 흑입니까?"

"흑이어야겠지. 자네가 먼저 공격할 차례니까. 왜 우리가 자네를 상대로 음모를 꾸미고 있다고 생각하는 건가?"

"복잡한 이야기입니다. 제 어린 시절까지 거슬러 올라가요. 하지만 보다 최근에 일어난 사건이 있기는 했지요…." 그는 흰색 킹 쪽의 나이트를 KB3으로 옮기며 게임을 시작했다. 헤이워드는 눈썹을 치켜 올렸다.

"피아노 공격*을 시도하는 건가?"

"안 될 게 뭡니까? 선생님이 상대면 도박수를 안전하게 쓸 수가 없지요. 선생님도 알고 계실 텐데요."

의사는 어깨를 으쓱하고는 자기 말을 옮겼다. "자네 어린 시절부터 시작해보는 것은 어떤가. 최근 사건보다 더 도움이 될 것 같은데. 어릴 적에 학대를 당했다고 생각하지는 않나?"

"아닙니다!" 그는 반쯤 의자에서 몸을 일으켰다. "어릴 적에 저는 스스로에 대해 확신을 품고 있었습니다. 분명히 말하지만, 알고 있었어요! 삶은 가치 있는 것이었고, 저는 그 사실을 알고 있었습니다. 제 주변과 자신에게 만족하고 있었습니다. 행복한 삶이었고, 착한 아이였고, 주변

---

* 체스의 시작 방식 중 하나로, '조용한 공격'이라는 뜻이다.

사람들도 저와 같은 존재일 것이라고 가정하고 있었습니다."

"그런데 아니었다?"

"전혀 아니었지요! 특히 아이들이요. 다른 아이들과 함께 어울리기 전까지는 잔혹함이 무엇인지 알지도 못했습니다. 그 꼬마 악마들이라니! 그런데 그런 아이들처럼 행동하며 함께 어울려 놀라는 말을 들었단 말입니다."

의사는 고개를 끄덕였다. "나도 알고 있네. 군집 강요라고 하지. 아이들은 때로는 꽤 잔인하게 굴 수 있다네."

"제 말의 요점을 놓치셨군요. 건전하게 거친 행동이 아니었습니다. 그 짐승들은 완전히 달랐어요. 저 자신과는 조금도 비슷하지 않았습니다. 저와 비슷하게 생겼지만 비슷한 존재가 아니었습니다. 제게 중요한 일을 그중 하나에게 말하려고 하면, 놈들은 그저 저를 바라보며 비웃을 뿐이었습니다. 그러고는 그런 말을 했다는 이유로 제게 벌을 내릴 방법을 찾아냈지요."

헤이워드는 고개를 끄덕였다. "무슨 뜻인지 알겠네. 어른들은 어땠나?"

"그쪽은 조금 달랐습니다. 아주 어린 아이들에게 어른이란 별 영향력 없는 존재입니다. 아니, 적어도 저한테는 그랬죠. 너무 크고, 저를 귀찮게 하지도 않고, 제 주의가 미치지 않는 일 때문에 바빴습니다. 제 존재가 그들에게 영향을 끼친다는 사실을 눈치채고 나서야 어른들에게 신경을 쓰게 되었죠."

"어떤 식으로 말인가?"

"글쎄요, 제가 있으면 제가 없을 때 하는 일들을 안 하더군요."

헤이워드는 그를 찬찬히 살펴보았다. "설명이 꽤 많이 필요한 주장이라고 생각하지 않나? 자네가 없을 때 무엇을 하는지 어떻게 알 수 있었단 말인가?"

그는 그 지적을 인정했다. "하지만 하다 멈추는 모습은 보았으니까요. 제가 방에 들어서면 갑자기 대화가 끊기곤 했습니다. 그러고는 날씨나

기타 비슷한 어리석은 화제로 바뀌곤 했지요. 그 후로는 숨어서 귀를 기울이고 지켜보는 쪽을 택했습니다. 어른들은 제가 있으면 평소와 다른 행동을 취하더군요."

"자네 차례일세. 하지만 생각 좀 해보게, 이 친구야. 어릴 적 일이지 않은가. 모든 아이들은 그런 시기를 지나게 마련일세. 이제 어른이 되었으니 어른의 관점을 받아들여야 하지 않겠나. 아이들은 묘한 동물이니까, 성인의 관심사로부터 지켜줄 필요가 있기 마련이야. 적어도 우리는 그렇게 하니까. 이런 일은 그저 사회적인 관습일 뿐이고…."

"알아요, 압니다." 그는 참지 못하고 말을 끊었다. "저도 다 압니다. 하지만 그때 보고 기억한 것들은 훗날이 되어도 명확하게 이해가 되지 않더군요. 그리고 그렇게 경계를 하고 지내니 다음 것이 보였습니다."

"그건 뭐였나?" 의사가 자기 룩을 똑바로 세우는 척하며 눈을 피하는 모습이 그의 눈에 들어왔다.

"제가 직접 보는 동안에는 사람들이 중요한 말이나 행동을 전혀 하지 않는다는 것이었지요. 다른 뭔가를 하는 것이 명백했습니다."

"무슨 말인지 모르겠는데."

"모르는 쪽을 선택한 거겠지요. 이것도 체스 한 판의 대가로 드리는 말씀일 뿐입니다."

"체스는 대체 왜 그렇게 좋아하나?"

"세계에서 단 하나뿐인, 제가 모든 요소를 확인하고 규칙을 이해할 수 있는 놀이이기 때문입니다. 신경 쓰지 마세요. 제 주변에는 거대한 발전소, 도시, 농장, 공장, 교회, 학교, 주택, 철도, 화물, 롤러코스터, 나무, 색소폰, 도서관, 사람과 동물들이 있습니다. 다른 사람들이 말하는 것이 사실이라면, 저와 비슷하게 생겼고 비슷한 감정을 가진 사람들이 있습니다. 그런데 그들이 대체 무엇을 하고 있습니까? '직장에 가서 돈을 벌어서 음식을 사서 힘을 얻어서, 다시 직장에 가서 돈을 벌어서 음식을 사서 힘을 얻고, 또 직장에 가서 힘을 얻어서 음식을 사서 돈을 벌어서….' 그러다 쓰러져 죽는 겁니다. 이런 기본적인 패턴에서 슬쩍 벗어나도 달라질 것은 없습니다. 결국 마지막에는 죽어 나자빠질 테니까. 그런데 나도 똑같은 짓을 하라고 모두가 강요한단 말입니다. 내가 넘어갈 줄 알고!"

의사는 완전히 항복한다는 표정으로 그를 바라보며 웃었다. "반박할 여지가 없군. 삶은 분명 그런 모습이고, 어쩌면 자네 말대로 아무 의미도 없을지도 모르지. 하지만 우리에게는 단 하나뿐인 삶이지 않은가. 마음을 다잡고 최대한 즐기는 편이 낫지 않겠나?"

"아니, 아니죠!" 그의 완고한 얼굴에 기분이 상한 표정이 떠올랐다. "아예 모르는 척한다고 그런 말도 안 되는 논리를 제가 받아들일 것 같습니까. 제가 어떻게 아느냐고요? 이 모든 복잡한 무대장치와 수많은 배우를 투입해놓고는, 그런 한심한 대화나 지껄이며 시간을 낭비하게 할 리가 없으니까요. 절대로 그건 아닙니다. 분명 다른 이유가 있을 겁니다. 지금 제 주변을 둘러싸고 있는 복잡하고 거대한 광기는 누군가가 계획한 것일 수밖에 없습니다. 그리고 저는 그 계획을 발견해냈습니다!"

"그게 뭔가?"

그는 의사가 다시 눈길을 돌리는 것을 알아챘다.

"제 주의를 돌리기 위한 연극인 겁니다. 정신을 사로잡아 혼란하게 만들고, 세부 사항에 집착하게 만들어 제가 그 본질을 파악하지 못하게 하는 거지요. 당신들이, 당신들 모두가 그 연극의 일부인 겁니다." 그는 의사의 눈앞에서 손가락을 흔들어 보였다. "대부분은 시키는 대로 따르는 로봇 같은 사람들일지도 모르지만, 당신은 아닙니다. 당신은 음모의 주동자 중 하나예요. 나를 주어진 역할로 돌려보내려고 해결사로 투입된 사람이죠!"

그는 의사가 자신이 진정하기를 기다리고 있다는 사실을 깨달았다.

"진정 좀 하게." 마침내 헤이워드가 입을 열었다. "어쩌면 세상 모든 것이 음모일지도 모르지. 하지만 하필이면 자네에게 특별히 관심을 기울인다고 생각할 이유가 뭔가? 어쩌면 우리 모두가 겪는 장난질일지도 모르지 않나. 나 역시 자네와 마찬가지로 피해자일 수도 있지 않겠나?"

"걸렸군!" 그는 헤이워드에게 손가락질을 해댔다. "이 음모의 본질이 바로 그겁니다. 음모의 중심이 저라는 사실을 알아차리지 못하게 하려고, 이 짐승들을 모두 저와 비슷한 모습으로 위장해놓은 거죠. 하지만 저는 열쇠가 되는 중요한 사실을 알아차렸어요. 수학적으로 부인할 수가 없는, 나 자신이 유일하다는 사실을 말입니다. 나는 여기 내부에 들어앉아 있습니다. 세계는 내 바깥으로 뻗어나가죠. 나는 이 세계의 중심이고…."

"진정하게, 이 친구야, 진정해! 이 세계가 나에게도 그런 식으로 보인다는 사실을 모르겠나? 우리는 각자 우주의 중심인 게야…."

"아닙니다! 당신네들은 내가 그렇게 생각하게 만들려고 했죠. 비슷한 수백만 명의 사람 중 하나라고. 틀렸습니다! 만약 그들이 나와 같다면, 나는 그들과 대화를 할 수가 있겠죠. 하지만 불가능합니다. 시도하고 또 시도해봤지만 불가능했어요. 내면의 생각을 드러내 보이면서, 같은 생각을 품은 다른 누군가를 찾아 헤맸습니다. 그 대가로 무얼 얻었죠? 잘못된 대답, 격렬한 모순, 의미 없는 외설적인 대화뿐입니다. 분명히 말하는데, 나도 시도해봤다고요. 젠장! 얼마나 노력했는데! 하지만 저 밖에는 나와 이야기할 사람이 없습니다. 무의미한 공허와 타자성뿐입니다!"

"잠깐 기다려보게. 그러면 자네는 지금 이 대화에서 내 쪽에는 아무도 있지 않다고 생각하는 건가? 내가 살아 있고 의식을 가진 존재라고 믿지 않는다는 말인가?"

그는 침착하게 의사를 바라보았다. "아니요, 살아 있는 존재지만 다른 이들과 마찬가지라고 생각합니다. 제 적이죠. 당신들은 내 주변에 공허한 얼굴의 생명 없는 존재들을, 대화랍시고 아무 의미 없는 소음밖에 내지 못하는 자들을 수천이나 세워놓았습니다."

"좋아, 그러면 내가 자아를 가지고 있다는 사실을 인정하면서도, 내가 자네와 그토록 다른 존재라고 생각하는 이유는 뭔가?"

"왜냐고요? 기다려보시죠!" 그는 체스 탁자를 밀어놓고 옷장으로 가서 바이올린 케이스를 꺼냈다.

바이올린을 연주하는 동안, 그의 얼굴에서 고통에 찬 주름살이 사라지고 긴장이 풀린 아름다운 표정이 나타났다. 한순간이나마 그는 꿈속에서 느꼈던 감정을 되찾은 듯했다. 꿈속에서 깨달았던 사실은 돌아오지 않았지만, 바이올린의 선율은 필연적이고 자연스러운 논리를 따라 한 소절에서 다음 소절로 옮겨 갔다. 그는 한 악장을 장중하게 끝마친 후 의사를 돌아보았다. "어떻습니까?"

"흠…." 의사는 한층 더 조심해서 말을 고르는 모습이었다. "묘한 곡이긴 하지만 훌륭하군. 자네가 제대로 바이올린을 배우지 않은 것이 아쉽네. 꽤 명성을 얻었을 것 같은데 말일세. 지금부터 시작해도 되지 않겠나. 해보는 것이 어떤가? 자네 그럴 만한 재력은 있는 사람 아닌가."

그는 한동안 그대로 서서 의사를 바라보고 있다가 정신을 차리려는 듯 고개를 저었다. "아무 소용 없군요." 그는 천천히 말을 이었다. "아무 쓸모 없는 짓이었어. 대화가 될 가능성 자체가 없는데. 나는 혼자인 거야." 그는 바이올린을 케이스에 집어넣은 다음 체스 탁자로 돌아왔다. "내 차례였던 것 같죠?"

"그래. 자네 여왕을 지키게."

그는 체스판을 살펴보았다. "그럴 필요 없군요. 여왕이 필요하지 않으니까. 체크."

의사는 폰을 움직여 그 공격을 막았다.

그는 고개를 끄덕였다. "폰을 잘 쓰시긴 하는데, 대충 선생님 수법이 예상이 갑니다. 다시 체크. 아마 이번에는 체크메이트일 것 같은데요."

의사는 새로운 상황을 확인했다. "아니. 아무래도 아닌 듯하군." 그는 공격을 받는 칸에서 물러났다. "체크메이트가 아니야. 기껏해야 교착상태일 뿐이지. 그래, 또 수가 막혀버렸군."

그는 의사의 방문에 짜증이 나고 있었다. 기본적으로 그가 틀릴 리 없었지만, 의사는 그의 생각 속에서 논리적 구멍을 지적해냈다. 논리적 관점에서 보면 세계 전체가 모든 사람에게 거짓을 주입한다고 생각하는 편이 옳았다. 하지만 논리 따위에는 아무런 의미가 없다. 논리 자체가 속임수니까. 증명되지 않은 가정을 기반으로 하면 뭐든 증명해버릴 수 있는 것 아닌가. 세계 자체가 속임수인 것이다! 그리고 그 안에서는 속임수의 증거를 명확하게 찾아볼 수 있었다.

정말로 그럴까? 사실을 파헤쳐나갈 단서가 존재하기는 하는가? 명확한 사실을 따로 구분해 그 사실만을 바탕으로 이 세계를 합리적으로 해석하는 일이 가능할까. 복잡한 논리나 불확실한 숨겨진 가정들을 전부 배제한 상태로 말이다. 좋아, 시도는 해보자고….

첫 번째 사실, 자신. 자신은 직접적으로 파악할 수 있다. 나는 존재한다.

두 번째 사실, 그의 '오감'에 의한 증거. 물리적 감각을 통해, 그가 직접 보고 듣고 냄새를 맡고 맛본 사실들. 나름의 한계는 있지만, 자신의 감각을 믿어야만 한다. 감각이 없으면 그는 완벽하게 고립되어 벽장 속에 갇혀 눈이 멀고 귀가 들리지 않는, 세상에 단 하나뿐인 존재가 될 테니까.

그리고 그런 상태는 아니었다. 그는 감각을 통해 들어오는 정보들이 자신이 만들어낸 것이 아니라는 사실을 알고 있었다. 자신의 외부에 무언가 있는 것이 분명하다. 그의 감각이 기록하는 내용을 만들어내는 존재들이. 물질세계에는 아무것도 없으며, 존재하는 것은 자신의 상상뿐이라는 철학 나부랭이들은 전부 헛소리일 뿐이다.

하지만 그 너머에는 또 무엇이 있을까? 그가 의지할 수 있는 세 번째 사실이 존재할까? 아니, 지금 상태로는 없었다. 들은 이야기나 읽은 이야기, 주변 사람들이 자동적으로 사실이라 가정하는 내용은 믿을 엄두가 나지 않았다. 아니, 전혀 믿을 수가 없었다. 듣거나 읽거나 학교에서 배운 내용을 전부 더해보면, 서로 너무 모순되고, 너무 의미가 없으며, 너무 말도 안 되는 내용이라 직접 확인하지 않고는 아무것도 믿을 수가 없었다.

잠깐만. 이런 거짓말 자체, 그 말도 안 되는 모순 그 자체야말로 그가 직접 확인한 사실일 수도 있다. 어떻게 보면 그 모두가 자료, 아마도 매우 중요한 자료인 것이다.

그가 보아온 세계는 비이성의 한 조각, 지적장애인의 꿈과도 같았다. 그러나 이렇게 방대한 규모의 거짓말을 유지하는 데에는 분명 이유가 있을 것이다. 그는 힘겹게 원점으로 돌아왔다. 세계가 그의 눈에 보이는 것처럼 미친 곳일 리는 없을 테니, 그에게 진실을 숨기기 위해 미친 곳처럼 보이도록 구성해놓은 것이 명백하다.

왜 그에게 이런 짓을 한 것일까? 속임수 뒤에 어떤 진실이 숨어 있기에? 속임수 그 자체 안에 뭔가 단서가 있는 것은 분명했다. 그 모든 속임수를 관통하는 실마리가 존재할까? 글쎄, 우선 주변의 세계에 대한 수많은 설명들, 그러니까 철학, 종교, '상식적인' 설명 따위가 주어졌다. 그것들 대부분은 너무 허술하고, 너무 부적합하거나 무의미해서, 진지하게 받아들이기가 힘들었다. 아마 그들이 그의 주의를 돌리기 위해 심어놓은 내용일 것이다.

그러나 그 주변의 광기에 대한 수백 가지의 설명 속에는 몇 가지 공통적인 가정이 숨어 있었다. 그가 이런 기본적 가정을 받아들이기를 원하는 것이 명백했다. 예를 들어 그런 모든 설명에는 그가 '인간'이라는 가정이 숨어 있었다. 자신이 주변의 수백만 사람들, 과거와 미래에 존재했고 존재할 수십조 명의 인류와 동류라는 가정.

말도 안 되는 소리다! 그는 주변에 가득한, 그와 흡사한 모습이지만 본질은 다른 사람들과 제대로 의사소통을 해본 적이 없었다. 고독의 고통 속에서, 그는 아내 앨리스가 자신을 이해해주는 동류일 것이라고 자신을 기만했다. 지금에 와서는 당시 자신이 수천 가지나 되는 작은 불일치점을 외면하고 분석을 거부했다는 사실을 잘 알고 있었다. 완벽한 고독 속으로 돌아간다는 생각조차 견딜 수가 없었기 때문이었다. 아내만은 자신의 내면의 생각을 이해해주는, 살아 숨 쉬는 동족이라고 믿어야 했다. 그녀가 단순한 거울이나 메아리, 아니면 상상할 수조차 없는 더 끔찍한 무언가라는 가능성은 떠올리는 것조차 거부해왔다.

동반자를 발견하자 세계는 더욱 견딜 만한 장소가 되었다. 여전히 단조롭고 어리석고 사소한 불쾌함으로 가득하기는 했지만 말이다. 그는 어느 정도 행복해졌고, 의심을 잠시 멈출 수 있었다. 그는 얌전하게 자신에게 주어진 쳇바퀴를 받아들였다. 아주 사소한 실수가 순간 거짓의 장막을 헤집고 들어와, 훨씬 강렬해진 의심이 되돌아올 때까지는 그랬다. 어린 시절에 깨우쳤던 고통스러운 사실이 다시금 증명된 셈이었다.

사태를 이렇게 키우다니 어리석은 짓이었다. 입을 다물고 있었다면 그들이 자신을 감금하는 일도 없었을 것이었다. 그들과 마찬가지로 교활하고 은밀하게 움직이면서, 눈과 귀를 열어놓고는 자신을 대상으로 벌어지는 음모의 세부 사항이나 이유를 알아냈어야 했다. 피해갈 방법을 알 수 있었을지도 모른다.

하지만 감금한들 뭐가 달라지겠는가. 온 세상이 수용소이며, 모두가 그의 간수인 마당에.

열쇠가 자물쇠에 긁히는 소리가 났다. 고개를 들자 간병인 한 명이 쟁반을 들고 들어오는 모습이 보였다. "저녁 식사입니다, 선생님."

"고마워요, 조." 그가 부드럽게 말했다. "그냥 거기 내려놓으세요."

"오늘 밤에는 영화 상영이 있습니다." 직원이 말을 이었다. "가시겠습니까? 헤이워드 박사님 말로는 선생님이…."

"아니, 괜찮아요. 안 가는 편이 좋겠어요."

"가셨으면 하는데요, 선생님." 그는 직원이 보이는 강렬한 권고의 태도에 속으로 즐거워했다. "박사님이 원하시는 것 같습니다. 좋은 영화던데요. 미키 마우스 만화영화도 나오고…."

"거의 설득당할 지경이로군요, 조." 그는 수동적인 수용의 태도를 보이며 말했다. "미키 마우스 역시 근본적으로 나와 같은 문제를 겪고 있는 셈이죠. 그래도 안 가겠어요. 오늘 밤에는 영화를 상영할 필요 없어요."

"아, 하지만 영화는 어찌 됐든 상영할 겁니다, 선생님. 다른 손님들도 참석하실 거거든요."

"정말인가요? 그 정도로 철두철미한 건가요, 아니면 나하고 대화할 때만 그런 척하는 건가요? 혹시나 당신에게 부담될까 해서 하는 말입니다만, 그럴 필요는 없어요, 조. 나도 일이 어떻게 돌아가는지는 알고 있으니까. 내가 참석하지 않으면 영화 상영을 하는 의미가 없겠죠."

이 공격에 대해 간병인이 보이는 웃음이 마음에 들었다. 이 사람도 그저 이런 모습으로 보이도록 만들어진 존재일 수 있을까? 큼직한 근육, 침착한 태도, 관용적이고 개처럼 충직한 모습으로? 아니면 저 친절한 눈의 안쪽은 텅 비어 있고, 그저 로봇의 반사 작용으로만 움직이는 것은 아닐까? 아니, 그 역시 그들 중 하나일 가능성이 더 컸다. 이토록 그와 가까운 곳에서 시중을 드는 역할이니까.

직원이 떠나자 그는 서둘러 저녁 식사를 했다. 유일하게 주어지는 도구인 숟가락을 사용해 잘게 잘린 상태로 나오는 고기를 떠먹었다. 그는 다시 한 번 그들의 조심성과 세심함에 웃었다. 그럴 위험은 조금도 없는데. 사태의 진상을 파악하는 데 도움이 되는 한 이 육체를 파괴할 생각은 없었다. 그런 돌이킬 수 없는 수단을 취하기 전에 일단 여러 가지를 조사해봐야 했다.

식사를 끝난 후, 그는 생각을 정리하기 위해 글을 적어보기로 하고 종이를 가져왔다. 그는 우선 '일생' 동안 주입당한 기본적인 가정을 정리하기로 했다. 일생이라? 그래, 나쁘지 않은 속임수였다. 그는 다음과 같이 적어 내려갔다.

나는 특정한 몇 해 전에 세상에 태어났으며, 비슷한 정도의 시간이 흐르고 나면 죽을 거라는 말을 들어왔다. 내가 태어나기 전에 어디에 있었으며, 내가 죽은 후에 어떻게 될 것인가를 설명해주는 여러 가지 어색한 이야기를 듣기도 했다. 그러나 그 모두는 조악한 거짓말이다. 속이는 것이 아니라 잘못된 방향을 가리키는 것이 목적이다. 내 주변의 세계는 어떻게 보아도 내가 필멸자일 뿐이라고 확신하고 있다. 이곳에서 잠시 머무르다, 몇 년 후면 완벽하게 사라져서 존재 자체가 소멸될 것이라고.

그 말은 틀렸다. 나는 불멸의 존재다. 이 조그만 시간 축을 초월한 존재다. 70년의 주기는 나의 경험 속에서 사소한 하나의 단계에 지나지 않는다. 나 자신이 원초적 존재라는 사실 다음으로 중요한 것은, 나 자신의 영속성에 대한 감정적인 신뢰이다. 순환하는 존재일 수도 있겠지만, 그 고리가 닫혀 있든 열려 있든, 나 자신에게는 시작도 끝도 없다. 개인의 자각은 상대적인 문제가 아니다. 절대적이며 마음대로 파괴하거나 창조할 수 없다. 그러나 기억은 의식에 따르는 부차적인 개념이기 때문에 내용이 바뀔 수도, 파괴될 수도 있는 것이다.

물론 대부분의 종교에서는 내게 불멸성을 가르치려 시도했지만, 그들이 사용한 방식을 눈여겨볼 필요가 있다. 거짓말을 믿게 만드는 가장 확실한 방법은 바로 믿을 수 없는 방식으로 진실을 가르치는 것이다. 그들은 내가 믿도록 만들고 싶지 않았다.

주의: 그들은 왜 그토록 공들여 내가 일정 시간 안에 죽을 거라고 믿게 하려는가? 매우 중요한 이유가 있음이 분명하다. 나는 그들이 일종의 대규모 변화를 준비하고 있다고 추측한다. 그들의 의도를 확인하는 일이 내게 중요할 수도 있을 것이다. 어쩌면 결정을 내리기까지 몇 년의 시간이 있을지도 모른다.

참고: 그들이 내게 가르쳐 준 추론 방식을 사용하지 말 것.

간병인이 돌아왔다. "아내분이 오셨습니다, 선생님."

"가라고 해요."

"부디, 선생님. 헤이워드 선생님은 아내분과 만나보시기를 강력하게 원하고 있습니다."

"헤이워드 선생님께 그가 훌륭한 체스 선수라고 생각한다고 전해주세요."

"알겠습니다, 선생님." 직원은 잠시 기다렸다. "그러면 아내분은 만나지 않으시겠다는 거지요, 선생님?"

"그래요, 안 볼 겁니다."

그는 직원이 떠난 다음에도 한동안 방 안을 거닐었다. 다시 생각을 정리하는 일로 돌아가기에는 너무 신경이 분산되었다. 전반적으로 그들은 이곳으로 그를 데려와서는 매우 잘 대해주었다. 1인실을 쓰게 해줘서 기뻤고, 외부에 있을 때보다 사색에 잠기는 시간을 훨씬 더 많이 가질 수 있다는 사실도 분명했다. 물론 그를 바쁘게 하고 신경을 분산시키려는 시도는 계속되었지만, 그는 완고하게 규칙을 비껴가며 매일 몇 시간씩 내면을 고찰하는 시간을 가졌다.

하지만, 젠장! 그의 사고의 흐름을 돌리려고 계속해서 앨리스를 써먹는 짓만은 견딜 수가 없었다. 처음으로 진실을 재발견했을 때 그녀에게서 느꼈던 끔찍한 공포와 증오의 감정은, 시간이 흐르며 단순한 혐오와 불쾌감으로만 남았다. 그렇다고 해도 여전히 그녀를 다시 생각할 때마다, 그녀에 대한 결정을 내릴 때마다 신경이 거슬리는 것은 사실이었다.

어쨌든 그녀는 수년 동안 그의 아내였다. 아내라…. 아내라는 단어에 대체 무슨 의미가 있을까? 자신과 같은 영혼, 부족한 곳을 메워주는 반쪽, 부부를 구성하는 반대쪽 극점, 헤아릴 수 없이 깊은 고독 속에서 이해와 위로를 제공해주는 성소. 그리 생각했고, 그리 믿어야만 했으며, 실제로 수년 동안 강하게 그리 믿어왔다. 같은 부류와 교제하기를 너무도 갈망해왔기 때문에, 그는 그녀의 아름다운 두 눈에 비친 자신의 모습에 넋을 잃었으며, 가끔씩 그녀의 반응 속에 보이는 불일치점에서 눈을 돌려버리고 말았던 것이다.

그는 한숨을 쉬었다. 그들이 가정과 예시로 가르친 감정적인 반응은 대부분 떨쳐냈다고 생각하고 있었지만, 앨리스는 그의 표면 아래, 가장 내밀한 곳까지 들어왔었고, 그녀가 들어왔던 자리는 아직도 아물지 않아 쓰라렸다. 분명 행복했다. 약물에 취한 흐릿한 행복이었지만, 그들은 가지고 놀 수 있는 훌륭하고 아름다운 거울을 하나 주었다. 거울의 이면을 확인하려 들었던 그가 어리석었을 뿐이었다!

그는 지친 채 다시 정리 작업으로 돌아갔다.

이 세계를 설명하는 방식에는 두 가지가 있다. 상식에 의거해 생각하면, 이 세계는 겉으로 보이는 모습과 동일하며, 일반적인 인간의 행동과 의도는 이성적으로 설명할 수 있다. 종교신화학적 관점에 의거해 생각하면, 이 세계는 꿈과 같으며 비현실적이며 실체가 없고, 현실은 이 세계 너머의 어딘가에 존재하는 것이다.

그 두 관점 모두 완전히 틀렸다. 상식의 관점으로 보자면 말이 되는 것이 하나도 없다. 삶은 짧으며 고통으로 가득하다. 여인의 몸에서 태어난 인간이란, 하늘로 올라가며 타들어가는 불똥처럼 번민 속에서 태어난 것이다. 생은 짧고 남은 날은 얼마 되지 않으니, 모든 것이 헛되며 번뇌일 뿐이다.* 이런 격언들은 뒤죽박죽이며 잘못된 부분도 있지만, 상식적으로 말하는 '눈에 보이는 그대로의 세계'가 어떤 곳인지를 제대로 평가해 보여주고 있다. 이런 세계에서 논리적이고자 하는 인간이란, 눈멀어 백열전구에 날아드는 나방이나 다름없는 존재일 것이다. 상식의 세계란 눈먼 광기일 뿐이며, 아무런 목적도 없이 무에서 생겨나 무로 돌아가는 장소일 뿐이다.

두 번째 관점에서 보자면, 완벽하게 비논리적인 상식의 세계를 거부하기 때문에 겉보기로는 더욱 논리적으로 보일지도 모른다. 그러나 이 또한 모든 현실로부터의 도피에 지나지 않으니 논리적 해결책이라고는 할 수 없다. 자아와 외부 세계 간의 단 하나뿐인 직접적 소통의 결과물을 믿지 않겠다고 거부하기 때문이다. 분명 '오감'은 소통의 도구로서 성능이 좋다고 할 수는 없지만, 유일하게 사용할 수 있는 수단이기도 하다.

그는 종이를 구겨버리고는 의자에서 벌떡 일어났다. 생각을 정리하고 논리를 들이대봤자 아무 소용도 없다. 자신의 답이 옳은 이유는 옳게 느

---

* 〈욥기〉 5장 7절과 14장 1절, 〈전도서〉 1장 14절의 구절을 섞어놓은 내용이다.

껴지기 때문이다. 그러나 그는 아직 모든 답을 알지는 못했다. 이렇게까지 대규모로 속임수를 꾸밀 이유가 있을까? 무수한 존재들, 하나의 대륙, 서로 얽히고 세세한 부분까지 지정되어 있는 방대한 양의 광기 어린 역사, 말도 안 되는 전통, 한심한 문화까지? 그냥 감방 하나와 교정용 구속복 한 벌이면 되는 일 아닌가?

당연히 그를 완벽하게 속이는 일이 매우 중요하기 때문일 것이었다. 단순한 속임수로는 안 되기 때문에. 혹시 아무리 어렵고 힘겨운 속임수를 사용해서라도 자신의 본질을 짐작하지 못하도록 해야 하기 때문인 것은 아닐까?

알아내야만 한다. 어떤 식으로든 거짓 무대의 뒷면으로 들어가서, 자신이 보지 않는 동안 무슨 일이 벌어지는지를 확인해야 한다. 스쳐 지나가며 힐긋 보는 정도가 아니라 실제로 속임수가 벌어지는 상황을, 꼭두각시 조종자들이 움직이는 순간을 포착해야 한다.

물론 이 정신병동에서 도망치는 것이 우선이었다. 하지만 그러려면 정말로 교묘한 계획을 꾸며서 그들이 보지 못하도록, 따라잡지 못하도록, 그의 눈앞에서 무대를 꾸밀 시간도 갖지 못하도록 해야 한다. 힘겨운 일일 것이다. 그들보다 교활하고 교묘하게 움직여야 하니까.

결정을 내린 다음, 그는 나머지 저녁 시간 동안 자신의 목적을 달성할 방법을 궁리해보았다. 거의 불가능해 보이는 일이었다. 누구의 눈에도 띄지 않고 도망쳐 완벽하게 숨어 있어야 했다. 그의 흔적을 완벽히 놓쳐서 속임수를 어디에 집중할지 결정할 수 없게 만들어야 했다. 그러려면 며칠 동안 식사도 할 수 없을 것이었다. 괜찮다. 그 정도는 버틸 수 있으니까. 평소와 다른 행동이나 태도를 보여서 경계를 하게 만들면 곤란했다.

불빛이 두 번 깜빡였다. 그는 얌전히 자리로 올라가서 잘 준비를 하기 시작했다. 직원이 확인용 구멍으로 들여다봤을 때, 그는 이미 벽을 보며 침대에 누워 있는 상태였다.

✳

　행복! 완벽한 희열! 언제나 그랬고 언제나 그럴 것처럼, 동족과 어울리며 모든 생명으로부터 흘러나오는 음악에 귀를 기울이면 기쁨이 느껴졌다. 모든 것이 살아서 그를 느끼며, 그의 일부가 되고, 자신 역시 모든 것의 일부라는 앎에서 행복이 찾아왔다. 수많은 존재의 다양성이 하나로 합일된다는 사실을 깨닫고 그 일부가 되는 일은 즐겁기만 했다. 한 가지 안 좋은 생각이 들기도 했지만(세세한 내용은 떠오르지 않았다) 이내 그 생각은 처음부터 존재하지 않았던 것처럼 그의 머릿속에서 사라져버렸다. 그곳에는 그런 생각이 머물 자리가 존재하지 않았으니까.

✳

　옆 병실에서 들려오는 이른 아침의 소음이 그가 이 땅에서 사용하는 잠에 취한 육신을 꿰뚫었고, 그는 천천히 자신이 있는 병실을 인지했다. 너무도 부드럽게 깨어난 덕분에 자신이 무엇을 하고 있었는지, 그리고 그런 일을 하던 이유까지도 전부 간직한 채로 돌아올 수 있었다. 그는 그대로 누운 채로 얼굴에는 부드러운 미소를 띠고, 거칠지만 거북하지는 않은 나른한 감각을, 그가 걸친 육체의 느낌을 즐기고 있었다. 아무리 그들이 온갖 속임수와 전략을 사용했다고는 해도, 이 모든 것을 잊었다니 참으로 이상한 일이었다. 자, 이제 열쇠를 기억해낸 이상 이 괴상한 장소의 모든 것을 순식간에 바로잡을 것이었다. 즉시 그들을 모두 소집해 새로운 명령을 내릴 것이었다. 이번 순환의 주기가 끝났음을 깨닫는 순간, 글라룬 그 친구의 얼굴에는 참으로 볼 만한 표정이 떠오르겠지….

　관찰 구멍이 달각거리는 소리와 문이 열리면서 나는 쇳소리가 그의 생각을 내리쳐 잘라내버렸다. 오전 담당 간병인이 활기차게 아침 식사가 담긴 쟁반을 들고 와서 머리맡 탁자에 놓았다. "좋은 아침입니다, 선생님. 맑고 쾌청한 날이죠. 침대에 계실 건가요, 아니면 일어나실 건가요?"

대답하지 마! 귀 기울이지도 마! 생각이 흐트러지면 안 돼! 이건 모두 놈들의 계획이야! 그러나 이미 너무 늦어버렸다. 그는 자신이 흘러나가 떨어지는 것을, 현실에서 빠져나와 그들이 만든 거짓 세계로 떨어져 내리는 것을 느꼈다. 모든 것이 전부, 완전히 사라져버렸다. 기억을 고정해 둘 만한 물건은 하나도 없었다. 고통스러운 상실감과 충족되지 못한 카타르시스의 찌르는 아픔밖에는 아무것도 남지 않았다.

"거기 놔둬요. 내가 알아서 할 테니."

"네네, 그럼지요." 직원은 서둘러 나가며 문을 쾅 닫은 다음 시끄럽게 덜걱거리는 소리를 내며 문을 잠갔다.

그는 오랫동안 누워 있었다. 몸의 말초신경 하나하나가 긴장을 풀라고 비명을 지르고 있었다.

마침내 그는 침대에서 일어났다. 여전히 끔찍하게 불행한 상태로. 그는 다시 집중력을 모아 도주 계획을 세우려 애썼다. 그러나 자신의 현실 차원에서 갑자기 불려 올 때 입은 정신적 충격 때문에 상처 입고 감정적으로 불안해진 상태였다. 그의 정신은 건설적인 방향을 향하는 대신, 계속해서 의심을 곱씹기만 했다. 설마 의사의 말대로 이런 비참한 상황에 빠진 사람이 그 혼자만이 아닐 수도 있을까? 정말로 그가 자존심의 환상에 빠져 피해망상을 겪는 중일 수도 있을까?

사람들이 바글거리는 주변의 병실들이, 어쩌면 실제로 다른 무력한 자아를, 눈멀고 말을 잃고 비참한 고독 속으로 영원히 빠져든 존재들을 가두어놓는 곳일 수도 있지 않을까? 앨리스의 얼굴에 떠오른 표정이 단순히 그를 고분고분하게 계획에 따르게 하려는 연기의 일부분이 아니라, 진짜로 내면의 고뇌를 표현하는 것일 수도 있지 않을까?

문에서 노크 소리가 들렸다. 그는 고개도 들지 않고 말했다. "들어와요." 그들이 주변에서 오락가락하는 일 따위는 그에게는 아무런 의미가 없었다.

"여보…." 귀에 익은 목소리가 천천히, 머뭇거리며 말하는 것이 들렸다.

"앨리스!" 그는 즉시 자리에서 일어나 그녀를 마주했다. "누가 당신을 들여보낸 거야?"

"제발, 여보, 제발. 당신을 만나야만 했어."

"이건 반칙이야. 반칙이라고." 그는 그녀에게라기보다 혼잣말로 중얼거리듯 말했다. "여긴 왜 온 거야?"

그녀는 그의 생각과 달리 당당하게 그를 마주하고 섰다. 그녀의 아이처럼 보이는 얼굴에 서린 아름다움은 주름살과 그늘 때문에 바래 있었지만, 예상치 못한 용기가 그 얼굴을 빛나게 했다. "당신을 사랑하니까." 그녀가 조용히 대답했다. "나보고 가버리라고 할 수는 있지만, 당신을 사랑하고 돕고 싶다는 마음마저 멈추게 할 수는 없어."

그는 어쩔 줄 모른 채 고통스럽게 그녀에게서 고개를 돌렸다. 혹시 그녀를 잘못 판단한 것은 아닐까? 저곳에, 육체와 음성기호의 장벽 너머에 진실로 그의 영혼을 갈망하는 영혼이 존재하는 것은 아닐까? 어둠 속에서 속삭이는 사랑처럼…. "당신은 나를 이해하는 거지?"

"그래, 내 사랑, 이해하고 있어."

"그러면 우리에게 어떤 일이 벌어져도 상관없다는 것을, 우리 둘이 함께 이해하고 있을 수만 있다면…." 말, 말, 부서지지 않는 벽에 튕겨 나오는 공허한 언어들….

아니, 내가 틀렸을 리가 없다! 다시 한 번 시험해보자. "왜 내가 오마하에서 그 일자리를 계속 갖게 만든 거야?"

"그 일을 계속하게 한 건 내가 아니야. 그저 당신이 그만두기 전에 다시 한 번 생각해봐야 한다고만 했을 뿐이지…."

"됐어. 그만해." 그녀의 부드러운 손과 사랑스러운 얼굴은, 언제나 온화하지만 완고하게 그의 마음이 시키는 대로 행동하는 것을 막아왔다. 언제나 그를 생각해 선의에서 행동했지만, 바로 그 때문에 그는 자신이 가치 있다고 생각하는 어리석고 비논리적인 행동을 실행에 옮기지 못했다. 서두르고, 서두르고, 서두르고, 몸부림치라고, 한곳에 충분히 멈춰 서서 자신에 대해 생각하지 못하도록 감시하는 천사의 얼굴을 가진 협잡꾼과 함께….

"그날 내가 2층으로 올라가지 못하게 한 이유는 뭐지?"

그녀는 웃으려 했지만, 눈에는 이미 눈물이 흘러넘치고 있었다. "당신한테 그렇게 중요한 일인 줄 몰랐어. 그냥 기차를 놓치고 싶지 않았을 뿐이야."

사소한 일, 중요하지 않은 일이었다. 함께 짧은 휴가 여행을 떠나려던 참에 그는 스스로도 왠지 모를 이유로 2층의 자기 서재에 다시 올라가 봐야 한다고 주장했다. 비가 내리고 있었고, 그녀는 기차역에 가려면 시간이 빠듯하다는 사실을 지적했다. 그는 자신답지 않게 강경한 모습으로 2층으로 올라가야겠다고 했고, 그녀뿐 아니라 그 자신도 이런 행동에 놀라고 말았다.

그는 실제로 아내를 옆으로 밀치며 계단을 올라갔다. 그 정도에서만 끝났더라도, 별생각 없이 집 뒤편을 향하고 있는 창문의 블라인드를 올리지만 않았더라도, 아무 일도 벌어지지 않았을 것이다.

아주 사소한 문제였다. 현관 쪽에는 장대비가 쏟아지고 있었다. 그러나 이쪽 창문에 비치는 날씨는 화창하고 청명했다. 비가 내릴 기색은 조금도 없었다.

그는 한동안 그곳에 서서 믿을 수 없는 햇빛을 바라보며 자기 마음속의 우주의 규칙을 다시 쓰고 있었다. 그는 이 사소하지만 완벽하게 말이 안 되는 불일치점을 오랫동안 억눌러왔던 의심에 비추어 해석했다. 그리고 문득 몸을 돌리자, 아내가 그의 뒤편에 서 있는 것이 보였다.

그날 이후로 그는 끊임없이 그때 그녀의 표정을 잊으려 노력해왔다.

"비는 어떻고?"

"비? 그녀는 작고 당황한 목소리로 되풀이해 물었다. "그래, 그때 비가 내리고 있었지. 그게 어때서?"

"하지만 내 서재 창문 쪽에는 비가 내리고 있지 않았는데."

"뭐? 하지만 분명 오고 있었어. 잠시 구름을 뚫고 햇살이 비치기는 했지만, 그게 전부였어."

"말도 안 돼!"

"하지만 여보, 날씨가 당신과 나하고 무슨 관계가 있는 거야? 비가 오든 말든 우리와 무슨 상관인 거지?" 그녀는 조심스레 그에게 다가가 그의 팔과 옆구리 사이로 작은 손을 밀어 넣었다. "그 날씨도 내 탓이라는 거야?"

"내 생각은 그래. 그러면 이제 그만 가줘."

그녀는 그에게서 물러났다. 눈가를 훔치며 한 번 울먹거리고는 간신히 진정한 목소리로 말했다. "알았어. 갈게. 하지만 이건 기억해줘. 당신은 원하기만 한다면 언제든 집으로 돌아올 수 있어. 그리고 당신은 원하면 난 항상 그곳에 있을 거야." 그녀는 잠시 기다린 다음 머뭇거리며 덧붙였다. "작별 키스… 해줄래?"

그는 전혀 반응을 보이지 않았다. 소리로도, 눈으로도. 그녀는 그를 바라보고는 몸을 돌려 더듬거리며 문고리를 찾더니, 문을 통해 달려 나가버렸다.

그가 앨리스라고 알고 있는 존재는 형태를 바꾸지도 않은 채 그대로 회의장으로 향했다. "이번 단계는 중단해야겠어요. 저로서는 더 이상 그의 결정에 영향을 끼칠 수 없습니다."

짐작한 바였지만, 그래도 그들은 실망에 웅성거렸다.

글라룬은 조작 선임장교를 불렀다. "선택한 기억 기록의 이식을 즉각 준비하도록."

이어 글라룬은 작전 선임장교를 돌아보며 말했다. "통계 자료에 따르면 그의 시간으로 이틀 후에 탈출할 가능성이 가장 크다. 이번 단계가 실패한 이유는 기본적으로 자네가 그의 주변 모든 지역에 비를 내리게 하지 않았기 때문이라는 점을 기억하도록. 주의하기 바란다."

"그의 의도를 알 수만 있다면 작업이 훨씬 단순해질 텐데요."

"헤이워드 박사로서 내 소견을 말하자면, 나도 종종 그런 생각이 든다." 글라룬은 언짢은 듯 덧붙였다. "하지만 그의 의도를 파악하면 우리는 그의 일부가 되어버릴 것이다. 협약의 내용을 기억하라! 그가 거의 기억해낼 뻔하지 않았나."

앨리스라고 불리는 존재가 목청을 돋웠다. "다음번에는 타지마할을 넣을 수 있을까요? 이유는 알 수 없지만 그걸 가치 있다고 여기는 것 같습니다."

"자네 동화되고 있는 것 아닌가!"

"그럴지도 모르지요. 두렵지는 않습니다. 그걸 줄 수 있을까요?"

"고려해보겠다."

글라룬은 계속 명령을 내렸다. "건물들은 다음 회의까지 그대로 놔두도록. 뉴욕시와 하버드 대학은 이제 분해가 끝났다. 그쪽으로 가지 못하게 유도하라."

"이상. 해산!"

✳

나의 지극히 숭고한 목표

"My Object All Sublime"

최세진 옮김

✦ 1942년 2월 〈퓨처(Future)〉에 라일 먼로라는 필명으로 발표

신문사 사회부장이 내게 스프링가와 7번가 네거리에 가보라고 했다.

"거기에 기삿거리가 있어. 가서 확인해봐." 그가 말했다.

"어떤 기사인데요?"

"냄새가 난대."

"거기에서 냄새가 나는 거야 당연한 일 아닌가요?" 내가 사회부장에게 말했다. "한 구역 떨어진 곳에 컬럼비아 은행이 있고, 다른 쪽에 피델리티퍼스트내셔널 은행이 있고, 시청과 〈타이드〉지 건물이 바로 그 아래 도로에 있잖아요."

"잘난 체하지 마." 사회부장이 말했다. "내 말은 진짜 냄새가 난다는 거야, 너처럼 말이야."

돕스 부장은 괜찮은 사람이었다. 그러나 그와 함께 있으면, 위궤양에 걸릴 것 같고, 결혼 생활을 하는 느낌이었다. "대략 어떻게 된 일인가요?" 나는 부장의 조롱을 모른 척하며 물었다.

"거기 교차로가 차를 타고 지나가기에 안전하지 않은가 봐." 부장이 진지하게 대답했다. "너한테도 공중전화 부스 같은 냄새가 나. 이유를 알아봐."

✳

나는 교차로에서 자동차 속도를 늦추고 상황을 지켜봤다. 딱 꼬집어서 말하긴 힘들지만, 전반적으로 긴장되고 불안한 분위기였다. 가끔 뭔가 오래 부패된 냄새가 느껴지곤 했다. 처음에는 영안실이 떠올랐는데, 다시 생각해보니 중국의 강에 떠 있는 배의 냄새 같았다. 그때 일어난 사건이 내게 실마리를 줬다.

트럭 한 대가 달려오고 있을 때 신호등이 바뀌었다. 트럭 운전사는 차를 멈출 여유가 있었지만 멈추지 않고 횡단보도를 지나던 허약한 노파를 아슬아슬하게 스쳐 지나갔다. 그때 날카롭게 '푸슈' 소리가 들리더니, 트럭 운전사가 놀라며 괴로운 표정을 짓고 눈을 비볐다. 트럭이 나를 스치고 지날 때 그 냄새가 났다.

이번에는 착각이 아니었다. 장대에 올라가서 멀리 뛰어내리면 상을 받는 고양이 체육대회에서 날 것 같은 냄새였다.

트럭은 몇 미터를 비틀거리며 가더니 2차로에 멈췄다. 나는 트럭 옆으로 갔다. "이봐요, 무슨 일인가요?" 운전사에게 물었다. 하지만 그는 숨이 막혀 헐떡거리느라 제정신이 아니었다. 나는 냄새가 옷에 배는 게 싫었기 때문에, 그 자리에서 떠났다.

나는 떠오른 생각을 확인하고 싶어서 모퉁이로 물러났다. 그 후 30분 동안 열일곱 명의 운전자들이 내가 싫어할 만한 짓을 했다. 막무가내로 좌회전을 하거나, 신호를 어기거나, 보행자를 무시하는 등의 행동이었다. 그들 모두가 그 '향수'를 들이마셨다. 그들이 향수를 들이마시기 전에는 대개 쉭 소리가 들렸다.

나는 모퉁이에 있는 우체통에 몸을 기대다가 속임수를 파악하기 시작했다. "아, 실례합니다!" 예의 바른 목소리가 내 귀로 들려왔다.

"괜찮아요." 나는 대답하며 주위를 둘러봤다. 근처에 아무도 없었다. 진짜 아무도 없었다.

현장 취재 기자들은 대개 싸구려 술을 마시기 마련이다. 하지만 나는 내가 그리 어리숙한 사람은 아니라고 확신할 수 있다. 나는 잠시 생각한 뒤 우체통 앞으로 손을 뻗었다. 우체통의 약 30센티미터 위 허공에서 뭔가가 닿아 움켜잡았다. 약하게 헉 소리가 들리더니 조용해졌다.

나는 잠시 기다렸다가 매우 부드러운 목소리로 말했다. "칼리오스트로*, 당신 속임수 같았어." 대답이 없었다. 나는 바람 덩어리를 꽉 붙잡고 비틀었다. "좋아."

"아, 맙소사!" 작고 부드러운 목소리가 들렸다. "당신이 절 붙잡은 모양이네요. 제가 어떻게 하면 좋을까요?"

나는 잠시 생각했다. "여기서 동상 놀이를 하고 있을 수는 없어. 사람들이 뭐라고 할 거야. 저기 모퉁이에 맥줏집이 있어. 내가 놔주면 거기로 올래?"

"아, 네, 그럴게요." 대답이 들렸다. "이 상황에서 벗어날 수 있다면 뭐든지 할게요."

"속임수 쓰지 마." 내가 경고했다. "나타나지 않으면, 내가 사람들을 풀어서 페인트 분무기를 들고 다니며 당신을 찾을 거야. 그러면 당신의 이 재미있는 놀이도 끝이야."

"아, 안 돼요!" 나는 그의 어리숙한 태도에 확신을 얻고 그를 풀어주었다.

*

내가 술집에서 맥주 한 병을 비웠을 때, 작고 내성적인 그 녀석이 나타났다. 그는 긴장한 태도로 주변을 힐끗거리며 내가 있는 자리로 와서 나를 쳐다보고는 마른침을 삼켰다.

"당신이…" 내가 미심쩍은 표정으로 물었다. "칼리오스트로예요?"

* 18세기 이탈리아의 유명한 연금술사, 사기꾼

그는 다시 마른침을 삼키고 고개를 끄덕였다.

"그렇군. 당신이 진짜 칼리오스트로라면 나는…, 그만둡시다. 의자 당겨서 앉아요. 맥주?"

그가 안절부절못하며 대답했다. "어, 버번위스키로 해도 될까요?"

"술을 잘 아는군요." 내가 웨이터에게 손짓했다. "조, 이 신사에게 8년산 버번위스키 가져다줘요." 조가 돌아오자, 카스파 밀크토스트*는 잔을 받아 움켜쥐더니 중간에 끊지 않고 끝까지 꿀꺽꿀꺽 들이켰다. 그리고 한숨을 뱉었다.

"이제 좀 괜찮아졌네요." 그가 말했다. "제 심장 말이에요."

"네, 무슨 말인지 알아요." 내가 동의했다. "당신을 당황시킬 생각은 없었어요. 과학을 위해서 그런 거예요."

그의 얼굴이 밝아졌다. "당신도 과학을 전공하는 학생인가요? 전공이 뭔지 물어봐도 될까요?"

"군중 심리죠." 내가 그에게 말했다. "난 〈그래픽〉지의 기자예요."

그는 내 말을 듣고 당황한 듯했다. 그래서 그를 진정시켰다. "걱정하지 말아요. 당분간은 비공개로 하고, 나중에 기사에 관해 이야기를 나눠봅시다." 그가 조금 긴장이 풀리자, 내가 계속 말했다. "지금 당장은 궁금한 게 있는데요. 스프링가의 모퉁이 주변에서 일어난 운전 묘기들에 당신이 관련되어 있다는 건 알아요. 굳이 당신이 허공 속에 숨어 있는 걸 내가 찾은 사실을 이야기하지 않더라도 말이죠. 털어놓아보세요. 교수님."

"저는 교수가 아니에요." 그는 팝콘을 한 움큼 집어서 게걸스럽게 먹은 뒤, 여전히 자신 없는 목소리로 말했다. "분광학 분야를 개인적으로 연구하는 학생이에요. 제 이름은 커스버트 히긴스입니다."

"좋아요, 커스버트. 난 클리브 카터예요. 자, 이야기를 시작합시다. 그게 뭐죠? 거울인가요?"

* 20세기 초반 만화 〈The Timid Soul〉의 캐릭터. 그 이름은 약하고, 능력이 부족하고, 소심하고, 모험심이 없는 사람을 가리키는 의미로 주로 사용된다.

"정확하게 말하자면 거울은 아니에요. 문외한에게 설명하기는 쉽지 않을 겁니다. 혹시 고등 수학에 익숙한가요? 예를 들어 텐서의 사용이라든가?"

"난 수학 잘했어요. '가분수'까지는 아주 잘했죠. 텐서라는 건 그 뒤에 나오는 건가요?" 내가 말했다.

"네, 어, 유감이지만 그렇죠."

"알았어요." 내가 말했다. "내가 할 수 있는 수준에서 따라갈게요."

"좋습니다." 커스버트가 동의했다. "당신도 시각과 관련된 현상은 잘 알 거예요. 물체에 닿은 빛이 반사되거나 굴절되어 눈으로 가죠. 그걸 우리는 '본다'라고 해석합니다. 일반적인 물질 중에서 보이지 않을 정도로 아주 적게 반사하거나 굴절하는 물질은 공기뿐이죠."

"그렇죠."

"여러 가지 이유로 인간 신체의 광학적 특성을 공기와 유사한 수준으로 투명하게 바꾸는 일은 힘듭니다. 그렇지만 두 가지 가능성이 남아 있어요. 한 가지 방법은 광선을 신체 옆으로 굴절시키는 것이고, 다른 한 가지는 심리적으로 보이지 않게 하는 거죠."

"네? 다시 말해줘요. 최면을 말하는 건가요?" 내가 물었다.

"전혀 아니에요." 커스버트가 말했다. "암시를 받아 보이지 않는 것은 흔한 현상이에요. 무대 마술에서는 늘 일어나는 일이죠. 마술사들은 분명하게 보이는 물체를 보이지 않는다고 암시를 줘요. 그러면 아니나 다를까 보이지 않게 되죠."

내가 고개를 끄덕였다. "무슨 말인지 알겠어요. 서스톤*이 공중부양 묘기를 부릴 때 그런 방법을 사용했죠. 여자를 떠받치는 틀이 빤히 보이는데도, 관객들은 그 틀을 절대로 못 봤어요. 그 틀을 가리켜서 보여주기 전까지는 나도 못 봤죠. 그 뒤에야 대체 왜 그걸 보지 못했나 싶더라고요."

---

* 하워드 서스톤은 20세기 초 미국에서 유명한 마술사로 카드 마술과 공중부양 등이 특기였다.

커스버트가 만족스러운 표정으로 고개를 끄덕였다. "바로 그거예요. 눈이 실제로 그곳에 존재하는 것을 무시하면 두뇌가 그 공백을 채우죠. 많은 사람들에게 그런 자질이 있어요. 유능한 형사나 소매치기들요. 저도 그런 재능이 있죠. 그래서 '투명'이라는 문제에 관심을 가지게 됐어요."

"잠깐만!" 내가 말했다. "거기에 그러고 앉아서, 아까 당신이 이목을 끌지 않았기 때문에 내가 보지 못한 거라고 말하면 안 되죠. 젠장, 난 당신을 관통해서 봤다고요."

"꼭 그런 건 아니에요." 커스버트가 정정했다. "당신은 저를 빙 돌아서 본 거예요."

"어떻게요?"

"광학 법칙을 적용했죠."

"들어봐요." 내가 살짝 짜증이 난 투로 말했다. "난 겉으로 보이는 것처럼 그리 무식한 사람은 아니에요. 하지만 그런 광학 법칙은 들어본 적이 없어요."

"제가 특정하게 발전시킨 부분이 포함되어 있어서 그래요." 커스버트가 인정했다. "원리는 전반사(全反射)와 비슷해요. 제 신체를 긴 타원형 구의 장으로 둘러쌌어요. 빛이 그 막의 어떤 지점에 닿으면, 그 장의 표면을 따라 180도 뒤로 돌아가서, 정반대 쪽에서 그 빛이 원래 가던 방향으로 나가요. 빛의 강도는 변하지 않죠. 사실상 제 몸을 우회하는 거예요."

"간단하게 들리네요." 내가 말했다. "하지만 내가 그런 걸 만들 수 있을 것 같지는 않군요."

"고등 수학을 쓰지 않고선 이보다 명확하게 설명하기가 힘드네요." 커스버트가 사과했다. "그렇지만 프리즘과 거울을 이용해서 유사한 예를 보여줄 수 있을 거예요. 광선이 표면에 닿으면 입사각과 동일한 각도로 다시 반사되거나, 굴절 각도로 굴절됩니다. 따라서…" 커스버트가 메뉴

판에 개요도를 그리기 시작했다. "이런 식으로 광학 장치를 배치하면…." 그는 거울과 프리즘이 줄지어 이어진 형태로 그렸다. "이 장치의 A라는 지점에 θ(세타) 각도로 닿은 광선은 반사되고 굴절되면서 장치를 돌아 A'에서 θ 각도로 나가게 됩니다. 그래서 당신이 본…."

"그건 건너뛰죠." 내가 말을 잘랐다. "그 빛이 반 바퀴를 돌아서 본래 가던 방향으로 튀어나간다는 건 알겠어요. 그 이상은 내 머리로 못 알아들어요. 좋아요, 그것으로 수수께끼의 절반이 풀렸네요. 그런데 도로에 발생한 공포 상황은 어떻게 된 거죠?"

"아, 그거요." 커스버트는 나를 바라보며 바보처럼 히죽히죽 웃더니, 내 다리 길이만 한 총을 꺼냈다.

✳

나는 총기류를 좋아하지 않았다. "그거 내려놔요." 내가 소리쳤다.

커스버트가 마지못해 지시대로 했다. "왜 그렇게 안달복달하세요?" 그가 항의했다. "별로 안 위험해요. 그냥 물총일 뿐이에요."

"네?" 나는 좀 더 자세히 살펴봤다. "내 낮은 지능을 용서해줘요, 커스버트. 대략적인 상황이 이해되기 시작하네요. 그 안에는 뭘 넣은 건가요?"

커스버트의 얼굴이 밝아졌다. "합성 악취 진액이요. 스컹크 분비물 같은 거죠!"

"음… 흐음!"

"향수의 합성 재료를 찾으려다 나온 부산물이에요." 커스버트가 설명했다. "실제로 사용되지는 않지만, 제가 실험 목적으로 상당히 많이 만들었거든요…."

"그래서 도로에서 그걸 뿌린다는 장난을 생각해낸 거군요."

"아, 아뇨! 저는 오래전부터 화가 났었어요. 누군들 안 그러겠어요? 우리 도시에 만연한 저 경솔한 운전사들 말이에요. 말이 거친 한 희생자가 막돼먹은 운전자를 향해 '악취'를 풍기고 다니는 놈들이라며, 여기서 다시 옮기기엔 적절하지 못한 말을 쏟아내는 소리를 듣기 전까지는 이런 일을 하겠다는 생각을 못 했어요. 그 소리를 듣고 기발한 생각이 떠올랐죠. 이미 정신적으로 악취를 풍기는 위험한 운전사들에게 물리적으로 악취를 풍기도록 만들면 멋진 장난이 되지 않을까? 처음에는 그 계획이 비현실적으로 느껴졌어요. 그때 제 연구실에서 10년째 먼지만 쌓이고 있던 투명 장치가 떠올랐죠."

"뭐라고요!" 내가 따졌다. "이런 장치를 오래전에 만들고도 그동안 사용하지 않았단 말인가요?"

커스버트가 눈을 동그랗게 뜨고 나를 쳐다봤다. "그럼요. 당연하죠. 전혀 쓸데가 없었어요. 그 장치가 무책임한 사람의 손에 들어가면, 나쁜 일에 쓰일 수도 있어요."

"그렇지만… 젠장, 그 기계를 정부에 넘겨도 되잖아요."

커스버트가 고개를 저었다.

"알았어요. 그래도…." 내가 끈질기게 말했다. "당신이 직접 사용하면 되잖아요. 할 수 있는 일들을 생각해봐요. 시청에서 그 엉망진창인 것들을 치우는 일부터 시작할 수 있어요. 부정한 거래를 지켜본 뒤에 폭로하는 거죠."

커스버트가 다시 고개를 저었다. "저로서는 당신의 관점이 순진하다고 간주할 수밖에 없네요. 좋은 정부는 민중이 만들어내는 것이지, 누군가가 민중에게 선물해줄 수 있는 게 아닙니다."

"아, 뭐." 내가 어깨를 으쓱했다. "당신의 말이 맞겠죠. 그래도 그 장치로 할 수 있는 재미있는 일들을 생각해봐요…." 나는 아름다운 여성이 나오는 연극의 분장실을 떠올렸다.

그러나 커스버트는 또다시 고개를 저었다. "즐거움을 위한 사용은 거의 대부분 사생활 침해와 관련되어 있습니다."

나는 포기했다. "당신의 이야기를 계속해봐요, 커스버트."

"그 장난을 해보기로 결심한 후, 저는 준비를 했습니다. 준비는 쉬웠어요. 물총은 그 자체로 살포용 도구였고, 보온병은 재료통이 됐죠. 그리고 오늘 아침에 외곽의 교차로에 가서 실험했는데, 결과는 제가 바라던 것 이상이었어요. 적어도 열두 명의 운전사가 신호를 무시한 걸 후회하게 됐죠.

그런 후 사냥하기에 더 좋은 이곳으로 왔어요. 제가 막 몸을 풀기 시작했을 때 당신에게 잡혔죠."

내가 벌떡 일어섰다. "커스버트 히긴스." 내가 말했다. "당신은 사회의 은인이에요. 물총이여, 영원하라!"

커스버트가 아이처럼 좋아했다. "당신도 해볼래요?"

"해야죠! 전화로 기사를 불러줘야 하니까 0.5초만 기다려줘요."

커스버트의 얼굴이 어두워졌다. "아, 이런!" 그가 앓는 소리를 냈다. "당신이 언론과 관련된 일을 하는 사람이라는 사실을 잊고 있었어요."

"관련된 게 아니라 '묶여' 있는 거예요, 커스버트. 하지만 그건 잊어버려요. 무덤에 흙을 쌓듯이 당신을 깊게 감춰줄게요."

돕스 부장은 평소대로 까다롭게 굴었지만, 내가 설득했다. 그리고 기사를 정리하는 기자에게 취재 내용과 함께 스프레이를 맞은 차들의 번호판을 알려주고 전화를 끊었다.

＊

커스버트의 차는 두 블록 떨어진 곳에 있었다. 내가 운전을 하고 싶었지만, 커스버트는 술을 6달러 40센트어치나 먹였음에도 연필을 심 끝으로 세워 균형을 잡으며 술에 취하지 않았다고 나를 설득했다. 그게 아니라도 나는 정말로 투명 장치를 사용해보고 싶었다.

그 장치는 배낭처럼 어깨 사이에 딱 들어맞았으며, 어깨끈 앞쪽에 스위치가 있었다. 내가 스위치를 켰다.

칠흑처럼 깜깜해졌다. "여기서 꺼내줘요, 커스버트!" 내가 요구했다.

커스버트가 스위치를 끄자 다시 밝아졌다. "당신이 어둠에 둘러싸이는 건 자연스러운 현상이에요." 그가 말했다. "이것을 써보세요."

그가 건넨 것은 두꺼운 안경이었다. "조정 안경이에요." 커스버트가 설명했다. "이 막이 가시광선은 우회시키지만 자외선은 투과됩니다. 이 안경을 쓰면 자외선을 볼 수 있어요."

"무슨 말인지 알겠어요." 내가 우쭐해하며 말했다. "흑광(黑光) 말이죠? 얼마 전에 읽었어요."

"꼭 그런 건 아니지만, 작동할 겁니다. 써보세요."

그 안경을 썼다. 안경은 작동했다. 요지경처럼 색이 없는 흑백이었다. 그래도 막으로 가려진 상태에서 바깥을 볼 수 있었다.

그때부터는 "탤리호우! 요익스! 요익스!"*였다. 재향군인대회보다 재미있었다. 우리는 끼어들기부터 급정차와 무단횡단까지 모든 잘못에 벌을 주었다. 하지만 정말로 멍청하고 위험한 짓을 벌이기 전에는 우리의 재판에 회부되지 않았다.

한 사람만 빼고. 신호가 바뀔 때 우리 뒤에서 경적을 울려대던 녀석이 있었다. 그 건방진 운전사는 앞에 있는 차량 운전사에게 압력을 행사해 신호를 무시하고 직진하게 만들어서 자기가 너무도 중요하게 여기는 일을 위해 서둘러 갈 수 있기를 바라는 사람이었다. 여러분도 그런 녀석을 만나봤을 것이다.

그 인간이 우리 뒤에 차를 세우고 세레나데를 읊어대기 시작했을 때, 내가 커스버트를 슬쩍 쳐다봤다. "논란의 여지는 있지만…." 커스버트가 말했다. "제 생각엔 정당성이 있는 것 같아요."

나는 차에서 재빨리 내려서, 그 녀석이 커스버트에게 욕을 하려고 몸을 밖으로 내밀 때 물총을 쏘았다. 난 녀석에게 상스러운 말을 하지 말라는 가르침을 주기 위해 그 차의 실내에도 뿌렸다.

그날 가장 재미있는 부분은 오토바이 교통경찰 건이었다. 그 경찰은

---

* 여우 사냥을 할 때 사냥개를 부추기는 소리

실제로 위험하지 않고 사소한 절차적 실수에 불과한 일을 핑계로 유순하고 덩치가 작은 시민을 길가로 밀어붙이고 고함을 치면서 겁을 주고 있었다. 그 시민은 아무도 없는 텅 빈 도로에서 우회전 깜빡이를 안 켰을 뿐이었다.

나는 그 꼴사납게 덩치 큰 유인원에게 약을 후하게 투여해줬다. 그의 멋진 제복과 빛나는 오토바이에도 섭섭치 않게 뿌려주었다.

✳

〈그래픽〉에서 그 기사를 크게 다뤘다. "거리에 악취 만연, 경찰 어리둥절." 그리고 "위험한 운전자들과의 전쟁." 다른 신문들이 이후 판에서 〈그래픽〉의 기사를 인용했다. 〈타이드〉만 예외였다. 〈타이드〉는 마지막 판까지 기다렸다가 "도심을 배회하는 무법 테러"라며 즉각적인 경각심을 요구하고, 이를 앙다물게 하는 폭발력 있는 기사를 내질렀다. 가련한 커스버트는 드라큘라나 연쇄살인마 잭 더 리퍼, 네로 황제에 버금가는 위험인물로 알려졌다.

나는 〈그래픽〉에 실린 물총의 희생자 명단을 훑어보고는 이해가 됐다. 그 명단에 〈타이드〉의 소유자이자 발행인인 필릭스 해리스가 있었다.

필릭스 해리스는 열차를 무임승차해서 이 도시에 들어왔고, 〈타이드〉에서 첫 일자리를 가졌다. 그리고 사장 딸과 결혼했다. 그 후로 필릭스는 줄곧 보통 사람들을 업신여겼다. 필릭스는 교회에 자신만의 지정석이 있었고, 지역 유지들의 온갖 모임에서 회장을 맡고 있었으며, 시내에서 이루어지는 각종 부정한 돈벌이에서 자기 몫을 챙겼다. 그리고 필릭스와 우둔한 그의 아들은 운전을 더럽게 하기로 악명이 높았다.

그러나 하늘이 도우사, 경찰은 그 부자에게 딱지를 뗄 정도로 순진했다.

문제가 있을 거라는 낌새가 느껴졌다. 하지만 우리가 조심한다면 커스버트가 체포될 가능성은 없을 듯했다. 돕스 부장은 내게 그 기사를 계속 쓰도록 지시했다. 커스버트와 나는 교대로 운전을 하고 악취를 뿌려대며 놀랄 만한 나흘을 보냈다.

그러다 교도소에서 전화를 받았다. 커스버트가 잡혔다.

경찰은 나를 이용해 커스버트를 체포했다. 지난 사흘간 내 뒤를 밟았던 모양이었다. 그들에게는 커스버트에 대한 심증은 있어도 물증이 없었다. 그러나 형사가 커스버트의 집을 염탐했을 때 새로 만든 악취액의 냄새를 맡았다. 경찰이 커스버트를 체포했다.

나는 슬쩍 빠져나가 변호사 친구를 만났다. 그 친구는 구속 적부 심사가 쉬울 거라고 생각했다. 하지만 착각이었다. 도시에 석방을 지시할 판사가 한 명도 없었다. 우리는 압력이 행사되었다는 사실을 알아챘다. 커스버트는 악의적인 장난부터 테러 범죄까지 온갖 혐의로 고발되었다. 각각의 위법 행위에 대해 가장 높은 보석금이 걸려 합계가 7만 달러에 달했다!

신문사에서 기사를 위해 보석 보증을 설 예정이었다. 그러나 그렇게 많은 보석금을 지급할 수는 없었다.

내가 커스버트에게 얼마나 난처한 상황에 몰렸는지 최대한 설명했지만, 그는 침착했다. "당신이 얼마나 진실한 친구인지 잘 알아요." 그는 교도관이 듣지 못하도록 최대한 나지막이 말했다. "저희 집으로 가서 투명 장치를 가져다줄래요?"

"뭐라고요?" 나는 하마터면 소리를 지를 뻔했다. 내가 허둥지둥 목소리를 낮췄다. "경찰들이 가져가지 않았나요?"

"안 가져간 것 같아요. 가져갔으면 저한테 그 장치에 대해 취조를 했겠죠."

*

장치를 찾으러 갔더니, 우리가 항상 감춰두는 바로 그 장소에 장치가 있었다. 나는 장치를 자동차 트렁크에 넣고 잠갔다. 그리고 모자를 하나 사는 데에 걸리는 시간보다 빠르게 이 장치의 도움을 받아 커스버트를 교도소에서 꺼내야 한다는 생각을 하며 시내로 다시 출발했다. 그때 이 장치를 사용할 방법이 없다는 생각이 문득 들었다.

문제는 이거다. 내가 장치를 가지고 감옥으로 가져가더라도, 그들은 내가 이 장치를 커스버트에게 넘겨주도록 허용하지 않을 것이었다. 내가 투명 장치를 입고 투명하게 되더라도, 어떻게 커스버트의 감방까지 갈까? 그들이 감옥 안으로 들어갈 때 열어놓은 문을 이용해서 어찌어찌 커스버트의 감방을 찾더라도(이것만 해도 거의 가능성이 없는데), 커스버트에게 장비를 몰래 건네준 이후에 나는 거기에서 어떻게 빠져나올까? 나는 감방 안에 혼자 남게 될 것이다. 나는 이미 이 사건과 관련된 상태였으니, 그들이 감방의 열쇠를 내다 버리고 격주로 수요일마다 파이프를 통해 신선한 공기와 햇볕을 줄 거라는 불쾌한 의심이 들었다.

나는 인도 쪽으로 차를 세웠다.

30분 후 두통이 찾아옴과 동시에 계획이 생겼다. 하지만 공범이 필요했다. 물론 공범이 필요한 것은 두통이 아니라 그 계획 때문이었다. 두통은 혼자서도 해결할 수 있었다. 도로시 다두라는 이름의 사랑스러운 여배우가 있다. 나는 그녀와 즐거운 시간을 보냈다. 그녀는 결코 심술궂은 여성은 아니었다. 그러나 그녀의 상상력에 호소할 수 있다면, 시청 청사도 날려버릴 만한 여성이었다. 도로시에게 전화를 해서 그녀가 집에 있다는 사실을 확인했다. 나는 그녀에게 그대로 있으라고 하고 차를 끌고 갔다.

나는 도로시에게 지금까지 있었던 일을 말하고 내 계획을 털어놨다. "알겠지, 도로시." 나는 이성적이면서도 흥미롭게 이야기하려 애썼다.

"당신은 투명막을 입고 나를 따라오기만 하면 돼. 내가 전부 설명해줄게. 우리가 함께 커스버트의 감방으로 가서 당신이 커스버트에게 투명 장치를 넘겨주면, 그는 걸어 나와 자유인이 될 거야."

"그리고 바스티유 감옥에는 도로시가 남겠지." 그녀가 차갑게 덧붙였다. "그 생각은 해봤어, 클리브? 아니면 그건 별로 중요한 문제가 아닌 것 같아?"

"생각해봤어, 내 사랑." 내가 말했다. "내가 아니라 당신이 이 일을 해야 하는 이유가 바로 그거야. 당신은 이 사건과 관련이 없기 때문에 경찰이 당신을 잡아둘 이유가 없어. 당신을 엄하게 신문하지도 못할 거야. 모든 게 수수께끼지. 그 상황이 대중에게 알려진다고 생각해봐."

도로시는 바로 대답하지 않았다. 나는 그녀가 골똘히 생각에 잠겨 있다는 사실을 알 수 있었다. 난 느긋하게 기다렸다.

이윽고 그녀가 입을 열었다. "이 일을 하려면 좀 더 영리하게 차려입어야겠어. 내가 여성청년연맹* 회원에 가깝게 차려입을수록 그 부분을 잘 연기할 수 있을 거야."

✳

우리는 전당포에 잡혀 있던 도로시의 모피 코트를 찾아왔다. 나는 그 비용을 업무진행비에 포함시켰다. 그리고 그녀에게 투명 장치의 사용 방법을 보여줬다. 모든 일이 계획에 따라 잘 진행되었다. 도로시가 수감동으로 올라가는 엘리베이터 안에서 재채기를 해 문제가 되긴 했지만, 내가 재빨리 팬터마임으로 그 재채기를 덮었다.

커스버트는 처음에 그 방식을 받아들이려 하지 않았다. 하지만 가능한 다른 방법이 없다고 설득하자 포기했다. 나는 두 사람이 일을 진행하도록 남겨두고 떠났다.

---

* Junior League, 미국 상류계급 여성들의 사회봉사단체

나는 나중에 커스버트에게서 자세한 내용을 들어야 했다. "지적이고 매력적인 여성이더군요." 그가 의견을 말했다. "용기도 있고요."

"당신도 정말 잘했어요, 커스버트."

"그랬죠. 저희는 당신이 알리바이를 만들 시간을 주려고 2시간 동안 흥미로운 대화를 나눴어요. 2시간이 지난 후, 도로시가 장치를 벗어 제게 건네고 작동시킬 수 있는 시간을 줬습니다. 그 후 그녀는 제가 지금까지 들어봤던 어떤 소리보다 큰 소리로 격렬하게 항의했어요. 교도관이 거의 즉시 달려왔는데, 아름다운 젊은 여성이 내 감방에 있다는 사실을 발견했을 때 그의 얼굴은 복잡한 감정이 뒤섞인 표정의 완벽한 사례였죠. 교도관은 상황을 감당하지 못했는지, 허겁지겁 달려가 교도소장을 데려왔어요.

도로시는 생각할 시간을 주지 않았습니다. 그녀는 즉시 풀어달라고 요구하며, 교도소장이 요청하는 상황 설명에도 응해줬어요. 엄청나게 땀을 흘리던 교도소장이 도로시에게 문을 열어줬을 때, 저도 혼란을 틈타 빠져나왔죠.

도로시는 그 정도에 만족하지 않고, 즉시 경찰서장을 데려오라고 요구했어요. 문들에 대해서는 제가 어떡할 수 없으니 저도 어쩔 수 없이 밖으로 따라 나왔어요. 그랬더니 언론사 기자들이 교도소 문앞에 잔뜩 모여 있더군요…."

"내 작품이에요." 내가 끼어들었다.

"멋졌어요. 도로시는 자신이 약에 취해 경찰서장의 부하들에게 납치당한 것 같다고 발언해서 경찰서장을 아주 곤혹스럽게 만들었어요."

"대단한 여자야! 기자들이 사진도 찍었나요?"

"엄청 많이 찍었어요."

*

커스버트는 자신의 집이나 우리 집에 머무를 수 없으므로, 우리 이모 댁에 잠시 숨겨두었다. 〈타이드〉는 여전히 그의 피를 내놓으라고 울부짖었다. 나는 〈그래픽〉에 커스버트가 감옥 안에서 죽었으며, 그 사실을 은 폐하기 위해 도로시 사건을 꾸며냈다는 이야기를 멋들어지게 꾸며냈다.

나는 커스버트에게 집 안에만 있으라고 했다. 특히 커스버트가 물총을 가지고 놀 경우에는 내가 쓴 '살해' 이야기를 망쳐버릴 것이기 때문이었다. 이게 그를 안달나게 만들었다. 커스버트는 특히 교통 위반 즉결 재판소의 판사를 겨냥하고 싶어 했다. 내가 커스버트에게 그 늙은 사기꾼이 사회적으로 영향력이 있는 사람들을 위해 어떻게 딱지를 무효로 만들어주는지 알려줬기 때문이었다. 커스버트의 분노는 상상을 초월했다. 어떻게 사람이 그 나이가 되도록 아직도 그렇게 순진할 수 있는지 나로서는 이해가 되지 않았다.

커스버트는 '법 앞의 평등' 같은 이야기를 마구 뱉어냈다. 나는 그를 진정시키고 이런저런 약속을 받아냈다.

*

커스버트는 그 약속을 그다지 잘 지키지 않았다. 나는 그 상황을 모두 보지는 않았으므로, 그 부분의 이야기는 짜깁기를 할 수밖에 없다. 커스버트는 산책하러 나갔던 것 같다. 물론 투명 장치를 갖추고 나갔다. 산책은 그리 나쁠 게 없다. 하지만 커스버트는 물총도 챙겨 나갔다. 그건 약속을 완전히 어긴 행동이었다.

커스버트가 대로의 교차로를 막 건너려 할 때, 대형 승용차가 시속 백 킬로미터의 속도로 신호를 어기고 교차로를 통과했다. 그 차가 다른 방향에서 신호를 받아 직진하던 차량 두 대를 빗겨 지나가는 바람에, 그 중 한 대가 인도로 올라가 가게 진열창을 들이받았다.

커스버트가 도저히 참을 수 없는 일이었다. 그는 인도에서 걸어나가 조심스럽게 조준했다. 그리고 그 승용차 운전사의 눈을 정확히 맞혔다. 곧 그는 뒤로 폴짝 뛰었다. 그 승용차에 치일 뻔했기 때문이었다. 후회가 마구 솟아오른 그는 혹시 자신이 도울 수 있는 일이 있을지 살펴봤다. 그러는 사이 승용차에서 네 사람이 우르르 내렸다. 그중 한 사람은 눈을 비볐고, 두 사람이 총을 꺼냈으며, 한 사람은 작은 아이를 잡아끌고 내렸다.

"저는 본능적으로 느꼈어요." 커스버트가 나중에 내게 말했다. "그들이 범죄자라는 사실을요. 그래서 저는 그놈들에게 물총을 휘두르며 양손을 들라고 소리쳤죠."

나는 바로 그 직후 경찰차를 타고 그곳에 도착했다. 신고가 들어왔을 때 나는 경찰서에 있었기 때문에, 사건을 취재하기 위해 경찰과 동행했다. 〈타이드〉의 발행인 늙다리 필릭스 해리스의 손자가 납치된 사건이었고, 큰 사건이었기 때문이었다. 아마도 그 아이는 필릭스가 세상에서 마음을 쓰는 유일한 사람이었을 것이다.

경찰과 나는 이상한 광경을 목격했다. 납치범 중 한 명은 자기 총을 커스버트에게 빼앗기고 그 총으로 다리를 맞아 쓰러진 상태였고, 다른 두 명은 눈을 비비며 신음 소리를 냈으며, 다른 한 명은 아주 조용했다. 아이는 잔디밭에 앉아 울고 있었다.

커스버트는 우리를 보더니 무릎을 짚으며 털썩 주저앉았다.

＊

커스버트는 영웅이 되었을 뿐만 아니라, 그에게 덧씌워졌던 혐의들이 조용히 처리되었다. 투명 장치의 비밀은 안전하게 지켜졌다. 경찰차가 도랑에 있던 투명 장치 위로 지나가면서 알아볼 수 없을 정도로 부서졌기 때문이었다. 경찰들은 온 도시가 커스버트를 찾고 있는 동안 어떻게 그가 그렇게 많은 악취액을 뿌릴 수 있었는지 궁금해했다. 그래서 그를 놔주기 전에 적지 않은 질문을 그에게 했다. 하지만 커스버트에게는 준비된 답변이 있었다. "저는 본래 눈에 잘 안 띄는 사람이에요." 커스버트가 그들에게 말해주었다. "아무도 저를 신경 쓰지 않거든요. 여러분이 그저 저를 바라보지 않았을 뿐이에요."

그 말이 어느 정도는 사실이었다.

내가 투명 장치가 부서져버렸다고 불평을 늘어놓자, 커스버트는 내 생일 선물로 새로운 장치를 만들어주겠다고 약속했다. 나는 그때를 기다리고 있다. 나만의 계획을 몇 가지 세워두었다.

금붕어 어항

Goldfish Bowl

최세진 옮김

✦ 1942년 3월 〈어스타운딩 사이언스 픽션(Astounding Science Fiction)〉에
앤슨 맥도날드라는 필명으로 발표

수평선에 움직이지 않는 구름이 있었다. '하와이의 기둥'이라고 불리는 엄청난 크기의 용오름을 덮은 구름이었다.

블레이크 함장이 쌍안경을 내리며 말했다. "여러분, 기둥이 저기에 있습니다."

미국 해군 수로측량선 머핸호의 함교에는 당직 해군 군인과 민간인 두 명이 있었다. 함장의 말은 그 민간인들에게 한 이야기였다. 둘 중 늙고 키가 작은 사람이 조타수에게 빌린 소형 망원경을 통해 뚫어져라 보더니 불평했다. "그 기둥이 보이지 않아요."

"여기, 제 망원경으로 보세요, 박사님." 블레이크 함장이 자신의 쌍안경을 건네주며 제안했다. 함장은 갑판에 있는 장교를 돌아보며 덧붙였다. "혹시 괜찮으면 전방 거리계에 담당자를 배치하지, 모트." 모트 대위는 조금 떨어진 곳에서 귀를 기울이고 있던 당직 갑판장 부관과 눈을 맞추고 엄지손가락을 위로 치켜들었다. 그 부사관이 마이크로 걸어갔다. 방송 준비가 된 마이크에서 삑 소리가 들리더니, 스피커에서 쩌렁쩌렁 울리는 금속성 목소리가 배를 가득 채우며 함장의 지시를 알렸다.

"1번 거리계! 담당자 위치로! 탐지 시작!"

"난 그냥 상황이 괜찮으면 배치하라는 거였어, 모트." 함장이 다시 말했다.

"기둥이 보이는 거 같아요." 나이가 많은 야콥슨 그레이브스 박사가 말했다. "구름에서 수평선까지 어두운 수직 줄무늬가 두 개 있네요."

"그겁니다."

그레이브스 박사가 앞서 포기했던 망원경을 이용해서 다른 민간인 빌 아이젠버그가 살펴봤다. "저도 보여요." 아이젠버그가 말했다. "이 망원경도 아무 문제 없어요, 박사님. 그렇지만 예상했던 것만큼 커 보이지는 않네요." 그가 인정했다.

"기둥은 아직 수평선 너머에 있습니다." 블레이크 함장이 설명했다. "여러분은 윗부분만 보신 겁니다. 기둥의 높이는 해수면에서 구름까지 3천 미터가 넘습니다. 기둥이 아직도 그대로 유지되고 있다면 말입니다."

그레이브스 박사가 고개를 휙 들었다. "뭔가 하실 말씀이 남은 것처럼 들리네요? 기둥이 없어진 적이 있나요?"

블레이크 함장이 어깨를 으쓱했다. "그렇죠. 정확한 말씀이십니다. 저 기둥들은 원래 저기에 없어야 하는 겁니다. 4개월 전까지만 해도 존재하지 않았습니다. 저 기둥들이 오늘 혹은 내일 어떻게 될지 제가 어떻게 알겠습니까?"

그레이브스 박사가 고개를 끄덕였다. "무슨 말씀인지 알겠어요. 그리고 그 말씀에 동의합니다. 거리를 이용해 기둥의 높이를 정확히 계산해 볼 수 있을까요?"

"확인해보겠습니다." 블레이크 함장이 해도실 쪽으로 고개를 돌리며 말했다. "아치, 측정값 나온 거 있나?"

"잠시만 기다려주십시오, 함장님." 항해사가 음성 튜브를 향해 고개를 돌리고 소리쳤다. "거리계!"

둔한 목소리가 대답했다. "1번 거리계. 아직 계산 중입니다."

"아마 30킬로미터보다 조금 멀 겁니다." 함장이 그레이브스 박사에게 쾌활하게 말했다. "박사님, 조금 더 기다리셔야 합니다."

모트 대위가 조타수에게 종을 세 번 울리라고 지시했다. 함장은 기둥에서 5킬로미터 떨어진 한계 지점에 함선이 접근하면 자신에게 보고하라는 말을 남기고 함교를 떠났다. 그레이브스 박사와 아이젠버그는 다소 내키지 않는 표정을 지으며 함장을 따라 내려갔다. 그들에게는 함장과 식사를 하기 전에 옷을 차려입을 시간도 빠듯했다.

블레이크 함장은 보수적인 사람이었다. 그는 만찬이 커피와 담배 단계에 들어서기 전까지는 대화가 업무적인 논의로 바뀌는 것을 허용하지 않았다. "자, 여러분." 함장이 담배에 불을 붙이며 시작했다. "박사님이 제안하실 게 뭡니까?"

"해군본부에서 말해주지 않았나요?" 그레이브스 박사가 함장을 힐끗 쳐다보며 물었다.

"별로 없었습니다. 통신문을 하나 받았는데, 기둥에 관한 연구를 위해 제 함선과 지휘권을 여러분이 마음껏 이용할 수 있게 하라는 지시였습니다. 그리고 이틀 전에 받은 긴급 공문에는 오늘 아침 여러분을 승선시키라는 지시가 담겨 있었습니다. 그 외에 상세한 설명은 없었습니다."

그레이브스 박사가 불안한 눈빛으로 아이젠버그를 보더니 다시 함장을 바라봤다. 박사가 헛기침을 하고 말했다. "어…, 함장님, 우리는 카나카 기둥으로 올라갔다가 와히니 기둥으로 내려올 계획입니다."

블레이크 함장이 박사를 날카롭게 노려보더니 입을 열었다가, 다시 생각해보고, 다시 입을 열었다. "박사님, 저를 용서해주시기 바랍니다. 무례하게 굴려는 생각은 없습니다만, 완전히 미친 소리처럼 들려서요. 그건 터무니없는 자살 행위입니다."

"조금 위험할 수도 있겠죠…."

"허, 참!"

"그렇지만 우리에게는 그 계획을 실행할 수단이 있습니다. 우리가 믿는 게 사실이라면, 카나카 기둥이 빨아들인 물이 와히니 기둥을 통해 다시 돌아올 겁니다." 그레이브스 박사가 방법을 대략 설명했다. 박사와 아이젠버그의 잠수구 경험을 합하면 25년 정도 되었다. 아이젠버그가 8년, 그레이브스 박사가 17년이었다. 그들은 개조한 잠수구를 투박한 나무상자에 넣어서 가져와 함선의 뱃고물에 놔두었다. 외부의 모습은 닻을 제거한 잠수구와 비슷했다. 그러나 그 내부는 무모하고 과시욕이 강한 사람들이 나이아가라 폭포에서 호화롭고 무익한 다이빙을 시도할 때 타는 복잡한 술통과 몹시 흡사했다. 그 잠수구는 48시간 동안 공기를 공급하는데, 답답하긴 하지만 호흡은 가능했다. 그리고 최소한 48시간 동안 마실 물과 농축된 음식을 저장할 수 있었다. 허름하지만 그런대로 그럭저럭 이용할 수 있는 위생 설비도 갖추었다.

그러나 잠수구의 가장 주요한 특징은 충격 방지용 벨트와 개량된 코르셋, 즉 구속복이었는데, 그걸 착용하면 기디언 줄로 만든 그물과 강철 스프링을 이용해서 벽에 부딪히지 않고 매달려 버틸 수 있다. 잠수구 안에서는 인간이 가장 격렬하게 충격을 받아도 살아남을 것이라고 합리적으로 기대할 수 있었다. 대포에 맞고, 언덕을 튕기며 내려가고, 수화물을 던져대는 짐꾼들이 잔혹하게 휘둘러도, 뼈에 손상을 입지 않고 내장도 파열되지 않은 상태로 살아남을 수 있을 것이었다.

그레이브스 박사가 설명하기 위해 그린 스케치를 블레이크 함장이 손가락으로 쿡쿡 찌르며 말했다. "박사님은 정말로 저기에 있는 기둥 위로 올라가시려는 건가요?"

아이젠버그가 대답했다. "박사님이 아니고 제가 가는 거예요, 함장님."

그레이브스 박사의 얼굴이 벌게졌다. "염병할 주치의가…."

"박사님의 동료분들도 의견이 같아요." 아이젠버그가 덧붙였다. "그렇게 된 겁니다, 함장님. 박사님이 용기가 없어서 안 가시는 게 아니에요. 심장이 안 좋으시고, 잠수 때문에 양쪽 귀에 문제가 있는 데다, 동맥까지 그다지 좋지 않으세요. 그래서 연구소에서는 박사님을 보호하기 위해 대신 저를 보냈어요."

"아이젠버그, 이것 봐." 그레이브스가 항의했다. "이 문제에 대해 그렇게 고루하게 굴지 마. 난 늙었잖아. 다시는 기회가 없을지도 몰라."

"아니요, 안 됩니다." 아이젠버그가 반대했다. "함장님, 연구소에서는 저희가 가져온 장비에 대한 권한을 공식적으로 저에게 부여했다는 사실을 알려드리겠습니다. 함장님은 이 노병이 어떤 바보짓도 하지 못하도록 막아주시기만 하면 됩니다."

"그건 당신의 일이죠." 블레이크 함장이 퉁명스럽게 대답했다. "저한테 온 지침은 그레이브스 박사님의 연구를 지원하라는 것이었습니다. 둘 중 어느 쪽이 됐든 강철로 만들어진 저 관 안에서 자살하고 싶으신 모양인데, 카나카 기둥에는 어떻게 들어갈 생각인가요?"

"이런, 그건 당신의 일이죠. 함장님은 위로 상승하는 기둥에 잠수구를 집어넣고, 그게 하강 기둥으로 내려오면 수거하셔야 합니다."

블레이크 함장이 입술을 오므리더니 천천히 고개를 저었다. "그건 못합니다."

"어? 왜요?"

"저는 이 함선을 기둥으로부터 5킬로미터 반경 안으로는 근접시키지 않을 겁니다. 머핸호는 견실한 선박입니다만, 속도를 내기 위해 건조된 선박은 아닙니다. 머핸호는 12노트 이상의 속도를 내지 못합니다. 그 반경 안의 어떤 지점에 이르면, 카나카 기둥으로 빨려 들어가는 수면 해류의 속도가 12노트를 넘어설 겁니다. 제 함선을 잃어버리면서까지 그 지점이 어디인지 알아내고 싶지는 않습니다.

최근에 하와이 섬들의 주변에 정체를 알 수 없는 어선들이 유례없이 많이 출몰하고 있습니다. 저는 머핸호를 그 목록에 올릴 생각이 없습니다."

"함장님은 그 배들이 기둥 위로 올라갔었다고 생각하세요?"

"그렇습니다."

"그렇지만, 함장님." 아이젠버그가 제안했다. "함장님은 이 함선을 위험에 빠뜨릴 필요가 없어요. 잠수구는 모터보트로 내보내도 돼요."

블레이크 함장이 고개를 저었다. "그건 고려할 가치도 없습니다." 그가 엄숙한 얼굴로 말했다. "설령 이 함선의 보트들이 그런 작업을 위해 만들어졌다고 할지라도, 선원들은 그렇지 않습니다. 저는 해군의 수병들을 위험에 빠뜨리지 않을 겁니다. 이건 전쟁이 아니니까요."

"과연 그럴까요?" 그레이브스 박사가 조용히 말했다.

"무슨 뜻으로 하는 말씀이시죠?"

아이젠버그가 킬킬거리며 말했다. "박사님은 최근 몇 년 동안 일어났던 이상한 현상들을 하나의 사악한 원인이라는 멋진 이론으로 다 설명할 수 있을 거라는 낭만적인 생각을 하고 계세요. 기둥부터 라그랑주 불덩이까지 전부 다요."

"라그랑주 불덩이? 그거랑 어떤 관련성이 있을 수 있습니까? 그건 그냥 정전기입니다. 그냥 천둥소리가 나지 않는 번개죠. 저도 압니다. 본 적이 있어요."

✳

과학자들이 동시에 함장의 이야기에 관심을 기울였다. 그레이브스 박사의 짜증과 아이젠버그의 쾌활함이 진실을 갈망하는 본능에 묻혀버렸다. "보셨어요? 언제요? 어디서요?"

"하와이 동부의 힐로에 있는 골프장에서요. 지난 3월입니다. 저는…."

"'그 사건'이군요! 실종 사건이 있었죠!"

"네, 맞습니다. 제가 설명하겠습니다. 저는 13번 홀에서 가까운 모래 벙커에 서 있었습니다. 우연히 고개를 들어 위를 쳐다봤을 때…."

하와이섬의 맑고 온화한 날이었다. 구름은 없었고, 기압은 보통이었으며, 가벼운 미풍이 불었다. 대기가 불안한 징후는 전혀 없었고, 태양의 흑점은 최댓값이 아니었으며, 전파 잡음도 없었다. 난데없이 거대한 불덩이 대여섯 개가 나타났다. 엄청난 크기의 구상 번개가 산개한 형태로 일렬을 이루며 공중에 떠서 골프장을 가로질렀다. 어떤 관찰자는 불덩이들이 수학적인 형태로 배열했다고 묘사했지만, 다른 이들은 그 주장을 인정하지 않았다.

본토에서 온 관광객이었던 여성 골퍼가 비명을 지르며 달리기 시작했다. 그녀에게서 가장 가까운 불덩이가 일렬에서 벗어나 그녀를 따라가며 춤을 추듯 움직였다. 그 불덩이가 그녀에게 닿았는지는 아무도 확신하지 못했다. 블레이크 함장 역시 그 사건이 벌어지는 상황을 목격했음에도 확실하게 알지 못했다. 하지만 그 불덩이가 지나간 후, 그녀는 잔디밭에 누워 있었는데 사망한 상태였다.

어느 정도 좋은 평판을 얻고 있던 지역 의사는 그 시체에서 혈액 응고와 전기 분해의 증거를 발견했다고 주장했다. 하지만 그 사건을 재판한 배심원단은 심장마비라고 주장하는 검시관의 조언을 따랐고, 지역의 관광청은 그 판결을 열광적으로 지지했다.

사라진 남자는 달리려고 시도하지도 않았었다. 그의 운명이 다한 것이었다. 그 남자는 캐디였는데, 일본-포르투갈-카나카 혼혈이었으며 알려진 인척은 없었다. 기자가 냄새를 맡지 않았다면 뉴스 보도에서 쉽게 지워버릴 수 있었을 것이었다. "그 사람은 잔디밭 위에 서 있었는데, 저한테서 25미터 정도밖에 떨어져 있지 않았습니다." 블레이크 함장이 설명했다. "불덩이들이 다가왔을 때 제 양쪽으로도 지나갔어요. 피부가 가렵고 머리카락이 곤두섰습니다. 그리고 오존 냄새가 났어요. 저는 그 자리에 가만히 서서…"

"그 불덩이가 함장님을 살려줬군요." 그레이브스 박사가 말했다.

"바보 같은 소리 마세요, 박사님." 아이젠버그가 말했다. "함장님은 마른 모래 위에 서 있었기 때문에 살아난 거예요."

"아이젠버그, 이 바보 녀석아." 그레이브스 박사가 짜증나는 투로 말했다. "그 불덩이들은 지능이 있는 것처럼 움직였어."

블레이크 함장이 박사에게 되물었다. "박사님은 왜 그렇게 생각하시나요?"

"별로 중요한 건 아니에요. 그냥 계속 이야기해주세요."

"흠, 아무튼, 불덩이들은 저를 지나갔습니다. 그 캐디 친구는 불덩이 하나가 지나가는 경로에 있었어요. 그 사람이 불덩이를 봤다고는 생각되지 않습니다. 반대쪽을 바라보고 있었거든요. 불덩이가 캐디에게 닿은 후, 그 사람을 감싸더니 지나갔습니다. 그리고 그 사람도 사라졌습니다."

그레이브스 박사가 고개를 끄덕였다. "내가 봤던 기사들과 일치하네요. 그런데 이상하게도 그 기사들에서 함장님의 성함을 봤던 기억이 안 나요."

"저는 나서지 않고 뒤에 있었습니다." 함장이 대답했다. "기자들을 좋아하지 않거든요."

"음. 발표된 기사들에 덧붙여줄 이야기가 있나요? 혹시 오류가 있었다든가?"

"제가 기억하기로는 없습니다. 혹시 기사에 그 캐디가 가지고 있던 골프 가방 이야기가 실렸던가요?"

"없던 것 같아요."

"10킬로미터 떨어진 해변에서 그 가방이 발견되었습니다."

아이젠버그가 자세를 바로 고쳐 앉았다. "처음 듣는 이야기예요. 말씀해주세요. 혹시 얼마나 높은 곳에서 떨어졌는지 추정할 수 있는 실마리가 있었나요? 골프 클럽이 부서지거나 부러졌나요?"

블레이크 함장이 고개를 저었다. "클럽과 가방에는 흠집 하나 없었어요. 모래사장도 흐트러진 흔적이 없었습니다. 다만 얼음처럼 차가웠죠."

✳

그레이브스 박사는 함장이 계속 이야기해주길 기다렸다. 함장이 더이상 이야기를 하지 않자 박사가 물었다. "함장님은 그걸 어떻게 생각하세요?"

"저요? 저는 아무 생각도 없습니다."

"그 사건을 어떻게 이해해야 할까요?"

"저는 모르죠. 아직 분류되지 않은 전기적 현상 아닐까요? 그렇지만 박사님이 어림짐작이라도 원하신다면, 제 의견을 이야기해드리겠습니다. 그 불덩이는 고전위의 정전기인 거예요. 그게 캐디를 둘러싸고 대전(帶電)시킨 거죠. 그 결과, 정전기 전하 실험의 작은 구슬처럼 튕겨 나간 겁니다. 굳이 덧붙이자면, 동시에 감전사했겠죠. 그리고 방전된 후에 바다에 떨어진 겁니다."

"그래요? 캔자스에서도 같은 사례가 있었어요. 바다에서 좀 먼 곳이었죠."

"시체는 쉽게 발견되지 않을 수도 있습니다."

"한 번도 발견되지 않았어요. 하지만 함장님의 추론이 맞다고 해도, 골프 클럽이 그렇게 얌전히 놓여 있는 건 어떻게 설명할 수 있을까요? 그리고 왜 차가웠을까요?"

"젠장, 이봐요, 모릅니다! 제가 이론가는 아니잖습니까. 저는 직업적인 해군 장교이고, 기질적으로 경험론자입니다. 박사님이 제게 이야기해주셔야죠."

"알겠습니다. 하지만 내 주장은 연구를 진행하기 위한 기초로서 잠정적인 가설일 뿐이라는 사실을 염두에 두고 들으세요. 나는 그런 현상들을 몇 가지 살펴봤습니다. 기둥과 거대한 불덩이, 그리고 절대로 일어나서는 안 되지만 일어났던 다른 수많은 현상 말이에요. 그중에는 콜로라도주의 볼더 지역 남쪽에 있는 작은 산의 흥미로운 사례도 있는데, '자연적으로' 산꼭대기가 평평해졌어요. 나는 이런 일들이 지적인 활동의 증거라고 봅니다. 단일한 의식적인 원인이 있는 겁니다." 박사가 어깨를 으쓱했다. "그걸 'X' 요인이라고 부르죠. 나는 그 X를 찾고 있어요."

아이젠버그가 장난스럽게 동정하는 표정을 지었다. "가련한 박사님." 그가 한숨을 쉬었다. "마침내 새는 곳이 생기기 시작하셨어요."

다른 두 사람은 그 농담을 무시했다. 블레이크 함장이 질문했다. "박사님은 본래 어류학자였죠, 아닌가요?"

"맞습니다."

"어쩌다 이쪽 분야를 파기 시작하신 건가요?"

"잘 모르겠어요. 아마 호기심 때문이겠죠. 여기에 있는 이 떠들썩한 젊은 친구가 당신에게 어류학(ichthyology)이 '시대에 뒤진 사람(icky)'에서 유래했다고 알려줄 겁니다."

블레이크 함장이 아이젠버그를 돌아보며 물었다. "당신은 어류학자가 아닌가요?"

"이런, 아니죠! 전 생태 환경을 전문으로 하는 해양학자예요."

"저 녀석이 괜히 흰소리를 하는 거예요." 그레이브스 박사가 말했다. "함장님에게 '클레오'와 '파트라'에 대해 이야기해드려."

아이젠버그가 당혹스러운 표정을 지었다. "걔들은 진짜 끝내주는 반려동물이에요." 그가 방어적으로 말했다.

블레이크 함장이 어리둥절한 표정을 짓자, 그레이브스 박사가 설명했다. "이 녀석이 아까 나를 놀리긴 했지만, 녀석에게는 금붕어 한 쌍이 부끄러운 비밀입니다. 금붕어라니! 녀석의 숙소에 가면 세면대에 있는 금붕어를 언제라도 볼 수 있을 거예요."

"과학적인 호기심인가요?" 블레이크 함장이 무표정한 얼굴로 물었다.

"아, 아니요! 이 녀석은 그 금붕어들이 자신을 몹시 좋아한다고 생각해요."

"정말 멋진 반려동물이죠." 아이젠버그가 주장했다. "금붕어는 짖지도 않고, 할퀴지도 않고, 어지럽히지도 않아요. 게다가 클레오는 표정이 너무 좋다니까요!"

✳

블레이크 함장은 처음에 그레이브스 박사 일행의 계획을 반대했지만,

해군에 인적·물적 피해를 주지 않으면서 그들이 계획한 실험을 수행할 묘안을 찾으려 적극적으로 노력했다. 함장은 두 사람이 마음에 들었다. 그는 사심 없는 무모함과 극단적인 신중함이 괴상하게 뒤섞인 그들의 특성을 이해했다. 그런 특성은 자신과도 맞았다. 경제적인 동기를 추구하지 않는 전문가 기질 말이다.

함장은 나이가 지긋한 준위 잠수조장과 그들의 장비를 점검할 기술 승무원을 지원해주었다. 블레이크 함장이 말했다. "위로 올라간 것은 반드시 내려오게 되어 있다는 명제를 제쳐두더라도, 여러분의 잠수구가 왕복 여행을 할 수 있을 거라고 믿을 만한 이유가 있습니다. 혹시 VJ-14에 대해 들어보셨나요?"

"초기 조사 과정에서 실종된 해군 비행기죠?"

"네, 맞습니다." 함장이 버저를 눌러 급사를 불렀다. "VJ-14에 대한 파일을 꺼내와."

기묘하게 '불변하는' 구름과 엄청난 용오름이 발견되자, 얼마 지나지 않아 항공기를 이용한 조사가 시도되었다. 알아낸 사실은 별로 없었다. 비행기 한 대가 구름을 통과했다. 비행기의 시동이 꺼졌다. 활공으로 무사히 구름에서 빠져나오자 다시 시동이 걸렸다. 비행기는 구름으로 다시 들어갔다. 엔진이 꺼졌다. 그 구름의 수직 높이는 비행기가 닿을 수 있는 고도보다 훨씬 높았다.

블레이크 함장이 급사가 가져온 파일을 조금씩 참고하며 계속 말했다. "VJ-14는 5월 12일 미군 전함 펠리컨호가 지켜보는 가운데, 기둥을 항공 탐사했습니다. 비행기에는 조종사와 무선 기사뿐만 아니라 카메라맨과 항공 기상 관측관도 타고 있었습니다. 음, 마지막 두 번의 진입만 언급하는 게 적절할 것 같습니다. '항로 변경. 두 개의 기둥 사이로 비행할 예정이다—14.' 그리고 '0913—비행기가 제어되지 않는다—14.' 펠리컨호에서 망원경으로 관찰한 내용에 따르면, 그 비행기는 카나카 기둥에 바짝 달라붙어 나선으로 돌면서 위로 올라갔는데, 한 바퀴 반을 돌더니 기둥 속으로 빨려 들어갔습니다. 떨어지는 건 아무것도 보이지 않았습니다.

그런데 조종사인 중위… 음, 네, 맷슨, 맷슨 중위는 사후에 특별조사위원회에서 책임을 면제받았습니다. 아, 네, 여기에 우리의 의문과 관련된 부분이 있네요. 펠리컨호의 항해일지에 '1709—잔해를 수거함. VJ-14의 부품으로 식별됨. 항목별로 설명된 추가 자료 참조.' 구태여 그것까지 볼 필요는 없습니다. 요점은 그들이 와히니 기둥에서 6킬로미터 떨어진 지점에서 그 부품을 수거했다는 겁니다. 거기에 함축된 의미는 명확합니다. 여러분의 계획은 성공할 겁니다. 물론 여러분이 그걸 통과해도 살아남을 거라는 이야긴 아닙니다."

"그건 운에 맡기겠습니다." 아이젠버그가 대답했다.

"음, 네. 그러나 저는 실험용 화물을 올려보내야 한다고 제안하려던 참이었습니다. 이를테면 큰 통에 달걀이 담긴 상자를 넣는다든가." 함교에서 온 버저가 울렸다. 블레이크 함장이 머리 위에 있는 목소리 튜브의 황동 깔때기를 향해 목소리를 높였다. "뭔가?"

"8시입니다, 함장님. 8시, 전등과 조리실의 불을 끄고, 포로들을 엄중히 감금할 시간입니다."

"고맙네." 블레이크 함장이 자리에서 일어섰다. "세세한 부분에 대해서는 아침에 의견을 모으죠."

＊

15미터짜리 모터보트가 머핸호 뒤쪽에서 생기 없이 상하로 까딱까딱 움직였다. 그 배는 25센티미터 굵기의 야자섬유 밧줄로 모선과 연결되었다. 밧줄에서 약 2미터가량 떨어진 거리에 전화선이 있었는데, 그 보트의 고물 쪽에 앉아 있는 통신병이 쓴 헤드폰으로 연결되었다. 통신병 옆의 가로장에는 깃발 두 개와 망원경이 놓였다. 통신병의 군복이 위로 말려 올라가자 숨겨두었던 《정열이 불타는 사연들》의 야한 표지 일부분이 드러났다. 지루할 때를 대비해 몰래 챙겨온 것이었다.

보트에는 통신병 외에도 키잡이와 기관사, 보트 담당 장교, 그레이브스 박사, 아이젠버그가 타고 있었다. 보트 앞쪽에는 식수를 담은 작은 물통과 드럼통 두 개에 든 2백 리터의 휘발유, 그리고 큰 통이 실렸다. 그 통에는 달걀 한 상자뿐만 아니라, 응급용 연기신호기가 실렸는데, 세 가지 방식으로 발사되도록 설정되었다. 그 신호기는 시한장치에 의해 8시간 후, 9시간 후, 10시간 후에 자동으로 발사되고, 함선에서 무전으로 발사시킬 수 있으며, 바닷물이 스며들어도 전자회로가 닫히면서 발사되었다. 잠수를 맡은 어뢰 사수는 그중에 하나라도 작동해서 그 통의 위치를 찾을 때 도움이 되길 바랐다. 그는 잠수구를 위해 좀 더 확실한 장비를 고안해내는 데 열심이었다.

보트 담당 장교가 준비되었다는 신호를 함교로 보냈다. 확성기에서 대답이 울렸다. "보트의 밧줄을 천천히 풀어!" 보트가 서서히 함선에서 멀어지며 5킬로미터 떨어진 카나카 기둥을 향해 곧장 나아갔다.

✳

그들 머리 위로 카나카 기둥이 어렴풋이 크게 보이기 시작했다. 기둥은 아직 2킬로미터 가량 떨어진 상태였음에도 험악한 인상을 주었다. 그 기둥이 구름 속으로 모습을 감추는 지점은 머리 위에서 곧장 그들을 향해 떨어질 것처럼 보였다. 150미터 두께의 물줄기는 자줏빛을 띤 검은색으로 번득이며 물이라기보다는 강철처럼 광택이 났다.

"키잡이, 엔진을 다시 한 번 돌려봐."

"네, 알겠습니다!" 엔진이 털털거리더니 안정되었다. 기관사가 클러치를 조금 풀었다. 스크루가 돌기 시작하며 보트가 앞으로 나아가자 밧줄이 풀렸다. "밧줄이 느슨해졌습니다."

"엔진 멈춰." 보트 장교가 승객들을 돌아보며 말했다. "뭐가 문젭니까, 아이젠버그. 겁납니까?"

"아뇨, 젠장. 뱃멀미예요. 저는 작은 배가 싫어요."

"아, 저런, 안됐습니다. 앞으로 먹을 음식물에 피클이 있을지 확인해 보겠습니다. 멀미에 도움이 될 겁니다."

"고맙지만, 저한테는 피클이 소용이 없어요. 신경 쓰지 마세요. 견딜 수 있어요."

보트 장교가 어깨를 으쓱하더니, 고개를 돌려 현기증을 일으키는 기둥을 위로 훑어봤다. 장교가 휘파람소리를 냈다. 그는 기둥을 올려다볼 때마다 휘파람을 불었다. 구역질 때문에 신경이 날카로워진 아이젠버그는 그 소리에 살의를 느끼기 시작했다. "휴! 정말로 저 위로 올라갈 생각입니까, 아이젠버그 씨?"

"그럼요, 갈 겁니다!"

보트 장교는 그 말투에 깜짝 놀라 거북하게 웃더니 덧붙였다. "뭐, 당신이 궁금해할지는 모르겠지만, 뱃멀미보다 더 심할 겁니다."

아무도 궁금해하지 않았다. 그레이브스 박사는 아이젠버그의 기질을 잘 알았다. 그래서 박사는 남은 시간 동안 아이젠버그와 이런저런 잡담을 나눴다.

"키잡이, 엔진을 돌려봐."

부사관이 명령을 수행했다. 그리고 재빨리 보고했다. "시동이 걸리지 않습니다."

"기관사는 플라이휠을 도와줘. 내가 키를 잡을게."

두 사람이 엔진의 크랭크를 돌렸지만, 털털거리는 반응조차 없었다. "걸려라!" 여전히 성과가 없었다.

보트 장교는 쓸모없는 키를 포기하고, 기관실로 뛰어 내려가서 크랭크 줄을 끌어 올리는 데에 힘을 보탰다. 장교가 어깨너머로 통신병에게 명령해서 함선에 알리도록 했다.

"3번 보트, 함교 호출. 3번 보트, 함교 호출. 함교 나오라! 통신 점검… 점검 중." 통신병이 한쪽 헤드폰을 벗으며 말했다. "전화가 죽었습니다."

"깃발로 신호를 보내봐. 함선에 우리를 끌고 가라고 해!" 장교가 얼굴에 흐르는 땀을 닦고 자세를 똑바로 하며 말했다. 그는 보트의 측면을 철썩철썩 때리는 조류를 긴장한 표정으로 힐끗 쳐다봤다.

그레이브스 박사가 장교의 팔을 잡았다. "저 통은 어떻게 할까요?"

"원하신다면 뱃전 너머로 던지십시오. 저는 바쁩니다. 시어스, 신호기를 올릴 수 있겠어?"

"해보겠습니다."

"이리 와, 아이젠버그." 그레이브스 박사가 아이젠버그에게 말했다. 박사와 아이젠버그는 세 군인이 비지땀을 흘리고 있는 플라이휠 옆의 엔진을 지나 보트 앞쪽으로 갔다. 그레이브스 박사가 통에 연결된 줄을 끊었다. 두 사람은 보기 흉하고 다루기 힘든 그 통을 도르래를 연결하려 낑낑댔다. 큰 통과 그 안에 실린 가벼운 짐들은 합쳐서 90킬로그램이 채 되지 않았지만 다루기가 쉽지 않았다. 특히 바닥이 출렁거려 발이 불안정한 상태라 더욱 그랬다.

두 사람이 간신히 통을 선체 밖으로 밀어냈다. 그사이 아이젠버그가 손가락 하나를 찧었고, 그레이브스 박사는 정강이를 심하게 찧었다. 통이 묵직하게 철퍼덕 떨어지는 바람에 두 사람은 끈적이는 소금물을 흠뻑 뒤집어썼다. 통은 배의 후방에서 까딱까딱 움직이며 조류를 타고 빠르게 카나카 기둥을 향해 흘러갔다.

"함선에서 대답이 왔습니다."

"좋았어! 우리를 끌고 가라고 해. 조심해서." 보트 장교는 기관실에서 뛰어나와 앞쪽으로 가서 연결 밧줄이 제대로 묶여 있는지 다시 확인했다.

그레이브스 박사가 장교의 어깨를 두드리며 말했다. "저 통이 기둥으로 들어가는 모습을 볼 수 있을 때까지 여기에 머물면 안 될까요?"

"안 됩니다! 지금 당장은 그 통에 대한 걱정은 그만두고, 저 줄이 제대로 버티기를 기도하는 게 나을 겁니다. 안 그러면 우리도 기둥으로 올라가게 될 겁니다. 시어스, 함선에서 대답이 왔어?"

"지금 방금 왔습니다."

"그런데 왜 야자 밧줄을 쓰는 건가요?" 아이젠버그가 물었다. 그는 흥분한 상태라 멀미를 잊어버렸다. "제 생각에는 강철이나 튼튼한 마닐라 밧줄이 더 믿을 만한 것 같은데요."

"야자 밧줄은 물에 뜨지만 다른 것들은 가라앉기 때문입니다." 장교가 퉁명스럽게 대답했다. "3킬로미터 길이의 밧줄이 우리를 바닥으로 끌어당긴다고 생각해보세요. 시어스! 함선에 밧줄을 조금 느슨하게 하라고 해. 이러다간 우리가 파도를 뒤집어쓰겠어."

"네, 알겠습니다!"

큰 통은 4분이 채 되지 않아 기둥에 도착해서 그 안으로 들어갔다. 그레이브스 박사는 통신병에게서 망원경을 빌려 그 통의 마지막 모습을 따라가며 확인했다. 이 때문에 성마른 보트 장교가 박사를 경멸하듯 노려봤다. 몇 분 후 보트가 기둥에 가장 가까이 다가갔던 지점에서 5백 미터 이상 멀어지자 전화가 갑자기 살아났다. 곧 엔진에도 시동이 걸렸다. 엔진이 굉음을 내며 움직이기 시작했다.

돌아올 때는 엔진이 작동하며 연결 밧줄이 느슨해졌으므로, 그들은 늘어진 밧줄의 중간 부분이 스크루에 엉키는 사태를 막기 위해 속도를 반으로 줄이고 조금씩 위치를 바꾸며 움직였다.

연기신호기가 작동했다. 첫 번째 혹은 두 번째 회로가 작동한 것이었다. 와히니 기둥에서 3킬로미터 떨어진 남쪽에서 연기가 관찰되었다. 그통이 카나카 기둥으로 들어간 뒤 8시간이 경과한 직후였다.

아이젠버그가 잠수병을 방지하는 처치를 받기 위해 운동기구의 안장위로 올라갔다. 그가 혈액순환을 촉진하기 위해 격렬한 운동을 하면서 헬륨과 산소로 이루어진 공기로 숨을 쉬면, 그의 혈류 안에 정상적으로 용해되어 있던 질소가 대부분 헬륨으로 대체될 것이었다. 운동기구는 낡은 자전거를 정지판 위에 고정시킨 것에 불과했다. 블레이크 함장이 그자전거를 대충 훑어보더니 말했다. "이걸 가져오느라 고생할 필요는 없었어요. 우리 함선에는 그보다 나은 게 있습니다. 요즘에는 잠수 활동을 위한 표준 절차가 있거든요.”

“우리는 그런 게 있는 줄 몰랐습니다.” 그레이브스 박사가 대답했다. “아무튼, 이게 제 역할을 할 겁니다. 다 준비됐지, 아이젠버그?”

“그런 것 같아요.” 아이젠버그가 어깨너머로 거대한 강철 잠수구가 놓여 있는 곳을 힐끗 쳐다봤다. 잠수구를 상자에서 꺼내서 점검하고 장비를 갖춘 후 보트 크레인을 이용해 선체 밖으로 실어 나갈 준비를 마친 상태였다. “개스킷 밀봉은 완료됐나요?”

“당연하지. ‘철의 여인’*은 아주 상태가 좋아. 어뢰 사수와 내가 자네를 그 안에 넣고 밀봉할 거야. 자, 마스크 받아.”

아이젠버그가 흡입 마스크를 받아 끈을 묶고 점검했다. 그레이브스 박사가 그의 얼굴에 뜬 표정을 알아챘다. “아이젠버그, 무슨 문제 있어?”

“박사님….”

“응?”

“저기… 클레오와 파트라를 잘 돌봐주실 거죠?”

“이런, 당연하지. 그렇지만 자네가 떠나 있는 동안에는 금붕어들에게 아무것도 필요하지 않을 거야.”

“음, 네. 그럴 것 같아요. 그래도 잘 돌봐주실 거죠?”

“물론이지.”

“자, 그럼.” 아이젠버그가 마스크를 얼굴 위에 쓰고 가스통 옆에서 기다리는 어뢰 사수에게 손을 흔들었다. 사수가 차단 밸브를 열자 가스관에서 쉭 소리가 났다. 아이젠버그가 자전거 경주 선수처럼 페달을 밟기 시작했다.

30분을 기다려야 하는 상황이 되자, 블레이크 함장은 그레이브스 박사와 함께 함선의 앞쪽으로 가서 담배를 피우고 앞갑판을 산책했다. 그

---

* Iron Maiden, 강철로 만든 관의 내부에 쇠못이 박혀 있는 중세 고문 도구

들이 앞갑판을 스무 번쯤 돌았을 때, 블레이크 함장이 우뚝 멈춰 서더니, 입에서 담배를 떼며 말했다. "저는 아이젠버그 씨가 그 여행을 완료할 가능성이 클 거라고 믿습니다."

"그런가요? 그렇게 말씀하시니 기쁘네요."

"네, 저도 그렇게 말할 수 있어서 진심으로 기쁩니다. 실험용 화물을 이용한 시도가 성공한 덕분에 확신했습니다. 그리고 연기 장치가 작동을 하든 안 하든, 저 잠수구가 와히니 기둥으로 내려오면 제가 찾아낼 겁니다."

"그러실 거라고 생각합니다. 잠수구를 노란색으로 칠한 건 좋은 발상이었어요."

"위치를 파악할 때 도움이 될 겁니다. 나쁘지 않습니다. 하지만 저는 아이젠버그 씨가 뭔가를 알아내리라고는 생각지 않습니다. 그가 기둥에 들어간 후 우리가 잠수정을 수거할 때까지 그 현창들을 통해서는 파란 바닷물밖에 보지 못할 겁니다."

"아마 그렇겠죠."

"그 외에 그가 볼 수 있는 게 뭘까요?"

"모르겠습니다. 저 기둥을 만든 게 뭐든 아마도 그 존재를 볼 수 있겠죠."

블레이크 함장은 난간 너머로 조심스럽게 담뱃재를 털어낸 후 대답했다. "박사님, 저는 여러분이 이해가 되지 않습니다. 제 생각엔 저 기둥들이 낯설기는 해도 자연스러운 현상 같거든요."

"제 생각엔 저 기둥들이 자연스러운 현상이 아닌 게 분명합니다. 저 기둥들은 일반적인 자연의 작용에 지적인 존재가 개입했다는 사실을, 마치 그 위에 표지판을 달아놓은 양 분명하게 보여주고 있어요."

"박사님이 어떻게 그렇게 말씀하실 수 있는지 이해가 되지 않습니다. 저게 인간이 만든 건 분명히 아니지 않습니까."

"아니죠."

"저게 만들어진 거라면, 누가 저걸 만들었던 말입니까?"

"나도 모릅니다."

＊

블레이크 함장이 입을 열었다가 어깨를 으쓱하더니 입을 다물었다. 두 사람은 산책을 계속했다. 그레이브스 박사가 담배를 난간 너머로 던지기 위해 몸을 틀었을 때 배 밖이 얼핏 눈에 들어왔다.

박사가 그 자리에서 멈춰 서더니 밖을 응시했다. 그리고 곧 소리쳤다. "블레이크 함장님!"

"네?" 함장이 고개를 돌려 그레이브스 박사가 가리킨 곳을 보았다. "맙소사! 불덩이예요!"

"내 생각에도 그렇습니다."

"조금 먼 거리네요." 블레이크 함장은 박사보다 빨리 정신을 차렸다. 함장이 결단성 있게 몸을 돌리며 소리쳤다. "함교! 함교! 이봐!"

"함교입니다. 말씀하십시오."

"웜스, 말을 전해. '전원 갑판 아래로.' 현창 전부 닫아. 해치 전부 닫아. 함교도 닫아! 경보음 울려."

"알겠습니다, 함장님!"

"움직여요!" 함장이 그레이브스 박사를 돌아보며 말했다. "안으로 들어갑시다." 박사가 함장을 따라 배 안으로 들어갔다. 블레이크 함장이 그들이 지나친 문을 닫았다. 그리고 함교로 통하는 내부 사다리를 타고 힘차게 올라갔다. 그레이브스 박사도 그 뒤를 따랐다. 함선은 갑판장의 호루라기 소리와 스피커에서 들리는 목쉰 소리, 바삐 뛰어다니는 발들의 쿵쿵 소리, 땡그랑 땡그랑 울리는 단조롭고 위협적인 경보음 소리로 가득 찼다.

함장이 함교로 뛰어 들어갔을 때, 당직 장교는 아직 닫히지 않은 무거운 마지막 유리 덧문을 닫느라 끙끙대고 있었다. 함장이 날카롭게 말했다. "내가 닫겠네, 웜스." 블레이크 함장은 함교의 이쪽에서 저쪽까지 계속 움직이며, 고물 쪽 좌현과 앞갑판, 고물 쪽 우현의 현창들을 훑어보고, 마지막으로 불덩이들을 쳐다봤다. 아까보다 확실히 더 가까워진 상태였는데, 함선을 향해 곧장 날아오고 있었다. 함장이 욕을 뱉었다. "아이젠버그 씨는 이 소식을 못 들었을 겁니다." 함장이 그레이브스 박사를 향해 말했다.

블레이크 함장이 함교의 우현 덧문을 여닫는 손잡이를 움켜잡았다. 그레이브스 박사는 함장의 어깨너머로 보고 그가 뭘 하려는지 알아챘다. 후갑판은 고정된 자전거 위에서 페달을 돌리는 한 사람 외에는 텅 비어 있었다. 라그랑주 불덩이들이 다가왔다.

덧문이 꽉 끼어서 열리지 않았다. 블레이크 함장은 문을 열려던 걸 그만두고, 스피커 제어판으로 재빨리 다가갔다. 그리고 적절한 회로를 찾는 데에 시간을 허비하지 않고 전 함선의 회로를 켰다. "아이젠버그 씨! 아래로 내려가세요!"

아이젠버그는 자신의 이름을 부르는 소리를 들은 게 틀림없었다. 아이젠버그가 고개를 돌려 어깨너머로 쳐다보던 바로 그 순간, 불덩이가 그에게 닿았다. 그레이브스 박사가 그 모습을 똑똑히 지켜봤다. 불덩이가 지나간 후 운동기구의 안장은 비어 있었다.

마침내 조사가 가능하게 되었을 때, 운동기구에는 아무런 손상도 없었다는 게 확인되었다. 흡입 마스크로 연결된 고무호스는 깔끔하게 잘렸다. 핏자국도 없고, 아무런 흔적도 없었다. 아이젠버그가 그냥 사라져버린 것이었다.

"내가 올라가겠습니다."

"박사님은 그럴 수 있는 몸 상태가 아닙니다."

"누구도 당신에게는 책임을 묻지 않을 겁니다, 블레이크 함장님."

"압니다. 원하면 가셔도 됩니다. 단, 우리가 아이젠버그 씨에 대한 수색을 완료한 후에 말입니다."

"수색이라뇨, 젠장! 내가 올라가서 그 친구를 찾아보겠습니다."

"네? 그게 무슨 말인가요?"

"함장님의 생각이 맞는다면 아이젠버그는 죽었을 겁니다. 그런 경우 시체를 찾는 건 아무 소용이 없습니다. 내 생각이 맞는다면 아이젠버그를 찾을 실낱같은 가능성이 남아 있습니다. 저 위에요!" 그레이브스 박사가 기둥을 덮고 있는 구름을 가리켰다.

블레이크 함장이 박사를 천천히 살펴본 후 잠수조장을 향해 고개를 돌렸다. "하그리브, 그레이브스 박사가 쓸 흡입 마스크를 찾아줘."

그들이 잠수병 방지를 위해 공기순환을 하는 30분 동안 블레이크 함장은 무표정하게 입을 꾹 다물고 박사를 바라봤다. 함선의 승무원과 수병들, 장교들도 모두 뒤로 물러서서 침묵을 지켰다. 그들은 노인의 모습을 바라볼 때마다 안절부절못했다.

그레이브스 박사가 운동을 마치자, 잠수원들이 박사를 공기 중의 질소에 너무 오래 노출시키지 않기 위해 재빨리 차려 입혀서 서둘러 잠수구 안으로 밀어 넣었다. 탈출구가 막 닫히기 직전에 그레이브스 박사가 목소리를 높였다.

"블레이크 함장님."

"네, 박사님?"

"아이젠버그의 금붕어요. 함장님이 돌봐주실래요?"

"그래야죠, 박사님."

"고마워요."

"별거 아닙니다. 준비됐습니까?"

"네."

블레이크 함장이 앞으로 걸어가더니 잠수함의 입구로 손을 쑥 집어넣어 그레이브스 박사와 악수를 했다. "행운을 빌게요." 함장이 손을 빼며 말했다. "밀봉해."

그들은 잠수구를 함선 옆으로 내렸다. 모터보트 두 대가 카나카 기둥 방향으로 약 8백 미터가량 잠수구를 천천히 운반했다. 거기서부터는 조류만으로도 충분히 잠수구를 움직일 수 있었다. 그들은 거기에서 잠수구를 보냈다. 그리고 보트는 조류를 거슬러 함선까지 밧줄로 끌려왔다.

블레이크 함장은 함교에서 망원경을 통해 잠수구를 계속 지켜봤다. 잠수구는 처음에 천천히 흘러가더니 곧 속도가 점점 증가하며 기둥의 하부로 접근했다. 마지막 몇백 미터는 갑자기 빠르게 움직였다. 수면 바로 위에서 노란빛이 반짝하는 게 보였지만, 더 이상 아무것도 보이지 않았다.

✳

8시간. 연기는 보이지 않았다. 9시간, 10시간, 아무 흔적도 없었다. 24시간 동안 와히니 기둥 인근을 착실하게 수색한 후, 블레이크 함장이 해군본부에 무전을 보냈다.

경계를 늦추지 않은 상태로 사흘을 보낸 후, 블레이크 함장은 그 잠수구 탑승자가 사망했을 게 틀림없다고 판단했다. 질식이나 익사, 폭발, 혹은 다른 원인이 됐든, 그건 중요하지 않았다. 함장은 그렇게 보고하고, 할당된 임무를 진행하기 위해 명령을 받았다. 함선의 승무원들을 선미로 불렀다. 블레이크 함장은 사망한 이를 위한 조문을 읽고, 약간 시든 히비스커스 꽃을 난간 너머로 떨어뜨렸다. 함장의 숙소를 담당하는 부사관이 준비해줄 수 있는 것은 그게 다였다. 블레이크 함장은 진주만으로 경로를 설정하기 위해 함교로 향했다.

함장은 함교로 가는 길에 잠시 숙소에 들러 담당 부사관을 불렀다. "아이젠버그 씨의 숙소에 가면 금붕어가 있을 거야. 적당한 용기에 담아서 내 숙소에 가져다 놔."

"네, 알겠습니다, 함장님."

✳

아이젠버그가 정신을 차렸을 때, 그는 그 장소에 있었다.

유감스럽지만, '그 장소'라는 말 외에는 적절하게 묘사할 방법이 없다. 그 장소는 특성이 없었다. 아, 물론, 아무런 특성도 없는 것은 아니었다.

그가 있는 곳은 어둡지 않았고, 진공 상태도 아니었고, 춥지도 않았고, 불편할 정도로 너무 좁지도 않았다. 그러나 눈에 띄는 특성이 없어서, 아이젠버그로서는 그 장소의 크기를 추정하기 힘들었다. 흔히 물체의 크기를 추정할 때처럼 양쪽 눈의 입체 시각을 이용하더라도 보통 6미터 이상은 알 수 없다. 그 이상의 거리는 보통 우리에게 익숙한 물체의 실제 크기에 대한 사전 지식에 의지해서 무의식적으로 계산한다. 높이 역시 그 정도 거리 이상은 마찬가지다.

그러나 그 장소에는 익숙한 물체가 없었다. 천장은 그의 머리 위로 상당히 먼 거리에 있는 모양인지 뛰어도 닿지 않았다. 바닥은 구부러지며 천장으로 이어져서, 열 걸음 정도만 가면 더 이상 앞으로 나아가지 못했다. 아이젠버그는 균형을 잃고 넘어진 뒤에야 장벽이 있다는 사실을 알아차렸다. (그가 수직면을 판단할 수 있는 기준선이 전혀 없었다. 게다가 아이젠버그는 수년간 잠수로 속귀를 괴롭힌 탓에 선천적인 균형 감각이 망가진 상태였다. 걷기보다는 앉는 게 쉬웠고, 조사해보려던 첫 시도가 실패한 이후로는 걸을 이유도 없어졌다.)

처음 깨어나서 기지개를 켜고 눈을 떴을 때 아이젠버그는 주위를 둘러봤다. 눈을 고정할 정보랄 게 없는 그 장소가 혼란스러웠다. 외부에서 부드럽고 연한 호박색 불빛을 은은하게 비추는 거대한 달걀 껍데기 안에 있는 것 같았다. 형태가 없이 어렴풋하게만 보이는 그 장소의 모습이 당혹스러웠다. 아이젠버그는 눈을 감고 고개를 저었다. 그리고 다시 눈을 떴지만 나아진 게 없었다.

아이젠버그는 의식을 잃기 직전에 마지막으로 경험했던 상황을 떠올리기 시작했다. 불덩이가 급강하하자, 그는 놀라서 불필요하게 고개를 숙이려 했다. 불덩이에 닿기 직전 너무도 길게 느껴지는 그 찰나의 순간에 머릿속에 "어이, 모자 꽉 잡아!"라는 말이 번뜩 떠올랐었다. 아이젠버그는 머릿속에 차분해지자 이 상황에 대해 이해하려 애쓰기 시작했다. 그는 기절하면서 시신경이 마비된 게 아닐까 추정했다.

아이젠버그는 영원히 실명하는 게 아닌지 궁금했다. 그러나 어쨌든, 사람들은 난처한 상황에 처한 그를 이렇게 혼자 내버려두지 않을 것이다. "박사님!" 아이젠버그가 소리쳤다. "그레이브스 박사님!"

대답이 없었다. 메아리도 없었다. 아이젠버그는 자신의 목소리 외에는 아무런 소리가 나지 않는다는 사실을 깨달았다. '죽음과 같은' 침묵을 꽉 채우는 평소의 작은 소음들이 전혀 없었다. 이곳은 밀가루 포대 속처럼 조용했다. 청력도 잃어버린 걸까?

아니다, 그는 자신의 목소리를 들었다. 그 순간 아이젠버그는 자신의 손이 보인다는 사실을 깨달았다. 이런, 그의 눈에도 아무런 문제가 없었다. 그는 손을 똑똑히 볼 수 있었다!

그리고 나머지 몸뚱이도 볼 수 있었다. 아이젠버그는 벌거벗은 상태였다.

몇 시간 후였는지, 잠깐 후였는지는 몰라도, 아이젠버그는 자신이 죽었다는 결론에 도달했다. 이런 사실들을 설명할 수 있는 유일한 가설인 듯했다. 교조적인 불가지론자였던 아이젠버그는 죽음 이후에 삶이 없을 거라 예상했었다. 그는 전등이 꺼지듯 갑자기 의식이 중단될 것이라고 상상했었다. 아이젠버그는 한 사람을 죽이기에 충분한 정전기에 감전되었다. 그리고 그가 다시 정신을 차렸을 때, 삶을 이루는 모든 일상의 체험이 사라진 상태였다. 그러므로 빌 아이젠버그는 죽었다. 증명 끝.

분명히 아이젠버그는 신체를 가지고 있는 느낌이었다. 하지만 그는 주관-객관 역설을 잘 알고 있었다. 그는 아직도 기억을 갖고 있었다. 사람의 기억 중에서 가장 강한 유형이 신체에 대한 인식이다. 이것은 그의 신체가 아니라, 신체에 대한 상세한 감각 기억이었다. 아이젠버그는 그렇게 추론했다. 그는 자신이 환상으로 보는 신체는 객관적인 신체에 대한 기억이 흐려질수록 서서히 없어져갈 것이라고 생각했다.

할 일이 없었고, 느낄 게 없었고, 정신을 즐겁게 해줄 게 없었다. 아이젠버그는 결국 잠이 들면서 이런 게 죽음이라면 더럽게 따분하다고 생각했다!

아이젠버그는 개운하게 깨어났다. 하지만 상당히 배가 고팠고, 몹시 목이 말랐다. 죽은 것이냐, 아니냐는 더 이상 아이젠버그의 관심사가 아니었다. 그는 신학 이론이나 형이상학에도 관심이 없었다. 아이젠버그는 배가 고팠다.

게다가 그는 자신이 죽었다는 지적인 믿음의 기반을 대부분 허물어버리는 현상을 인식했다. 사실 그는 죽음을 정서적으로 확신하는 단계까지 닿지 못했다. 현재 있는 그 장소에서, 자신 외의 다른 사물을 발견했기 때문이었다. 그 물체는 볼 수 있고, 만질 수 있었다.

그리고 먹을 수 있었다.

먹을 수 있다는 사실을 분명하게 깨닫게 되기까지는 조금 시간이 걸렸다. 그 물체들은 음식처럼 생기지 않았기 때문이었다. 물체는 두 종류였다. 하나는 아무 특색이 없고 외형상 회색 치즈처럼 생긴 무정형의 덩어리였다. 만져보자 살짝 기름기가 있었다. 식욕을 자극하지는 않았다. 두 번째 종류는 외관상 매력적이고 모두 동일하게 생겼다. 구슬처럼 생긴 물체 20여 개가 모여 있었다. 그 각각의 구슬은 아이젠버그가 한때 구입했던 수정구의 복제물처럼 보였다. 사실 브라질 수정구는 그가 저항하기 힘들 정도로 완벽하게 아름다웠다. 아이젠버그는 브라질 수정구를 미국으로 몰래 들여와 혼자서 흐뭇하게 바라보곤 했다.

이 작은 구슬들도 외형은 그 수정처럼 생겼다. 아이젠버그가 하나를 만져봤다. 그 구슬들도 수정처럼 매끄럽고 똑같이 차가웠지만 젤리처럼 말랑했다. 그 구슬은 젤리처럼 흔들렸고 그 안의 빛들이 즐겁게 춤을 추다가 다시 완벽하게 구를 이루었다.

그 구슬들이 귀엽기는 했지만, 음식처럼 보이지는 않았다. 반면에 그 미끈거리는 치즈처럼 생긴 덩어리는 음식일 것 같았다. 아이젠버그는 작은 조각을 떼어 냄새를 맡았다. 그리고 시험적으로 맛을 보았다. 시큼하고 구역질나고 불쾌한 맛이었다. 아이젠버그는 그걸 뱉어내고 얼굴을 찡

그렸다. 그리고 진심으로 이를 닦고 싶다는 생각이 들었다. 만일 저게 음식이라면, 훨씬 더 배가 고파야만 먹게 될 것 같았다.

아이젠버그는 크리스털 젤리처럼 생긴 작고 귀여운 구슬로 관심을 돌렸다. 그는 손바닥 위에서 균형을 잡은 구슬들의 부드럽고 매끈한 감촉을 즐겼다. 아이젠버그는 각 구슬의 중심부에 반사된 자신의 모습을 봤다. 조그맣게 변한 그의 모습은 작은 요정 같고 우아했다. 인간을 보잘것없는 콜로이드 덩어리가 아니라 하나의 구성물로 보면, 거의 모든 인간의 형체가 맑고 아름답다는 사실을 처음으로 깨달았다.

하지만 아이젠버그에게는 자기도취적인 감탄보다 갈증이 더 절박했다. 그때 조약돌을 입에 물고 있으면 침이 생기듯이, 이 부드럽고 차가운 구슬을 입안에 넣고 있으면 침이 만들어질 것이라는 생각이 문득 떠올랐다. 시도해봤다. 그가 고른 구슬을 입안에 넣을 때 구슬이 아랫니와 부딪혔다. 그러자 갑자기 입술과 턱이 젖고, 가슴까지 물방울이 흘러내렸다. 그 구슬은 물이었다. 셀로판 껍질도 없고, 어떤 종류의 포장 용기도 없이 물뿐이었다. 뭔가 이해하기 힘든 방법으로 표면장력을 이용해서 깔끔하게 포장한 물을 제공해준 것이었다.

아이젠버그는 다시 한 번 시도했다. 이번에는 입안에 들어갈 때까지 구멍이 나지 않도록 훨씬 조심스럽게 움직였다. 성공했다. 입안이 차갑고 순수한 물로 가득 찼다. 너무 빨리 터져서 캑캑거려야 했지만, 요령을 깨달았다. 그는 구슬을 네 개 마셨다.

아이젠버그는 갈증이 해결되자, 물 그 자체가 물을 담는 그릇이 되는 이상한 비법에 흥미가 생겼다. 구슬은 질겼다. 아이젠버그가 꽉 눌러서 터뜨리려 했지만 되지 않았고, 바닥에 세게 충돌시켜서 구슬의 불안정한 균형을 깨려 했지만 되지 않았다. 그 구슬은 골프공처럼 되튀었는데, 골프공보다 더 잘 튀어 올랐다. 아이젠버그가 구슬의 표면을 엄지손가락과 검지 손톱 사이에 넣고 꼬집자 그 즉시 부서졌다. 그리고 손가락 사이로 물이 흘러내렸다. 물뿐이었다. 껍질이나 다른 이질적인 물질은 없었다.

상처를 내는 것만이 표면장력의 균형을 깰 수 있는 모양이었다. 아이젠버그가 하나를 조심스럽게 입에 넣었다가 뺐더니, 그의 손바닥 위에서 구슬의 표면이 건조되었다. 즉 다른 물로 적시는 것조차 효과가 없었다.

아이젠버그는 공급량이 제한적이고, 물이 더 제공되지 않을 수도 있으므로, 더 이상의 실험을 중단하고 절약하는 게 현명하리라 판단했다.

✳

갈증이 해소되자 허기가 점점 커졌다. 아이젠버그는 다시 다른 물질로 관심을 돌렸고, 이제는 그걸 억지로라도 씹어 삼킬 수 있을 것 같았다. 그건 음식이 아니라 독일 수도 있었다. 하지만 그 물질로 위장을 채우자, 극심한 공복감이 진정되었다. 물이 담긴 구슬을 하나 더 마셔서 입안에 남은 뒷맛을 씻어내니 잘 먹었다는 느낌마저 들었다.

아이젠버그는 식사를 마친 후 생각을 다시 정리했다. 그는 죽지 않았다. 설령 죽었더라도, 삶과 죽음의 차이는 지각하기 힘들 정도로 미미했다. 좋다, 그는 살아 있다. 그러나 혼자 갇혔다. 음식과 음료가 제공되는 것으로 볼 때, 누군가는 그가 있는 장소를 알고, 그가 있다는 사실도 알고 있다. 불가사의하지만 영리한 존재였다. 그렇다면 그는 '포로'였다. 그 말에는 '감시자'가 함축되어 있다.

누구의 포로일까? 아이젠버그는 라그랑주 불덩이에 맞았고, 감방에서 깨어났다. 그레이브스 박사가 옳았다는 사실을 인정할 수밖에 없을 듯했다. 그 불덩이들은 지적으로 조종된 것이었다. 그 배후에 있는 게 사람이라면, 포로를 잡는 방법이 이상할 뿐 아니라 포로를 다루는 방식에 대해서도 괴상한 발상을 지닌 자들이었다.

아이젠버그는 용감한 사람이었다. 그를 키운 보통 인류만큼 용감했다. 인류는 발바리만큼이나 무모한 종족이다. 아이젠버그는 인류에게 매우 보편적인 수준의 용기를 가지고 있었다. 인류는 죽음을 사고할 수 있고, 고속도로 위에서, 산부인과 분만실에서, 전쟁터에서, 하늘에서, 지하에서 매일 그 가능성을 직면할 수 있으며, 최후에는 가벼운 마음으로 죽음의 필연성을 받아들이는 종족이다.

아이젠버그는 걱정되긴 했지만, 공황상태에 빠지지는 않았다. 그의 상황은 확실히 흥미로웠다. 더 이상 지루하지 않았다. 아이젠버그가 포로라면, 곧 그를 잡은 포획자가 조사하러 올 것이다. 아마도 그에게 질문을 하고, 특정한 방식으로 이용하려 시도할 것이다. 아이젠버그를 죽이지 않고 살려두었다는 사실은, 그의 미래에 대한 어떤 계획이 있다는 의미일 것이다. 아주 좋다, 그는 평온하게 지략을 갖춘 상태에서 어떤 위기가 닥치더라도 전력을 기울일 것이다. 그 시간이 될 때까지, 그가 구속 상태에서 벗어나기 위해 할 수 있는 일은 없었다. 아이젠버그는 그런 상황에 만족했다. 이 감옥은 탈출 마술사 후디니도 당황시켰을 것이었다. 매끈하게 끊기지 않고 이어진 벽은 잡을 수 있는 게 전혀 없었다.

한번은 탈출할 실마리를 찾았다고 생각했었다. 그의 몸에서 나온 것들이 어디론가 사라진 것을 보면, 그 감방에는 일종의 위생시설이 있을 터였다. 그러나 아이젠버그는 그 실마리에서 조금도 앞으로 나아가지 못했다. 그 감방은 저절로 깨끗해졌다. 그게 끝이었다. 그는 어떻게 그렇게 되는지 이해할 수 없었다. 아이젠버그는 좌절했다.

곧 그는 다시 잠들었다.

✳

아이젠버그가 깨어났을 때, 딱 한 가지 요소가 바뀌었다. 음식과 물이 다시 채워져 있었다. 그 '날'은 아이젠버그가 헛된 생각으로 바쁘게 보냈을 뿐, 아무런 사건이 없이 지나갔다.

그리고 다음 '날'도, 그리고 다음도.

아이젠버그는 음식과 물이 감방 안으로 어떻게 들어오는지 알아낼 수 있을 때까지 최대한 오래 깨어 있기로 마음먹었다. 아이젠버그는 자신의 신체가 깨어 있도록 자극하기 위해 격렬한 방법을 사용하며 놀랄 만한 노력을 기울였다. 그는 입술과 혀를 깨물었다. 손톱으로 귓불을 심하게 꼬집었다. 그리고 힘든 정신적 노동에 집중했다.

그는 머지않아 깜빡 잠이 들었다. 그리고 깨어났을 때 음식과 물이 다시 채워져 있었다.

깨어 있던 시간에 이어 수면과 다시 시작된 허기, 갈증, 동일한 만족, 그리고 더 많은 수면이 뒤따랐다. 예닐곱 번 잠을 잔 후, 아이젠버그는 정신적 건강을 위해 일종의 달력이 필요하다는 생각이 들었다. 그에게는 수면 외에는 시간을 측정할 수단이 없었다. 아이젠버그는 임의로 각각의 수면을 하루로 할당했다. 그에게는 자신의 몸뚱이 외에는 기록할 수단이 없었다. 그는 그렇게 했다. 잘게 찢은 엄지손톱 조각으로 거칠거칠한 문신 바늘을 만들었다. 허벅지의 같은 부위를 계속 긁어서 만든 빨간 자국은 하루나 이틀 정도 지속되고 아물었다. 일곱 개의 자국이 한 주를 이뤘다. 일곱 개의 자국이 생기면, 열 개의 손가락과 열 개의 발가락으로 한 단계 올려서 20주를 세는 수단으로 삼았다. 이는 아이젠버그가 셀 필요가 있을 거라고 예상했던 기간보다 훨씬 길었다.

아이젠버그가 허벅지에 일곱 개의 자국을 두 번째로 만들고, 왼손 검지에 자국을 냈을 때, 그의 고독한 생활을 흩뜨려놓은 사건이 발생했다. 앞서 말한 눈금을 만들고 잠든 후 깨어났을 때, 그는 갑자기 그리고 대단히 강렬하게 자신이 혼자가 아니라는 사실을 알아챘다!

그의 옆에 잠을 자는 인간의 형상이 있었다. 아이젠버그는 자신이 잠에서 완전히 깨어났다고 확신했을 때(그의 꿈에서는 사람들이 바글바글했다), 그 사람의 어깨를 붙잡고 흔들었다. "박사님!" 그가 외쳤다. "박사님! 일어나세요!"

그레이브스 박사가 눈을 뜨고 초점을 맞췄다. 그리고 일어나 앉더니 손을 내밀었다. "어이, 아이젠버그." 박사가 말했다. "자네를 만나게 되다니 정말 기쁘네."

"박사님!" 아이젠버그가 노인의 등을 두드렸다. "박사님! 이런, 맙소사! 박사님을 만나서 제가 얼마나 기쁜지 모르실걸요."

"알 수 있을 것 같아."

"보세요, 박사님. 그동안 어디에 계셨어요? 여기는 어떻게 오신 거예요? 박사님도 불덩이에 납치되신 건가요?"

"한 번에 하나씩 하자고. 아침을 먹자." 그들에게 가까운 '바닥'에 음식과 물이 2인분으로 있었다. 그레이브스 박사가 구슬을 하나 들더니 이빨로 능숙하게 뜯어서 한 방울도 놓치지 않고 마셨다. 아이젠버그가 알겠다는 듯한 표정으로 박사의 모습을 지켜봤다.

"박사님도 여기에 한참 계셨군요."

"맞아."

"불덩이가 저를 납치했을 때 박사님도 납치했던 건가요?"

"아니." 그레이브스 박사가 음식을 잡으며 말했다. "난 카나카 기둥으로 올라왔어."

"뭐라고요!"

"맞아. 솔직히 말하자면, 난 자넬 찾으러 왔어."

"설마, 그럴 리가!"

"하지만 이 이야긴 해야겠네. 내 엉뚱한 가설이 맞았던 것 같아. 기둥과 불덩이는 같은 원인의 다른 징후였어. 'X' 말이야."

✳

아이젠버그 머리 안에서 바퀴가 굴러가는 소리가 거의 들리는 듯했다. "하지만 박사님…. 이거 보세요, 그 말씀은 박사님의 전체 가설이 맞았다는 거네요. 누군가가 그 모든 일을 했다는 말인가요? 그리고 우리를 여기 가뒀고요?"

"그렇지." 그레이브스 박사가 천천히 우적우적 씹어 먹으며 말했다. 박사는 아이젠버그가 기억하던 모습보다 지치고, 늙고, 마른 듯했다. "지적인 제어의 증거야. 언제나 그랬어. 다른 설명은 불가능해."

"하지만 그게 누구죠?"

"아!"

"외국 열강인가요? 우리가 지금 완전히 새로운 방식의 공격을 당한 건가요?"

"거참! 자네는 우리를 잡은 자들이 러시아인이든 누구든 수고스럽게 이런 물을 줄 것 같나?" 박사가 깔끔하고 작은 구슬 하나를 들며 말했다.

"그러면 누구일까요?"

"난 모르겠네. 화성인이라고 해두지. 그들에 대해 생각할 때 유용한 방법이니까."

"왜 화성인인가요?"

"이유는 없어. 그들에 대해 생각할 때 유용한 방법이니까, 라고 내가 말했지 않나."

"어떻게 유용하죠?"

"자네가 그들을 인간이라고 생각하지 못하도록 막아주니까 유용하지. 저들은 절대로 인간이 아니야. 동물도 아니고. 뭔가 매우 지적인 존재야. 하지만 저들은 우리보다 더 영리하니까 동물은 아니야. 화성인이지."

"하지만… 하지만… 잠깐만요. 왜 박사님은 X라는 존재가 인간이 아니라고 가정하세요? 우리가 갖지 못한 능력을 훨씬 많이 가진 인간이면 왜 안 되나요? 과학적으로 새롭게 진보했다면?"

"좋은 질문이야." 그레이브스 박사가 검지 손톱으로 이를 쑤시며 대답했다. "내가 좋은 답을 해주지. 현 상태의 세계에서 우리는 세계의 석학들이 모두 어디에 있는지, 그들이 무엇을 하고 있는지 대부분 알고 있어. 이런 진보는 감출 수가 없어. 그리고 이런 정도로 발전시키려면 오랜 시간이 걸렸을 거야. X는 대여섯 가지의 다른 분야에서 우리의 이해를 훨씬 넘어서는 발전의 흔적을 보여주고 있어. 그런 진보를 위해서는 최소한 수백 명의 연구자가 수년 동안 연구를 해야 할 거야. 그러므로 인류가 아닌 존재의 과학인 거지.

물론, 자네가 미친 과학자와 비밀 연구소라는 존재를 주장하고 싶다면 난 반론할 수 없어. 하지만 난 지금 신문 주말판에 부록으로 실리는 잡설을 이야기하고 있는 게 아니야."

　아이젠버그는 한동안 입을 다문 채, 자신의 경험에 비추어 그레이브스 박사의 주장에 대해 숙고했다.

　"그 말씀이 맞아요, 박사님." 마침내 아이젠버그가 인정했다. "젠장, 우리가 논쟁을 하면 항상 박사님의 말씀이 맞다니까요. 화성인일 수밖에 없겠네요. 아, 화성의 거주자를 의미하는 건 아니에요. 이 행성 바깥에서 온 지적인 생물의 한 형태라는 말이죠."

　"글쎄."

　"박사님이 조금 전까지 그렇게 말씀하셨잖아요!"

　"아니, 난 그게 이 상황을 살펴보기 위해 유용한 방법이라고 했지."

　"하지만 받아들일 수 없는 대안을 하나씩 제거하는 방식으로 추론할 수밖에 없잖아요."

　"소거법은 까다로운 추론 방식이야."

　"그러면 가능한 다른 방식은 뭐가 있나요?"

　"음. 내가 생각하고 있는 걸 말할 준비가 되지 않았어, 아직은. 하지만 우리가 비인류와 맞서고 있다고 결론지었을 때 우리가 언급했던 논리보다 훨씬 확실한 추론이야. 심리학적 추론이지."

　"어떤 추론인가요?"

　"X가 포로를 다루는 방식은 인간의 행동 패턴에서 도출된 방식하고 하나도 들어맞지 않아. 그 문제에 대해 생각해봐."

＊

　두 사람은 나눌 이야기가 많았다. 그들의 대화 주제가 X로 자꾸 돌아가긴 했지만, X에 대한 이야기 외에도 할 말이 많았다. 그레이브스 박사는 어떻게 기둥을 올라오게 되었는지 간단하고 솔직하게 설명했다. 아이젠버그는 박사가 말해준 내용보다 오히려 말하지 않고 남겨둔 이야기에 몹시 감동을 받았다. 아이젠버그는 늙고 허약한 노인을 바라보면서, 문득 자신이 매우 초라하고 하찮은 사람처럼 느껴졌다.

"박사님, 안색이 안 좋아 보이세요."

"좋아질 거야."

"기둥을 올라오는 과정이 박사님께 힘들었을 거예요. 그런 일은 하지 마셨어야죠."

그레이브스 박사가 어깨를 으쓱했다. "난 괜찮게 해냈어." 하지만 박사는 괜찮지 않았다. 아이젠버그는 그 사실을 알 수 있었다. 노인은 건강이 좋지 않았다.

두 사람은 자고, 먹고, 이야기하고, 다시 잤다. 아이젠버그는 혼자 익숙해졌던 일상을 동료와 함께 계속해나갔다. 그러나 그레이브스 박사가 더 건강해지지는 않았다.

＊

"박사님, 이 문제에 대해 뭔가 이야기할 사람은 우리밖에 없어요."

"무슨 문제?"

"전체 상황 말이에요. 우리에게 일어난 이 일은 전 인류에게 견딜 수 없는 위협이에요. 우리는 저 아래에 무슨 일이 일어날지 모르잖아요…."

"'저 아래'라니 무슨 이야기야?"

"박사님이 기둥 위로 올라왔다고 하셨잖아요."

"그래, 그렇지. 하지만 난 그들이 언제 어떻게 나를 잠수구에서 꺼냈는지, 그리고 어디로 데려왔는지 몰라. 아무튼 계속 이야기해봐. 네 생각을 들어보자."

"뭐, 그렇지만…. 알겠어요. 우리는 다른 인류에게 어떤 일이 일어날지 모릅니다. 맞서 싸워볼 기회도 없이, 무슨 일이 진행되는지 짐작도 못한 상태에서, 불덩이에 한 명씩 납치될 수도 있어요. 우리는 그 해답을 어느 정도 알고 있잖아요. 우리가 탈출해서 사람들에게 경고해야 해요. 맞서 싸울 방법이 뭔가 있을지도 몰라요. 그게 우리의 의무예요. 인류의 미래 전체가 우리에게 달렸어요."

아이젠버그는 경종을 울리는 열변을 토한 뒤 그레이브스 박사가 한참 동안 침묵을 지키자, 겸연쩍고 약간 바보 같은 느낌이 들기 시작했다. 그러나 이윽고 박사가 입을 열어 그에게 동의했다. "자네가 맞는 것 같아, 아이젠버그. 내 생각엔 자네 말이 맞을 가능성이 아주 커. 꼭 그렇다는 건 아니지만, 확실히 가능성이 있어. 그리고 그럴 가능성이 있다면 우리에게는 전 인류에 대한 책임이 있어. 나는 알고 있었어. 우리가 이 난장판에 뛰어들기 전부터 알았지만, '늑대가 나타났다!'고 소리치는 걸 정당화시킬 수 있을 정도로 충분한 자료를 모으지 못했었지."

박사가 계속 말했다. "문제는 지금 우리가 어떻게 그런 경고를 할 수 있느냐는 거야."

"탈출해야 해요!"

"아!"

"방법이 있을 거예요."

"한 가지라도 제안할 수 있겠어?"

"글쎄요. 아직 이 장소로 들어오거나 나가는 길을 찾아내지는 못했지만, 분명히 길이 있을 거예요. 있을 수밖에 없어요. 우리를 집어넣었잖아요. 게다가 어쨌든 우리 식량도 매일 넣어주잖아요. 저는 어떻게 음식을 넣어주는지 보기 위해 오랜 시간 동안 깨어 있으려고 시도했던 적이 있었는데, 잠이 들고 말았어요…."

"나도 그랬어."

"어…. 당연히 그러셨겠죠. 하지만 이제는 우리 둘이잖아요. 어떤 일이 일어날 때까지 교대로 불침번을 서며 감시할 수 있어요."

그레이브스 박사가 고개를 끄덕였다. "해볼 만한 가치가 있는 시도야."

두 사람에게는 시간을 측정할 방법이 없었기 때문에, 교대로 불침번을 서며 졸음을 참을 수 없을 때까지 버티다 다른 사람을 깨웠다. 하지만 아무런 일도 일어나지 않았다. 음식이 떨어졌는데도 보충되지 않았다. 두 사람은 물이 담긴 구슬을 신중하게 아꼈지만, 결국 하나로 줄어들었다. 두 사람이 서로 물에 대해 점잖은 태도를 취하느라 마시지 않았다. 상대방에게 마시라고 계속 우겼다! 하지만 보이지 않는, 그들을 포획한 자는 여전히 어떤 징후도 비치지 않았다.

측정할 수 없고 추정하기도 힘들지만 견딜 수 없을 만큼 아주 긴 시간이 흐른 후, 아이젠버그는 얕은 선잠을 자고 있다가 무엇인가 건드리는 느낌과 자신의 이름을 부르는 소리에 문득 깨어났다. 아이젠버그는 멍하니 자리에 앉아 눈을 끔뻑거렸다. "누구야? 뭐야? 무슨 일이야?"

"내가 깜빡 졸은 모양이야." 그레이브스 박사가 참담한 목소리로 말했다. "미안하네, 아이젠버그." 아이젠버그는 박사가 가리키는 곳을 봤다. 음식과 물이 새로 보충되었다.

아이젠버그는 그 실험을 새로 시작하자고 제안하지 않았다. 우선, 그들을 억류한 자들은 두 사람이 이 감방의 비밀번호를 알아채도록 놔둘 생각이 없었고, 두 사람이 어쩔 수 없이 진행하는 미약한 시도를 꿰뚫어볼 정도로 확실히 지적인 존재였다. 둘째, 그레이브스 박사의 건강이 좋지 않은 게 분명했다. 아이젠버그는 길고 가혹하고 허기진 철야 농성을 다시 하자고 차마 제안할 수 없었다.

그러나 이 감옥의 비밀에 대한 지식이 부족한 상태에서는 탈옥이 불가능했다. 벌거벗은 사람은 지극히 무력한 피조물이다. 도구를 만들 재료가 부족한 상태에서는 할 수 있는 게 거의 없었다. 아이젠버그는 다이아몬드 드릴이나 아세틸렌 절단기, 혹은 녹슬고 낡은 끌이라도 준다면 영원한 행복을 얻을 기회와 기꺼이 바꿨을 것이다. 아이젠버그는, 어떤 도구도 없이 이 감옥에서 빠져나갈 가능성이란 그의 금붕어 클레오와 파트라가 어항을 물어뜯어 도망칠 길을 만들어낼 확률과 비슷하리라는 생각이 들었다.

✳

"박사님?"

"응?"

"우리는 지금껏 이 문제를 잘못된 방식으로 생각했어요. 우리는 X가 지적인 생물이라는 사실을 알잖아요. 그러니 탈출을 시도하기보다는 대화를 시도했어야 해요."

"어떻게?"

"저는 모르지만, 틀림없이 방법이 있을 거예요."

방법이 있을지는 몰라도, 아이젠버그는 전혀 생각해내지 못했다. 설령 그들을 사로잡은 자들이 그를 볼 수 있고 들을 수 있더라도, 어떻게 해야 말과 몸짓을 통해 그들에게 정보를 전달할 수 있을까? 만일 문맥도 없고, 배경도 없고, 그림도 없고, 가리킬 수단도 없이 그들과 조우한다면, 그 비인류가 얼마나 지적이든 인간의 언어적 상징에서 의미의 패턴을 파악하는 게 이론적으로 가능할까? 이보다 훨씬 유리한 환경에서 연구해온 인류가 다른 동물 종의 언어를 이해하는 데에 거의 전적으로 실패한 것은 분명한 사실이었다.

어떻게 해야 그들의 관심을 끌고, 그들의 흥미를 자극할 수 있을까? '게티스버그 연설'을 암송할까? 아니면 구구단이라도? 아니, 아이젠버그가 몸짓을 사용해서 수화를 하면, 그를 납치한 자들에게 영국 선원들이 펄쩍펄쩍 뛰며 추는 춤보다 나은 의미를 전달할 수 있을까?

✳

"박사님?"

"왜 그러나, 아이젠버그." 그레이브스 박사가 힘없는 소리로 말했다. 최근 '며칠' 동안 박사가 먼저 대화를 시작하는 일은 거의 없었다.

"우리가 왜 여기에 있는 걸까요? 저는 마음 한구석으로 언젠가 저들이 우리를 밖으로 데려나가 우리에게 뭔가를 할 거라는 생각을 했었어요. 어쩌면 우리에게 질문 같은 걸 할지도 모른다고 기대했죠. 하지만 저들의 의도는 그런 게 아닌 것 같아요."

"그래. 그게 아니야."

"그러면 우리는 왜 여기에 있는 걸까요? 저들은 왜 우리를 돌봐주고 있는 거죠?"

그레이브스 박사는 한동안 말없이 생각에 잠겼다가 대답했다. "내 생각에 저들은 우리 둘이 새끼를 낳아서 번식하길 기대하는 것 같아."

"뭐라고요!"

그레이브스 박사가 어깨를 으쓱했다.

"말도 안 돼요."

"그렇지. 하지만 저들이 그걸 알까?"

"그렇지만 저들은 지적인 존재잖아요."

그레이브스 박사가 껄껄 웃었다. 여러 번 잠을 자는 동안 오랜만에 웃는 모습이었다. "혹시 롤런드 영의 벼룩에 대한 짧은 시를 들어본 적이 있나?"

벼룩은 재미있는 생물이다.
당신은 암컷과 수컷을 구별할 수 없다.
하지만 수컷은 안다. 그리고 암컷도 안다.

"어쨌거나 남자와 여자의 가시적인 차이는 지극히 얄팍하고, 거의 무시해도 좋은 수준이야. 단, 남자와 여자 당사자들에게는 그렇지 않지!"

아이젠버그에게는 그 의견이 불쾌할 뿐만 아니라 거의 혐오스럽기까지 했다. 그가 반론을 폈다. "하지만 보세요, 박사님. 그들이 조금만 연구해도 인류가 성별로 나뉘어 있다는 사실을 알 수 있을 거예요. 어찌 됐든, 우리는 저들이 연구한 첫 번째 표본도 아니잖아요."

"어쩌면 저들이 우리를 연구하지 않을 수도 있어."

"네?"

"우리는 그냥 저들의 애완동물일지 몰라."

애완동물이라니! 아이젠버그의 의욕은 위험과 불확실성을 직면한 상태에서도 잘 견뎌왔다. 그러나 이번 공격은 좀 더 교묘했다. 애완동물이라니! 아이젠버그는 그레이브스 박사와 자신을 전쟁 포로이거나 과학 연구 대상 정도로 생각해왔다. 그런데 애완동물이라니!

"자네 느낌이 어떨지 나도 알아." 그레이브스 박사가 그의 얼굴을 살피며 계속 말했다. "그건…, 그건… 인간중심적인 관점에서 볼 때 굴욕인 거야. 하지만 난 그게 사실일 거라고 생각해. 추정 가능한 X의 특성과, 인류와 X의 관계에 관해 내가 생각한 이론도 자네에게 이야기해주는 게 좋겠지. 지금까지는 아주 적은 자료에 기반을 둔 거의 순수한 추론에 불과해. 하지만 지금까지 알려진 사실들을 모두 설명하는 이론이야.

난 X라는 생물이 인간의 존재를 간신히 인지하는 정도이고, 흥미가 없으며, 거의 완벽하게 무관심하다고 생각해."

"하지만 저들이 우리를 사냥했잖아요!"

"그럴 수도 있고, 어쩌면 이따금 우연히 데려왔을 수도 있어. 많은 사람들이 인류에 대한 비인류 지성체들의 침입을 상상하잖아. 그런 상상은 거의 예외 없이 두 형태 중 하나야. 침략과 전쟁, 그게 아니면 탐사와 상호 사교적 교류. 두 가지 개념은 모두 비인류가 우리와 대화를 하거나 싸움을 할 정도로 인류와 비슷한 존재라는 게 전제되어 있어. 이런 방식이든, 저런 방식이든 우리를 동등하게 취급하는 거지.

난 X가 인류를 노예로 만들고 싶다거나 혹은 제거하고 싶을 정도로 관심이 있을 거라고 믿지 않아. 그들은 우리에 대해 연구도 하지 않을 거야. 심지어 우리가 그들의 관심을 끌 때조차도. 움직이는 모든 것들에 원숭이처럼 관심을 기울이는 것을 과학 정신이라고 한다면, 그들에게는 그런 과학 정신이 부족한 건지도 몰라. 그 점에 있어서, 우리는 다른 생물 형태들에 대해 얼마나 철저히 연구할까? 자네는 금붕어에게 금붕어의 정치나 시문학에 대한 관점을 물어본 적이 있어? 흰개미가 여성은 가정에 머물러야 한다고 생각할까? 비버는 금발과 흑발 중 어느 쪽을 좋아할까?"

"농담이시죠?"

"아니, 난 농담하는 게 아니야. 내가 언급한 생물 형태들은 그렇게 복잡한 생각을 하지 않겠지. 내 말의 요점은, 그 생물들이 과거에 그런 생각을 했거나, 지금 하고 있더라도, 우리는 짐작조차 안 할 거라는 사실이야. 난 X가 인류를 지적인 존재로 이해하리라고 생각하지 않아."

아이젠버그가 그 말을 한참 곱씹더니 덧붙였다. "저들은 어디에서 왔을 것 같으세요, 박사님? 화성일까요? 아니면 완전히 태양계 밖에서 왔을까요?"

"꼭 그럴 필요는 없어. 아마 전혀 아닐 거야. 그들은 우리가 있던 바로 그곳에서 왔을 것 같아. 이 행성의 진흙을 벗어난 저 위에서 말이야."

"박사님, 진짜로⋯."

"진심이야. 우스운 표정으로 나를 바라보지 마. 내가 아픈지는 몰라도, 어리석지는 않아. 천지창조는 8일 걸렸어!"

"네?"

"내가 성경에 나오는 말을 인용해볼게. '하느님이 그들에게 복을 주시며 이르시되 생육하고 번성하여 땅에 충만하라, 땅을 정복하라, 바다의 물고기와 하늘의 새와 땅에 움직이는 모든 생물을 다스리라 하시니라.' 그래서 실현이 되었지. 하지만 아무도 성층권에 대해서는 언급하지 않았어."

✳

"박사님, 정말로 괜찮으세요?"

"젠장. 내 정신을 분석하려는 짓거리는 그만둬! 나도 비유는 그만할게. 내가 하려는 말은, 우리가 진화의 단계에서 최종적이지도 않고, 가장 높지도 않다는 거야. 가장 먼저 바다에 생물이 살았어. 곧 폐어(肺魚)가

양서류가 되고, 그렇게 위로 올라왔지. 그리고 대륙에서 살았어. 이윽고 인간이 지구의 지표면을 지배했어. 혹은 그렇게 생각했지. 그런데 진화가 거기에서 중단되었을까? 난 그렇게 생각하지 않아. 생각해봐. 물고기의 관점에서 보면 공기는 고약한 진공이야. 우리의 관점으로 대기의 높은 곳을 바라보면, 1만, 2만, 3만 미터 정도는 진공처럼 보이고, 생명을 유지하기에 적합하지 않은 곳처럼 보이지. 하지만 진공은 아니야. 대기가 옅은 거지, 그래. 하지만 거기에도 물질이 있고, 태양의 방사 에너지가 있어. 그런데 왜 우리와 같은 조상과 물고기로부터 진화한 생물이, 고도로 진화한 지적인 생물이 있으면 안 되는 걸까? 우리는 그 진화가 일어나는 걸 보지 못했어. 인간은 오랫동안 과학적인 의미에서 그 사실을 알아채지 못했지. 우리의 먼 조상이 나무를 이리저리 타고 다닐 때, 이미 그때 일어났던 거야."

아이젠버그가 깊은숨을 들이쉬었다. "잠깐만요, 박사님. 저는 박사님의 주장에 대한 이론적인 가능성을 따지려는 게 아니에요. 하지만 제가 볼 때는 직접적인 증거가 빠진 것 같아요. 우리는 그들을 한 번도 본 적이 없고, 그들에 대한 어떤 직접적인 증거도 없었어요. 적어도, 최근까지는요. 그리고 그들이 존재한다면 우리가 그들을 봤어야 하잖아요."

"꼭 그렇지는 않아. 개미가 인간을 볼까? 난 그러지 않을 거라 생각해."

"네, 그렇지만 그 문제에 관해 이야기해보자면, 인간은 개미보다 눈이 좋아요."

"눈이 어떻게 좋다는 거야? 그건 인간의 필요에 따른 기준에서나 그렇지. X 생물이 우리가 알아채기에는 너무 높은 곳에 있거나, 너무 옅거나, 너무 빠르게 움직인다고 가정해봐! 비행기처럼 크고 단단하고 느린 물체조차도 충분히 높이 올라가면 맑은 날에조차 우리에게 보이지 않아. 만일 X가 옅고 반투명하다면, 우리는 절대로 그들을 보지 못했을 거야. 별을 가리거나 달에 그림자를 만들지도 않을 거야. 사실 그런 종류의 매우 이상한 이야기들이 있었어."

아이젠버그가 자리에서 일어나더니 쿵쿵거리며 오락가락했다. "박사님의 이야기는, 희미한 진공을 둥둥 떠다닐 수 있을 정도로 텅 비어 있는 생물이 그 기둥들을 건설했다는 건가요?"

"왜 안 돼? 호모 사피엔스 같은 미완의 벌거벗은 배아가 어떻게 엠파이어스테이트 빌딩을 지었는지 설명해봐."

아이젠버그가 고개를 저었다. "저는 받아들일 수 없어요."

"굳이 받아들이려 하지 마. 자넨 이게 어디에서 왔을 것 같아?" 그레이브스 박사가 신비하고 작은 물구슬을 집어 들었다.

"내 추측으로는 이 행성의 생물이 세 가지로 나뉘는 것 같아. 그리고 그 세 종류 사이에는 거의 교류가 없어. 해양 문화, 육지 문화, 그리고 다른 하나는 성층권 문화라고 해야겠지. 어쩌면 지각 아래에 네 번째 문화가 있을지도 몰라. 그러나 우리는 알 수 없어. 우리는 바닷속의 생물에 대해 조금 알고 있어. 인간은 호기심이 많으니까. 그렇지만 그들이 우리에 대해 얼마나 알고 있을까? 잠수구들이 수십 번 내려간 일을 침입으로 간주할까? 우리의 잠수구를 본 물고기는 집으로 가서 구토성 두통에 시달리며 앓아눕게 될지 몰라. 하지만 그 물고기는 그 문제에 대해 말하지 않을 거야. 그리고 말하더라도 다른 물고기들이 믿지 않을 거야. 많은 물고기들이 우리를 본 후 진실이라며 맹세하더라도, 물고기 심리학자가 와서 집단 환각이라고 설명할걸.

정통적인 관념에 조금이라도 영향을 미치려면, 최소한 기둥처럼 크고 단단하고 영구적인 뭔가가 필요해. 우발적인 방문으로는 실질적인 영향을 전혀 미치지 않아."

아이젠버그는 뭔가 더 발언하기 전에 시간을 두고 생각이 서서히 끓어오르도록 기다렸다. 그가 입을 열더니 반쯤은 혼잣말처럼 말했다. "저는 믿지 않아요. 믿지 않을 거라고요!"

"뭘 믿지 않는다는 거야?"

"박사님의 이론요. 보세요, 박사님…. 박사님의 주장이 맞는다면, 그게 무슨 의미인지 모르시겠어요? 우리는 속수무책이에요. 완전히 급이 달라요."

"난 저들이 인류에 대해 그다지 신경을 쓸 거라고 생각하지 않아. 지금까지도 전혀 신경 쓰지 않았잖아."

"그래도 이건 아니죠. 모르시겠어요? 우리에게는 하나의 종으로서 자존감이 있어요. 우리는 노력해서 많은 일을 이뤄냈어요. 실패했을 때조차, 우리는 다른 동물보다 월등히 뛰어나고 더 많은 능력이 있다는 사실을 인식하며 비참한 만족감을 즐겼어요. 우리에게는 인류에 대한 믿음이 있어요. 우리는 위대한 일들을 해낼 거예요. 그런데 우리가 그저 하등동물에 불과하다면, 지금까지 우리가 이뤄낸 위대한 업적은 뭐죠? 저는, 제가 그저 물웅덩이 바닥에서 빈둥거리는 물고기일 뿐이라고 생각한다면, 앞으로 '과학자'인 척하기는 힘들 것 같아요. 제 연구가 아무런 의미도 없을 테니까요."

"아마 그렇겠지."

"예, 그렇겠죠." 아이젠버그가 자리에서 일어나 비좁은 그들의 감방을 이리저리 서성거렸다. "그렇겠죠. 하지만 저는 포기하지 않을 겁니다. 포기하지 않아요! 박사님의 이론이 맞겠지만, 틀릴 수도 있어요. X 사람들이 어디에서 왔는지는 그다지 중요한 문제처럼 보이지 않아요. 이쪽이든 저쪽이든 그들은 우리 인류에게 위협이에요. 박사님, 우리는 여기서 빠져나가 사람들에게 경고해야 해요!"

"어떻게?"

＊

그레이브스 박사는 사망하기 전까지 대부분의 시간을 혼수상태로 보냈다. 아이젠버그는 가끔 아주 짧게 토막잠을 자면서 박사를 끊임없이 보살폈다. 아이젠버그는 박사를 지켜보면서도 그를 위해 해줄 수 있는 일이 거의 없었지만, 그런 정신이 서로에게 위로가 되었다.

그런데 아이젠버그가 졸고 있을 때 그레이브스 박사가 그의 이름을 불렀다. 그 소리는 간신히 속삭이는 수준에 불과했지만 아이젠버그는 즉시 일어났다. "네, 박사님?"

"난 더 이상 말하기 힘들 것 같아. 잘 돌봐줘서 고마워."

"이런, 박사님."

"네가 여기에 왜 있는 건지 잊지 마. 언젠가 네게 기회가 올 거야. 그 때를 위해 준비하고 실수하지 마. 사람들에게 경고해야 해."

"그렇게 할게요, 박사님. 맹세해요."

"착한 녀석." 그리고 곧 거의 들리지 않는 목소리로 말했다. "잘 자, 애야."

✳

아이젠버그는 그레이브스 박사의 시체가 완전히 차갑게 식어 딱딱해지기 시작할 때까지 지켜봤다. 그리고 오랜 불면으로 기진맥진하고 감정적으로 완전히 진이 빠져 쓰러지듯 깊은 잠에 빠져들었다. 다시 일어났을 때는 시체가 사라지고 없었다.

그레이브스 박사가 사망한 후, 아이젠버그는 의욕을 유지하는 게 힘들었다. 가능한 첫 번째 기회가 왔을 때 인류에게 경고하기로 결심한 것은 매우 잘한 생각이었지만, 끝없이 단조로운 생활과 씨름해야 했다. 유죄선고를 받은 죄수도 남은 날들을 표시하며 지루함을 푸는 게 허락되지만, 그에게는 그조차 불가능했다. 그에게는 '달력'조차 잠을 센 수에 불과했다.

아이젠버그는 오랜 시간 동안 온전한 정신이 아니었다. 그리고 자신이 불안정하다는 사실을 인식하자, 두 배로 비극적인 광기에 휩싸였다. 아이젠버그는 조증 시기와 울증 시기를 오락가락했다. 수단만 있었다면 아이젠버그는 자신을 파괴해버렸을 것이다.

조증 시기에 아이젠버그는 탈출한 후 X와 맞서 싸울 위대한 계획을 세웠다. 어떻게 언제쯤 탈출할지 자신하지 못했지만, 잠시간 확신했다.

그는 십자군을 이끌 것이다. 로켓으로 구름과 기둥의 사각지대를 뚫을 것이다. 핵폭탄은 기둥의 역학적 균형을 파괴할 수 있을 것이다. 인류가 그들을 침략하고, 끝까지 찾아낼 것이다. 지구는 다시 한번 인간의 왕국이, 인간에게 속한 영토가 될 것이다.

다시 쓸쓸한 시기가 돌아오면, 아이젠버그는 인류의 하찮은 공학으로는 기둥들을 건설하고, 그와 그레이브스 박사를 그렇게 무심코 수수께끼 같은 방식으로 납치한 생물의 힘과 지식에 맞서 싸우지 못하리라는 사실을 명확히 인식했다. 그들은 인류보다 월등히 뛰어났다. 바다에 사는 대구가 보스턴이라는 도시를 공격할 계획을 세울 수 있을까? 과테말라에서 꽥꽥대는 원숭이들이 해군을 파괴하겠다고 결의했다고 한들 그게 대수일까?

저들은 압도적이다. 인류는 정점에 도달했다. 그 정점에서 인류는 자기들이 최고의 집단이 아니라는 사실을 깨닫기 시작했으며, 이를 알아채는 것은 이런 식이든, 저런 식이든 인류에게 죽음과 같았다. 이에 대한 단순한 지식만으로도 그랬다. 그 지식이 지금 그를, 빌 아이젠버그 그 자체를 파괴하고 있듯이. 아이젠버그, 호모 피시스(*Homo Piscis*), 가련한 물고기여!

지나치게 혹사당한 그의 정신이 인류에게 경고할 방법을 생각해냈다. 아이젠버그는 그를 둘러싼 환경이 변하지 않는 한 탈출할 수 없었다. 그것은 명확한 사실이었고, 아이젠버그도 그 사실을 받아들였다. 그는 더 이상 감방을 서성이지 않았다. 그러나 어떤 것들은 그의 감방에서 나갔다. 남은 음식과 배설물, 그리고 그레이브스 박사의 시체. 만일 아이젠버그가 죽는다면 그의 시체도 사라질 것이었다. 아이젠버그는 확신했다. 최소한 기둥 위로 사라졌던 것들 중에서 일부는 다시 내려왔다. 아이젠버그는 그 사실을 알았다. X 생물이 더 이상 쓸모가 없어진 무거운 덩어리들을 와히니 기둥으로 폐기했을 가능성은 없을까? 아이젠버그는 그랬을 것이라고 확신했다.

좋다. 언젠가 그의 시체도 지표면으로 돌려보내질 것이다. 만일 그의 시체가 발견된다면, 어떻게 해야 그 상황을 이용해서 동료 인류에게 말을 전달할 수 있을까? 아이젠버그에게는 글을 쓸 수 있는 재료가 없었다. 자신의 몸 외에는 아무것도 없었다.

아이젠버그는 달력으로 이용했던 임시변통 수단과 같은 방식으로 전언을 썼다. 그는 손톱 조각으로 피부 위에 자국을 만들 수 있었다. 동일한 지점을 반복하고, 또 반복해서 자극해 치료되지 않도록 하면, 피부 조직에 흉터가 형성될 것이었다. 아이젠버그는 그런 방식으로 영구적인 문신을 만들어낼 수 있었다.

글자는 클 수밖에 없었다. 활용할 수 있는 공간은 몸 앞부분뿐이었다. 복잡한 주장은 불가능했다. 지극히 단순한 경고를 할 수밖에 없었다. 만일 아이젠버그의 정신이 아주 또렷했다면, 경고하는 말을 더욱 영리하게 선택할 수 있었을 것이다. 하지만 그는 그러지 못했다.

이윽고 아이젠버그는 부시맨 추장에게 어울릴 만한, 반쯤 아문 흉터 문신으로 가슴과 배를 뒤덮었다. 그때쯤 그는 마르고 안색이 좋지 않은 상태라, 흉터가 뚜렷하게 눈에 띄었다.

✳

아이젠버그의 시신은 태평양에 떠 있다가 포르투갈 어부에게 발견되었는데, 그 어부는 전언을 읽지 못했다. 어부가 시신을 호놀룰루의 해양 경찰에 인계했다. 경찰은 시체를 촬영하고 지문을 찍은 후 처리했다. 지문은 워싱턴으로 보냈다. 호모 사피엔스의 고등한 유형이자 여러 유명한 학회의 회원인 과학자 빌 아이젠버그는 공식적으로 두 번째로 사망했다. 그의 이름에는 새로운 수수께끼가 덧붙여졌다.

공문을 주고받는 번거로운 과정을 거친 후, 아이젠버그가 다시 나타났다는 기록이 남대서양의 항구에 있던 블레이크 함장의 책상에 도착했다. 시신의 사진이 기록에 동봉되었다. 그리고 이 사건과의 연관성을 고려해 정보와 의견을 구하기 위해 함장에게 이 자료를 제공한다는 짧은 공문도 함께 담겨 있었다.

블레이크 함장은 그 사진을 열두 번째 쳐다봤다. 흉터로 쓰인 전언은 아주 명확했다. "경고—천지창조는 8일 걸렸다." 그런데 이게 무슨 뜻일까?

한 가지는 분명했다. 아이젠버그가 머핸호에서 사라질 때는 몸에 그런 흉터가 없었다.

그 남자는 불덩이에 사로잡힌 후에 상당히 오랫동안 생존했다. 그것은 확실했다. 그리고 그가 뭔가를 알게 되었다. 뭘까? 함장도 창세기 1장을 참조해야겠다는 생각이 들 수밖에 없었다. 하지만 성경도 그다지 도움이 되지 못했다.

블레이크 함장은 자신의 책상으로 돌아가 고통스럽게 보고서를 작성했다. "흉터로 만든 전언은 사건을 명확하게 밝혀주기보다는 수수께끼를 더 늘릴 뿐입니다. 지금 저로서는 그 기둥들과 라그랑주 불덩이가 어떤 식으로든 연결되어 있을 것이라는 주장을 제출할 수밖에 없습니다. 기둥 주변의 순찰을 완화해선 안 됩니다. 기둥의 특성을 조사할 새로운 기회나 방법이 개발된다면 그 기둥들을 철저하게 연구해야 할 것입니다. 유감이지만, 제가 드릴 수 있는 제안이 없어서⋯."

블레이크 함장은 책상에서 일어나, 격벽의 나침반 받침대에 기대어 놓는 작은 수조로 걸어갔다. 그리고 집게손가락으로 수조 안에 있는 금붕어 두 마리를 휘저었다. 수조의 물 높이를 살펴본 함장이 창고 문을 향해 소리쳤다. "존슨, 또 어항에 물을 너무 많이 채웠어. 파트라가 또 뛰쳐나가려 하잖아!"

"시정하겠습니다, 함장님." 창고에서 부사관이 작은 그릇을 가지고 나왔다. '이 늙은이가 대체 왜 빌어먹을 물고기를 계속 키우는지 모르겠어. 금붕어한테 관심도 없으면서 말이야.' 부사관이 목소리를 내서 말했다. "파트라는 저기에 있는 걸 싫어합니다, 함장님. 항상 뛰어나가려 합니다.

그리고 저를 싫어합니다, 함장님.”

"그게 무슨 소리야?" 블레이크 함장의 생각은 이미 금붕어에서 떠난 상태였다. 그는 다시 아이젠버그의 수수께끼를 고민하고 있던 참이었다.

"저 물고기가 저를 싫어한다고 했습니다, 함장님. 제가 어항을 닦을 때마다 제 손가락을 깨물려고 합니다."

"바보 같은 소리 하지 마, 존슨."

피리 부는 사람

Pied Piper

최세진 옮김

✦ 1942년 4월 〈어스타니싱 스토리즈(Astonishing Stories)〉에 라일 먼로라는 필명으로 발표

"총리님과 와일러 육군 원수님이 오셨습니다!" 그루트 박사의 비서가 눈에 띄게 흥분해서 소리쳤다.

그루트 박사는 실험실 작업대에서 눈을 떼지 않았다. 그는 자그마한 털북숭이 동물을 부드럽고 안정적으로 붙잡고 허벅지 부분의 털을 깎았다.

"그래서 어쩌라고? 기다리라고 해."

"그렇지만 박사님, 그분들은….'

"그 사람들이 이 일보다 더 중요해?" 박사는 피하주사기에 약을 넣고 준비했다. 그의 작은 표본인 들쥐는 바늘에 저항하지 않았다.

비서는 뭔가 말을 하려다 입술을 깨물고 물러났다.

정치인은 군인보다 기다림을 조금 더 잘 참았다. "저는 이 상황이 마음에 들지 않습니다. 총리님." 육군 원수가 투덜댔다. "우리를 맞이해야 할 집주인이 냄새나는 약물과 병들 사이에서 빈둥대는 동안 계속 기다려야 합니까? 그러니까 뭐랄까, 저는 저 자신만 생각해서 불평하는 게 아닙니다. 저는 사관생도 시절에 기다리는 방법을 배웠습니다. 하지만 총리님은 나라를 대표하는 분이시지 않습니까."

총리가 의자에 앉은 채로 고개를 돌려 와일러의 얼굴을 바라봤다. "인내심을 가지게, 장군. 설령 우리가 구직자처럼 취급당하더라도 그게 뭐가 중요한가? 우리는 전쟁에서 이기기 위해 박사가 꼭 필요하지만, 박사에게 우리가 필요할까? 나는 박사의 입장이 어떨지 확신하지 못하겠네. 우리가 패퇴하지 않았다면, 장군과 내가 여기에 왔겠는가?"

장군의 얼굴이 거무죽죽한 붉은색으로 바뀌었다. "총리님의 말씀은 존중하지만, 우리 군은 아직 패배하지 않았습니다."

"맞아, 그렇지." 정치인이 짜증스러운 투로 인정했다. "그러나 결국 그렇게 될 거야. 자네가 나한테 그렇게 말했잖아."

군인이 혼잣말로 꿍얼거렸다.

"뭔가?" 총리가 물었다. "방금 뭐라고 한 거야?"

"차라리 명예로운 패배의 전장에서 죽는 게 낫겠다고 했습니다."

"아, 그렇지! 당연히 그래야지. 자네는 싸우는 훈련만 받았잖아. 하지만 내가 간절히 바라는 건 승리야. 그게 정치인과 군인의 차이지. 우리는 이기기 위해 포기해야 할 때를 알거든. 그 사실을 받아들이게. 우리는 이 전쟁에서 이기기 위해 그루트 박사의 조력이 꼭 필요해!"

그때 비서가 와서 그루트 박사를 이제 만날 수 있다고 알려주는 바람에 장군의 대답이 막혀버렸다. 비서가 길을 안내했다. 정치인이 그 뒤를 따르고, 아직도 씩씩대는 군인이 마지막에 움직였다. 그들이 그루트 박사의 서재에 들어섰을 때, 박사도 반대쪽 문을 통해 실험실에서 서재로 들어오는 참이었다.

방문객들이 만난 원기 왕성한 초로의 남자는 평균보다 약간 작은 키에 다부진 체격이었으며 복부가 살짝 불룩했다. 늙은 수컷 원숭이와 흡사한 박사의 얼굴에는 생기가 넘치고 흥겨운 눈빛이 반짝였다. 그 얼굴 위에 놀라운 크기의 둥근 민머리가 얹혀 있었다. 박사는 리넨으로 만든 꾀죄죄한 파자마 위에 고무 앞치마를 둘렀다.

"앉아요." 박사가 손짓으로 커다란 가죽 안락의자들을 가리켰다. 그리고 다른 의자 위에 있던 몇 권의 책과 이런저런 잡동사니를 밀어서 바닥으로 떨어뜨려 치운 뒤 자신도 앉았다. "기다리게 해서 죄송합니다. 미루기 힘든 연구가 바로 눈앞에 닥쳤었거든요. 그래도 문제에 대한 해답을 얻어냈습니다."

육군 원수가 간절한 표정으로 앞으로 몸을 숙이며 물었다. "무기를 찾은 겁니까, 박사님?"

"무기라뇨? 무슨 무기요? 난 들쥐에게 왜 포진이 발생하는지 알아낸 겁니다. 이상한 일이죠. 인간과 똑같이 히스테리가 원인이었어요. 내가 신경증을 일으켰더니 들쥐들에게서 포진이 발생했어요. 아주 흥미로워요."

군인은 자신의 분노를 감추지 않았다. "들쥐라니! 그따위 사소한 일로 시간을 낭비했단 말이오! 이보시오, 당신은 전쟁이 일어난 것도 모르는 거요?"

그루트 박사가 어깨를 살짝 들썩했다. "들쥐(field mouse)와 육군 원수(field marshal) 중에 어느 쪽이 더 중요할까요? 나한테는 모든 생명이 중요하고, 흥미롭습니다."

총리가 예의 바른 말투로 끼어들었다. "의문의 여지 없이 박사님 말씀이 맞습니다. 하지만 저와 와일러 육군 원수는 저희에게 무엇보다 중요한 다른 문제에 맞닥뜨린 상황입니다. 조용한 박사님의 실험실까지 전투 소리가 닿지 않겠지만, 전쟁을 수행해야 하는 사회적 책임을 부여받은 저희는 피할 도리가 없습니다. 어찌할 바를 모르겠는 저희에게는 천재적인 박사님의 도움이 필요했기 때문에 찾아온 겁니다. 저희를 도와주시겠습니까?"

그루트 박사가 입술을 삐죽 내밀었다. "내가 뭘 도울 수 있죠? 여러분은 이미 실험실에 연구원들을 수백 명씩 데리고 있잖아요. 그런데 왜 여러분은 전쟁에서 승리하는 데에 이 늙은이가 도움이 될 거라 생각하나요?"

"저는 이 분야에 무지합니다." 정치인이 대답했다. "그러나 박사님의 명성은 익히 알고 있습니다. 저희 전문가나 기술자들과 함께 있으면, 그들은 어디서든 같은 소리를 했습니다. '그루트 박사님만 여기에 계시다면 이걸 해내셨을 텐데…' '왜 그루트 박사님을 이 연구에 부르지 않으신 거죠?' 그들 모두가 박사님이 마음만 먹으면 어떤 문제든 풀 수 있을 거라 확신하는 것 같더군요."

"그래서 내가 뭘 해주길 바라는 겁니까?"

총리가 군인을 돌아보며 말했다. "말씀드리게, 장군."

✳

와일러 장군이 박사에게 전쟁의 진행 상황을 빠르게 개략적으로 알려줬다. 관련된 사람들과 자원의 통계, 공급과 배급량, 전투에 사용되는 기술, 무기의 종류, 전략적 원칙 등등.

"저희는 인력과 기술 설비 분야에서 사실상 적들과 동등한 상태로 시작했음에도, 적이 자본재를 엄청나게 보유한 탓에, 형세가 우리에게 불리하게 진행되었습니다. 감량의 법칙에 따라 전투를 치를 때마다 우리는 전보다 더 가난해졌고, 상대적으로 더 불리해졌습니다."

그루트 박사가 곰곰이 생각한 후 대답했다.

"그래서 다음에는 격차가 더 벌어졌겠군요, 그렇지 않나요? 여러분의 손실이 증가하는 비율이 그들의 손실이 증가하는 비율보다 훨씬 더 급격하게 치솟았을 테니까요. 그리고 여러분의 모습을 보니, 그다음에는 격차가 증가하는 비율의 속도가 재난이라고 부를 정도인 모양이군요. 여러분은 겨울까지 버틸 수 없을 겁니다."

육군 원수는 그런 지적을 사실이라고 인정했다. "그렇지만." 그가 덧붙였다. "저희는 어떻게 할 것인지 결정하는 동안 참호를 파고 들어가 전략적 형세를 거의 정지시킨 상태로 버티고 있습니다. 그런 상황에서 박사님을 찾아온 겁니다. 손실 비율을 우리에게 유리하게 바꾸거나, 그 끝이 눈에 보이는 상황을 만들 수 있는, 뭔가 완전히 새로운 무기나 기술이 필요합니다. 저는 이 상황을 거의 변화가 없는 상태로 유지하며 6주가량 버틸 수 있습니다. 박사님이 실험실로 가서 뭔가 새롭고 강력한 공격 무기를 만들어낸다면, 박사님은 나라를 구할 수 있습니다."

그루트 박사가 궁금한 눈빛으로 장군을 쳐다봤다. "그래서요? 어떤 걸 원하나요? 혹시 휴대용 투사기에서 발사하는 발화 광선? 아니면 한 번의 폭발로 멈추지 않고 며칠간 혹은 몇 주 동안 계속 폭발하는 폭탄은 어떤가요? 혹은 공중에 있는 적군의 비행기를 무력하게 만드는 장치 같은 걸 원하나요?"

군인이 열성적으로 고개를 끄덕였다. "좋은 생각입니다, 박사님. 그중에 어떤 거라도 좋습니다. 그중에 하나라도 만든다면, 박사님은 우리 나라의 역사에서 가장 위대한 영웅이 되실 겁니다. 그런데 정말로 그런 무기를 저희한테 주실 수 있나요?"

그루트 박사가 태연하게 고개를 끄덕였다. "물론이죠. 그중에 어떤 거라도 가능합니다. 여러분이 내게 돈과 지원을 제공해준다면, 난 그보다 더 나은 무기도 바로 만들어줄 수 있어요."

정치인이 끼어들었다. "박사님이 좋아하시는 어떤 것이라도 괜찮습니다. 무엇이든지 상관없습니다. 제가 재무부 장관에게 무제한 계좌로 박사님을 지원하도록 지시하겠습니다. 박사님이 요청하시는 어떤 사람이라도 지체 없이 박사님의 지시를 받도록 만들겠습니다. 그럼 당면한 가장 중요한 문제에 대한 논의는 두 분께 맡기고 저는 가겠습니다."

총리가 자리에서 일어나 장갑과 모자를 챙겼다. "박사님께서는 공로에 상응하는 보상을 받으시게 될 겁니다. 이 나라는 잊지 않을 겁니다."

그루트 박사가 총리에게 다시 의자로 돌아오라고 손짓했다. "너무 서두르지 마세요. 나는 그 일을 할 수 있다고 했지, 할 거라고는 말하지 않았어요."

"그 말씀은 하지 않을 거라는…."

"솔직히 말해, 나는 안 할 겁니다. 난 당신들이 우리의 이웃 나라를 파괴하는 걸 도와야 할 이유를 모르겠어요."

육군 원수가 벌떡 일어섰다. "이건 반역이오." 그가 분노를 쏟아냈다. "총리님, 지금 즉시 이 사람을 체포할 수 있도록 허락해주십시오. 제가 이 사람이 무기를 제작하도록 만들겠습니다. 안 그러면 죽여버릴 겁니다!"

그루트 박사의 말투는 조용하고 부드러웠다. "내 나이의 늙은이가 죽음을 두려워할 거라고 생각하시오? 이보시오, 내 말을 들어요. 당신처럼 혈압이 높은 사람은 화를 내면 안 돼요. 그렇게 화를 내면 혈전증을 일으킬 가능성이 크고, 결국에는 사망할 겁니다."

오랜 세월 정치인으로 지내면서 익힌, 화를 억제하고 감정을 감추는 훈련은 총리에게 크게 도움이 되었다. 총리가 육군 원수의 어깨에 손을 올렸다. "앉게, 장군. 그리고 조용히 있어. 자네도 나와 마찬가지로, 그루트 박사님이 거부한다면 억지로 일하게 만들 수 없다는 사실을 알잖아. 박사님에게 보복하겠다는 건 멍청한 소리야." 총리가 그루트 박사에게 고개를 돌렸다. "박사님, 동포들이 특정한 목적을 달성하기 위해 죽어갈 때, 당신이 할 수 있는 어떤 방법으로도 동포들을 돕지 않겠다면, 박사님은 그들에게 뭔가 설명을 해줘야 할 의무가 있지 않을까요?"

그루트 박사는 총리와 장군 사이에 진행된 작은 소동을 흥미롭게 지켜봤다. 박사가 예의 바르게 대답했다. "알겠습니다, 총리님. 나는 이 대량학살을 도와주지 않을 겁니다. 나로서는 어느 한쪽이 이겨야 할 이유를 모르겠거든요. 문화도 비슷하고, 인종적 구성도 거의 비슷한 비율로 동일하잖아요. 어느 쪽이 이긴들 무슨 차이가 있을까요?"

"박사님은 애국이나 충성심이라는 의무감을 전혀 느끼지 않나요?"

그루트 박사가 어깨를 으쓱했다. "오로지 인류 그 자체에 대해서만 의무감을 느낍니다. 특정한 집단에 대해서는 느끼지 않아요."

"박사님과 어느 쪽이 도덕적으로 옳은가 논쟁하는 것은 아무 소용이 없겠죠?"

그루트 박사가 고개를 끄덕였다. "유감이지만, 전혀 소용없습니다."

"제 생각에도 그럴 것 같았습니다. 우리는 현실주의자니까요. 박사님과 저 말입니다." 총리가 다시 장갑을 챙겼다. "박사님이 내린 결정으로 인해 발생할 결과가 박사님에게 피해를 주지 않도록 제가 할 수 있는 일을 하겠습니다. 그러나 정치적 필요 때문에 저는 원하지 않는 일을 강요받게 될 겁니다. 박사님도 이해하시겠죠."

"잠깐만요." 그루트 박사가 총리를 다시 잡았다. "난 여러분이 이 전쟁에서 이기는 걸 돕지 않겠다고 했습니다. 만일 여러분이 패배하지 않도록 지켜주겠다고 약속하면 어떨까요?"

"그건 같은 이야기잖소." 육군 원수가 폭발했다.

총리는 그저 눈을 치켜떴을 뿐이었다.

그루트 박사가 계속 말했다. "난 여러분이 승리하도록 돕지는 않을 겁니다. 하지만 혹시 여러분이 원한다면, 어느 쪽도 승리하지 않은 채 이 전쟁을 멈추게 할 방법을 알려주겠습니다. 혹시…" 박사가 잠시 멈췄다가 계속 말했다. "혹시 여러분이 내가 원하는 종류의 평화에 동의한다면 말이지요."

박사는 이야기를 멈추고, 자신의 말의 취지가 전달될 때까지 기다렸다. 총리가 고개를 끄덕였다. "말씀하세요. 어쨌든 들어보겠습니다."

"이 전쟁이 승자도 패자도 없이 끝난다면, 그리고 두 국가를 자유롭고 평등하며 차별 없는 하나의 국가로 통합시킬 새로운 정부를 세우기 위한 평화조약이 맺어진다면, 저는 만족하겠습니다. 그걸 내게 확실히 약속해 준다면, 여러분을 돕겠습니다. 그러지 않으면 도와줄 수 없습니다."

정치인은 서재 끝으로 물러나 서서 창문 밖을 응시했다. 그는 오른쪽 볼에 집게손가락으로 삼각형을 그리고, 또 반복해서 그렸다. 생각에 잠긴 그의 미간에 깊은 골이 파였다.

늙은 군인이 자리에서 일어나 총리에게 다가가더니 낮은 소리로 조언했다. "이런 공상적인… 비현실적인…. 언어도 다르고, 전통도 다르고…"

정치인은 돌연 군인을 떠나 과학자에게 다가갔다. "저는 박사님이 제

시한 조건에 동의합니다. 계획이 뭔가요?"

"먼저 제 질문에 답을 해주세요. 왜 인간들이 기꺼이 전쟁에 나가서 싸우고 죽을까요?"

"왜라뇨? 자신의 국가를 위해서죠. 애국적인 이유 때문이에요. 아, 전쟁을 모험으로 생각하는 소수도 있을 겁니다."

"의무적으로 복무해야 하는 경우에는." 육군 원수가 끼어들었다. "다른 이유가 필요하지 않습니다. 시키면 해야 하는 거죠."

그루트 박사가 말했다. "설령 의무에 따라 복무하더라도, 싸우다 죽을 의지와 사기가 있어야 합니다. 그렇지 않다면 상습적으로 항명과 반란이 일어날걸요. 그렇지 않나요?"

"음, 뭐, 네. 당신 말이 맞습니다." 장군이 인정했다.

"박사님, 당신은 사람들이 전쟁터에서 기꺼이 죽어가는 이유가 뭐라고 생각하시나요?" 총리가 물었다.

그루트 박사가 진중하게 대답했다. "전쟁에서 기꺼이 죽으려는 의지는 개인적인 자기보호 본능과는 전혀 상관이 없어요. '전쟁'에 나가는 건 개인에게는 자살이에요. 인간이 전쟁에서 기꺼이 죽으려는 것은 오직 한 가지 이유 때문입니다. 그들 뒤에 종족이 살아남길 바라는 거죠. 다시 말해, 그들은 아이들을 위해 싸우는 겁니다. 아이들이 없는 국가에 전쟁은 무의미하고 싸울 가치가 없어요. 군중심리학에서 기본적인 사항입니다."

"그렇군요."

"나는 적국의 아이들을 납치하자고 제안합니다."

"그건 너무 악랄한 책략입니다. 저는 동의하지 않습니다."

"인도주의적인 책략이죠."

"국제법에 반합니다."

"당연히 그렇겠죠. 국제법은 사람을 죽일 합법적인 방법들을 규정하니까요. 저는 살인을 피할 수 있는 불법적인 방법을 제안한 겁니다."

"그건 문명화된 전쟁의 모든 규칙을 위반하는 겁니다."

"조용히 하게, 장군! 하라는 대로 시행해."

✳

전선 너머 적국 깊숙한 곳에 있는 중소 도시에서 일상은 조용히 흘러 갔다. 사실 거리에는 남자가 거의 없었고, 남은 소수의 남자들에게서는 대개 전투의 상흔이 보였다. 버스는 여성이 몰았다. 점원도 여성이었다. 거리의 청소와 쓰레기 수거도 여성이 했다. 도시 외곽 언덕 위에 커다란 기숙학교가 있었는데, 전사자의 아이들을 위한 보육원이었다. 이곳에서 가모장제는 자연스러웠다.

쉬는 시간이었다. 정원 같은 쾌적한 운동장에는 어린아이들이 바글바글했다. 높고 어린 목소리들이 옛날부터 존재해왔던 아이들 놀이에 참여 하라며 소리쳤다. 술래잡기, 공놀이 같은 것들 말이다.

교장인 쿠란 부인은 교장실에서 아이들의 성적표를 꼼꼼히 살펴보고 있었다. 바깥에서 아이들의 목소리가 비언어적이고 음조가 맞지 않는 배경음처럼 들려왔다. 그 소리를 듣자 무의식적으로 그녀의 미간에 잡혔던 피곤한 주름이 풀렸다.

쿠란 부인은 종이 더미를 한쪽으로 치우고 버튼을 눌렀다. 거의 동시에 바깥 사무실의 문이 열렸다. 쿠란 부인이 고개를 들었더니, 그녀가 부른 속기사가 아니라 비서였다. 비서는 눈에 띄게 흥분한 상태였다.

"교장 선생님! 공습이에요!"

쿠란 부인은 즉시 다른 버튼을 눌렀다. 경보음이 울리고, 아이들의 고함 소리가 사그라졌다.

"확실한가요?" 두 사람이 서둘러 나가는 동안 교장이 비서에게 물었다. "이해가 안 되네요. 지금까지 학교를 폭격한 적은 없었잖아요."

바깥의 운동장에 있던 아이들은 4열로 줄을 서서 지하로 통하는 네개의 지붕 덮인 경사로로 서둘러 내려가고 있었다. 운동장을 감독하는, 남편을 잃은 젊은 부인이 아이들을 재촉했다. 그들은 대부분 전쟁에 대해 너무도 쓰라린 기억을 갖고 있었다.

쿠란 부인이 위를 올려다봤다. 거대한 폭격용 헬리콥터 한 대가 하늘에서 나타났다. 헬리콥터가 거느린 작은 전투기들이 주변에서 춤추며 급강하했다. 비행기들 사이로 작고 하얀 구름 세 개가 갑자기 나타났다. 그리고 몇 초 후 바람을 타고 짧은 마른기침 소리가 세 번 들려왔다. 대공포가 발사된 것이었다.

쿠란 부인의 비서가 그녀의 팔을 붙잡았다. "우리 비행기들은 어디에 있죠?"

"저기 오고 있어요."

적기들보다 높은 남서쪽의 하늘에서 세 개의 작은 점이 햇살을 받으며 모습을 드러냈다. 비행단은 V자 대형으로 강하하다 일렬 형태로 산개했다. 그리고 오로지 거대한 폭격헬기에 닿겠다는 일념으로, 호위하는 전투기들을 무시하고 전속력으로 급강하했다. 폭격헬기는 마치 벌새가 다른 꽃으로 자리를 옮기듯 서쪽으로 휙 움직였다. 그러나 아군기들이 따라갔다. 선두의 비행사는 폭격헬기에 들이받아 자살을 하려는 게 분명했다.

폭격헬기를 호위하는 재빠른 전투기 한 대가 아군 비행단 선두의 비행기를 공격했다. 국토를 방어하는 전투기와 폭격헬기를 호위하는 전투기가 헬리콥터의 지근거리에서 충돌했다. 그 비행기들은 소리도 없이 지리멸렬한 폐물로 붕괴되는 듯했다. 다른 두 대의 아군기가 방향을 휙 틀었다. 한 대는 공중에 떠 있는 폐물의 아래로, 한 대는 위로 향했다. 그러나 폭격헬기에 피해를 주지 못한 채 지나쳤다. 몇 초 후 충돌 소리가 들려왔다. 수천 미터의 거대한 돛이 찢어지는 듯한 소리였다.

헬리콥터가 운동장에 내려앉았다.

앞쪽 좌측의 조종실에서 작은 문이 열리더니 가벼운 금속 사다리가 아래로 내려왔다. 그리고 남자 둘이 내렸다. 그들이 교장에게 다가왔다. 두 남자 중 젊은 쪽이 말했다.

"쿠란 선생님이십니까? 저는 번즈 중위입니다. 제가 댄식 중령님을 대신해서 말씀드리겠습니다. 제가 중령님에게 통역을 할 겁니다."

"그럴 필요 없어요. 난 여러분의 언어를 할 줄 알아요. 왜 이렇게 비열한 공격을 하는 건가요?"

중령이 깔끔하게 경례를 붙이더니, 허리까지 살짝 숙이며 인사를 했다. "반갑습니다. 부인. 저희의 언어를 하실 수 있어서 정말로 다행입니다. 덕분에 많은 일이 무척 간단해지겠군요. 유감스럽지만, 여러분은 이제 저희의 포로가 되었다는 사실을 알려드립니다."

"당연히 그렇겠죠."

중령은 마치 그녀가 대단히 익살맞은 말을 했다는 듯 미소를 지었다. "네, 물론입니다. 저는 당신과 당신의 비서에게 특정한 업무를 해달라고 요구할 수밖에 없습니다."

"난 여러분을 돕지 않을 겁니다!"

"선생님, 당신이 원하지 않는 일은 절대로 아닐 겁니다. 여러분은 우리나라에 가서 현재와 마찬가지로 아이들을 계속 돌봐주시기만 하면 됩니다. 아이들을 돌보려면 여러분이 필요할 겁니다."

"난 아이들을 돌보지 않을 거예요! 아이들에게 저항하라고 할 겁니다. 여러분은 3천 명의 아이들을 통제하지 못할걸요."

중령이 어깨를 으쓱했다. "원하는 대로 하십시오, 선생님. 제가 당신이 원하지 않는 일은 어떤 것도 요구하지 않을 거라고 약속하지 않았던가요?"

그들이 대화를 나누는 동안, 헬리콥터의 거대한 몸체에서 큰 문이 열리더니 사람들이 도개교 같아 보이는 것을 내렸다. 그리고 군인들이 두 번에 걸쳐 열두 명씩 빠른 걸음으로 내려왔다. 그들은 2열 종대로 줄을 서더니, 건물들 주변에 빠르게 배치되어, 약 50미터 간격으로 학교를 완전히 둘러쌌다. 각 군인들은 커다란 삼각대를 들고, 등에는 배낭을 멨다.

그들은 자리를 잡자마자 삼각대를 세우고, 배낭을 내려 삼각대 위에 재빨리 고정했다. 그리고 배낭의 외피를 벗겼다. 곧이어 군인들이 각자 삼각대에 달린 타래의 줄 끝을 잡고 시계 반대 방향으로 옆에 있는 다른 삼각대까지 재빨리 달려갔다. 그들이 달려가는 동안 줄이 풀렸다. 각 군인은 줄의 끝을 왼쪽에 있는 삼각대에 고정하고, 다시 자신의 자리로 서둘러 달려갔다.

헬리콥터 문에 서 있던 부사관이 소리쳤다. "보고!"

"하나!" "둘!" "셋!" "넷!" "다섯!" "여섯!" "일곱!" "여덟!" "아홉!" "열!" "열하나!" "열둘!"

부사관이 오른손을 힘차게 내렸다.

별다른 일은 일어나지 않았다. 삼각대의 대열 너머에 있는 나무와 건물들이 비누 거품의 막을 통해 보듯 어른거렸다. 그런데 잠시 후 민방위 오토바이 부대가 도시에서 대로를 가득 메우며 달려오다가 이 무지갯빛 허상과 충돌했다. 그들은 뒤엉켜서 끔찍한 모습으로 무더기를 이루며 쌓였다.

헬리콥터 안에서 복잡한 제어판 앞에 앉아 있던 젊은 기술자가 깡마르고 신경질적인 손으로 우둘투둘한 레버들과 세 줄의 숫자키, 그리고 수많은 스위치를 바삐 만졌다. 그가 제어판 뒤쪽에 있는, 떨리는 바늘이 눈금을 가리키는 계기판의 반응을 살폈다. 그리고 경로 지시기에서 종잡을 수 없이 움직이는 작게 빛나는 불빛들을 지켜봤다. 준비 불빛이 켜졌다.

제어판 위쪽의 녹색 불빛이 들어왔다. 기술자는 눈앞에 있는 차단막을 내리고 스위치를 돌렸다. 곧 창백한 얼굴의 신경질적인 다른 사람의 영상이 모니터에 비쳤다. 그 영상이 말했다.

"어이, 잰. 그쪽 준비됐어?"

"응, 준비 신호를 줄게."

"잰, 난 이게 마음에 안 들어."

"나도 싫어. 나는 저들이 내 앞에 가져다놓는 어떤 기계든 작동시키겠지만, 먼저 저놈들을 갈가리 찢어서 머릿속에 뭐가 들었는지 보고 싶어."

"맞아. 저 벽 너머에서 대체 무슨 일이 어떻게 되어가는 건지 내가 어떻게 알겠어? 난 그냥 아무것도 모르고 키보드만 두드릴 뿐이야. 게다가 저 아이들이 다치지 않을지는 어떻게 알아? 이 장치가 작동되는 모습을 본 사람이 아무도 없잖아."

제어판 위로 그늘이 졌다. 기술자가 고개를 들자 부사관이 그에게 손짓했다. 기술자가 다시 계기판에 대고 소리쳤다.

"준비! 음악 시작." 기술자가 빠른 속도로 세 개의 버튼을 연이어 눌렀다.

운동장에 서 있는 네 사람에게 음악이 닿았다. 쿠란 부인이 긴장하며 항의했다. 그녀의 비서는 겁에 질려 지시를 기다렸다. 중령과 부관은 점잖게 서 있었지만 경계를 풀지 않았다. 그들의 귀에는 그 음악이 아이들의 노래처럼 들렸다. 그 음악은 아름답고 걱정 없는 아이의 우주, 아이의 천국을 노래했다.

댄식 중령이 쿠란 부인에게 미소를 지으며 말했다. "세상에 저런 음악이 있는데, 전쟁을 한다는 건 바보 같은 짓이 아닐까요?"

쿠란 부인도 엉겁결에 미소로 답했다.

음악이 점점 커지며 가청범위 아래에서 고동쳤다. 그때 갈대로 만든 피리 소리가 얼핏 들렸다. 피리 소리는 들어왔다 나가며 선율을 장식하더니, 이내 음악을 완전히 장악했다. 「이리 나와.」 그 음악이 말했다. 「나와서 내게로 와.」 음악은 날카로웠지만 고통스럽지 않았다. 마치 두뇌 그 자체에서 진동하는 듯했다.

지하 경사로에서 아이들이 강아지 떼처럼 쏟아져 나왔다. 아이들은 웃으며 소리 지르고 원을 그리며 뛰었다. 그리고 달음질로 운동장을 벗어나 헬리콥터를 향해 가며 춤을 추었다. 경사로를 올라가는 동안 아이들은 서로 밀치며 키득댔다.

기술자가 어깨너머로 슬쩍 쳐다보고는 소리쳤다. "아이들이 왔어요!"

기술자가 스위치를 돌리자, 제어판 옆에 있던 약 2미터 높이의 텅 빈 틀이 갑자기 불투명하고 부드러운 암흑으로 채워졌다.

첫 아이들이 그 틀로 달려와서 안으로 뛰어들더니 사라졌다.

댄식 중령이 쿠란 부인을 이끌고 헬리콥터로 왔을 때, 마지막 아이들이 틀로 들어갔다. 쿠란 부인은 자신이 책임지는 아이들에게 일어난 일을 목격하고는 비명을 억누르며 분노한 얼굴로 중령을 돌아봤다. 하지만 중령은 손을 흔들며 그녀를 진정시켰다.

"잘 살펴보세요."

쿠란 부인은 중령의 손가락이 가리키는 방향을 따라 텔레비전에 비치는 영상을 바라봤다. 영상에서는 그녀가 지금 서 있는 곳과 비슷한 어딘가의 어두운 틀에서 아이들이 튀어나오고 있었다.

"저 아이들이 어디에 있는 건가요? 저 아이들에게 무슨 짓을 한 거죠?"

"아이들은 우리 나라에 있습니다, 안전하게."

마지막 남은 교직원들은 암흑 속으로 통과하도록 설득당하거나 강요당했다. 헬리콥터 승무원들이 그 뒤를 따라 한 번에 두 명씩 들어갔다. 마침내 기술자와 쿠란 부인을 제외하고는 중령 혼자 남았다. 중령은 그녀를 돌아보며 고개를 숙여 인사했다.

"자, 선생님, 저와 함께 가서 아이들에 대한 책임을 계속 맡으시겠습니까?" 중령은 그녀가 잡을 수 있도록 오른팔의 팔꿈치를 내밀었다.

쿠란 부인은 입술을 깨물었지만, 곧 중령이 내민 팔을 붙잡았다. 두 사람이 천천히 암흑 속으로 걸어 들어갔다.

기술자가 헤드폰을 벗고, 마지막으로 약간 조정을 한 후 어두운 틀을 바라봤다. 그는 냉수 샤워를 하러 가는 표정을 지으며 그 안으로 들어갔다.

15초 후 원형으로 배치된 삼각대 위에 있는 배낭들이 작게 펑펑 소리를 내며 연이어 터졌다. 그 10초 후 헬리콥터가 폭발하며 거대한 버섯구름을 만들자, 땅이 둔하게 우르릉 소리를 내며 흔들렸다.

✳

두 기술자는 아이들의 안전을 걱정할 필요가 없었다. 그들의 조국 깊숙한 지역에서 그루트 박사가 안락의자에 편하게 누워 후송되는 아이들의 도착을 지켜보고 있었다.

그의 흉한 얼굴에 따뜻한 미소가 살짝 비쳤다. 아마도 이 세상의 것 같지 않은 음악 소리 때문이거나, 많은 아이들이 행복해하는 모습을 봤기 때문일 것이었다. 총리가 그의 곁에 서 있었다. 총리는 너무 긴장해서 앉아 있을 수가 없었다.

그루트 박사가 하얀 수간호사 복장을 한 나이 든 은발의 여성을 손짓으로 불렀다.

"이리 오세요, 엘다."

"네, 박사님."

"당신이 직접 음악을 확인해야 합니다. 이제 소리를 줄여서 아이들이 차분하고 눈물을 흘리지 않을 정도로만 틀어주세요. 오늘 밤에도 그 음악과 함께 잠들게 하세요. 하지만 내일은 꼭 필요한 경우가 아니라면 음악을 틀지 마세요. 특히 이런 음악은요. 너무 긴 시간 동안 천사처럼 행복한 상태는 아이들에게 좋지 않아요. 아이들이 평범한 남자와 여자로 자라야 하니까요."

"무슨 말인지 알겠습니다, 박사님."

"다른 사람들도 모두 이해했는지 확인하세요." 박사가 총리를 향해 돌아섰는데, 총리는 입술을 오므린 채 멍한 표정이었다. "뭘 걱정하시나요?" 박사가 물었다.

"글쎄요, 박사님은 이 아이들에게 아무런 해가 없다고 확신하시나요?"

"보시지 않았나요?" 그루트 박사가 한 손을 흔들어 들뜬 아이들을 가리켰다. 아이들은 작은 무리로 나뉘어 준비된 숙소로 몰려가고 있었다.

"봤죠. 그렇지만 만일 두 개의 수신 기지가 같은 방식으로 주파수를 맞춘다면, 아이들에게는 어떤 일이 일어나게 되죠?"

그루트 박사가 미소를 지었다. "당신은 이걸 전파와 혼동하고 있어요. 아마 내 잘못일 겁니다. 내가 그걸 질량 전파라고 불렀으니까요. 그렇지만 이건 전혀 그런 게 아니에요. 혹시 수학 좀 하시나요?"

총리가 우거지상이 되었다.

"괜찮습니다." 그루트 박사가 계속 말했다. "제대로 설명해주긴 힘들지만, 이건 확실히 말할 수 있어요. 저 아이들은 전파처럼 전송된 게 아닙니다. 그냥 문을 통과한 거예요. 내가 저 문을 통과하는 것과 똑같이요." 박사가 넓은 방의 끝에 있는 문을 가리켰다. "그리고 저쪽 문에 맞춰서 이 건물을 비튼 거죠." 박사가 다른 쪽 끝에 있는 문을 가리켰다. "난 세계선*을 조금, 아, 정말 아주 조금만 매만져서 평소에는 닿지 않는 공간의 한 지점을 공간의 다른 지점에 핀으로 고정시킨 거예요." 그루트 박사가 그 방에 있는 질량 전파 수신기를 가리켰다. "이게 그걸 고정시킨 핀의 한쪽 끝입니다. 이해되세요?"

"글쎄요, 전부는 아니지만요."

그루트 박사가 고개를 끄덕였다. "당신이 전부 이해할 거라고는 기대하지 않았어요. 텐서 계산 용어를 사용하지 않고는 설명하기 힘들어요. 당신에게는 비유적으로 이야기해줄 수밖에 없군요."

급사가 종종걸음으로 다가와 박사에게 보고서 한 장을 건넸다. 그루트 박사가 보고서를 훑어봤다. "기지를 두 군데 더 추가해서 보호막이 준비될 겁니다. 그게 어떻게 작동할지 궁금하죠?"

정치인이 그렇다고 인정했다.

"이건 질량 전파와 동일한 기술이면서도 달라요." 그루트 박사가 말했다. "보호막은 문을 잠근 거예요, 아주 살며시. 세계선이 부드럽게 뒤틀려서 질량이 통과하지 않게 된 거죠. 하지만 흠! 그건 그냥 간단한 속임

---

* 상대성이론에서 시공간의 점(세계점)을 연결한 선

118

수이고 단순한 장치일 뿐이에요. 문외한에게만 복잡하게 보이는 겁니다. 그렇지만 음악은 다른 문제죠. 우리는 천국의 힘 그 자체를 건드렸어요. 그래서 내가 그렇게 조심스럽게 다루는 겁니다."

총리는 박사에게 놀랐다고 말했다. 그는 경이로운 공학에 깊은 인상을 받았다. 그리고 음악의 사용을 그루트 박사의 무해하고 기발한 발상이라고 평가했다.

"아, 아뇨." 그루트 박사가 말했다. "아니, 전혀 아니에요. 음악에 대해 생각해본 적이 있나요? 그걸 왜 음악이라고 부르죠? 음악이 뭘까요? 혹시 총리님은 음악을 정의할 수 있나요?"

"글쎄요, 어, 음악은 소리의 운율적인 배열이죠. 감정의 반응을 이끌어내고…."

그루트 박사가 손을 들어 총리의 말을 막았다. "네, 하지만 배열이 뭐죠? 그리고 감정은 뭘까요? 그리고 왜 그런 걸까요. 신경 쓰지 마세요. 난 그 문제를 분석했어요. 그래서 이제 오르페우스의 류트의 비밀*과 피리 부는 사람의 마술을 손에 넣었어요." 박사가 목소리를 낮춰 계속 말했다. "이건 매우 중요한 문제예요. 위험한 문제죠. 다른 장난감들은 국가에 주겠지만, 이 비밀은 내가 지킬 거예요. 그러니 잊어버리세요."

급사가 다시 허겁지겁 달려와 다른 보고서를 박사에게 건넸다. 그루트는 그 보고서를 읽고 총리에게 넘겨주었다.

"때가 됐습니다." 박사가 말했다. "그들이 모두 돌아왔어요. 이제 보호막을 세울 겁니다."

몇 분 후, 760킬로미터의 전선(戰線)을 따라 설치된 수천 개의 삼각대가 도선으로 연결되었다. 보고가 전화선을 통해 총사령부로 전달되었다. 두 개의 스위치를 돌리자, 어른거리는 무형의 막이 두 적군을 갈랐다.

사실상 전쟁은 끝났다.

* 오르페우스가 음악을 연주하면 산이 머리를 조아리고 사람의 마음이 사로잡혔다는 신화가 있다.

우선 전달 공문

발신: 총리

수신: 수상

경로: 중립 연락소

수상님, 저희의 방어막 때문에 전쟁이 중단되었다는 사실을 인지하셨을 겁니다. 저희는 여러분의 어린이 357,012명을 인질로 데리고 있습니다. 휴전 깃발을 든 참관인을 파견해서 아이들이 잘 지낸다는 사실을 확인해주시기 바랍니다. 저희는 현재의 상태를 영구히 유지할 준비가 되었습니다. 저희는 현재 진행되는 사실상의 정전 상태를 대신해서 어느 쪽도 승리하지 않는 공평한 평화를 위해 귀국과 협정을 맺을 준비가 되었습니다.

총리의 서명 날인.

평화협정 열하루째, 상대국의 수상은 그들이 합의한 부분을 간단히 요약해달라고 요구했다. 서기장이 요구에 따랐다.

"첫 번째 고려사항. 서명한 두 국가는 현재부터 하나의 국가라는 데에 동의한다. 종속적인 문제는…." 서기장은 계속 낭독을 이어갔다. 두 국가의 의회는 인구조사와 헌법 제정을 위한 회의를 앞두고 만날 예정이었다. 통화는 통합될 것이었다. 그리고 기타 등등, 기타 등등. 두 국가의 전쟁고아는 이전에 상대방 적국이었던 나라에서 양육하고, 두 국가의 혈통이 섞이도록 결혼을 장려하는 지원금을 지급하기로 결정했다.

군대는 해산하고, 기술 전문가 부대는 그루트 박사가 개발한 새로운 방어 무기들을 사용하기 위한 훈련을 받기로 했다.

그루트 박사는 U자형 책상의 중간쯤에 있는 의자에 축 늘어져 있었다. 서기장이 보고를 마쳤을 때, 양국의 총리와 수상이 박사를 바라봤다.

지체 시간이 길어지자 박사가 초조하게 말했다. "자, 서명하고 집에 가세요. 일상적인 업무만 남았습니다."

수상이 의견을 말했다. "혹시 우리가 만들어낸 이 새로운 국가에 지도자, 최고 책임자가 있어야 한다는 생각을 해보셨나요?"

"그게 어쨌는데요?"

"저는 할 수 없습니다. 그리고⋯." 수상이 총리 쪽으로 고갯짓했다. "저 훌륭한 친우도 할 수 없지요."

"뭘, 그냥 한 사람을 골라버려요!"

"저희는 결정했습니다. 오직 한 사람만이 양국에서 보편적인 신뢰를 받고 있습니다. 만일 이 협정이 그냥 종잇조각에 불과한 게 아니라면, 그 사람 외에는 아무도 지도자가 될 수 없습니다. 그 사람은 바로 당신, 박사님입니다."

그때 자국의 군 간부 자리에 앉아 있던 육군 원수가 자리에서 일어섰다.

"그만!" 장군이 소리쳤다. "이 바보 놀이를 더 진행할 필요는 없어. 난 내 조국이 불명예스럽게 팔려나가는 꼴을 그냥 지켜보고 있지 않을 거야." 그가 양손으로 박수를 쳤다. 그러자 미리 준비했던 모양인지, 두 장교가 자리에서 일어나더니 U자형 책상으로 달려가 양쪽에서 그루트 박사를 붙잡았다.

"당신은 해임되었소, 총리. 전쟁이 종료될 때까지 내가 우리 조국의 국정을 살필 것이오. 적국의 대표들에게는 안전한 귀국을 보장하겠소. 전쟁은 즉시 속개될 것이오. 그리고 저⋯." 육군 원수가 그루트 박사를 가리키며 분노를 내뿜었다. "저 오지랖 넓은 참견꾼은 반드시 제거할 거야. 철저하게."

그루트 박사는 조용히 앉아 자신을 잡은 사람들에게 저항하려는 시도를 하지 않았다. 하지만 그는 탁자 아래의 양탄자 밑에 감춰둔 버튼을 발로 눌렀다. 신호가 다른 방으로 전달되었다.

그리고 음악이 시작됐다.

이번에는 아이들의 음악이 아니었다. 〈라 마르세예즈〉나 〈발키리의 기행)에 더 가까웠다. 정확히 그런 음악은 아니었지만, 각 음악의 음색이 담겼고, 군가의 느낌이 났다. 그리고 전투가 끝난 뒤 음악을 듣는 사람을 전사들의 천국인 발할라로 데려가겠다는 약속이 담긴 음악이었다.

육군 원수가 그 음악을 듣더니, 하던 말을 뚝 멈췄다. 그는 나이에 비해 머리숱이 많은 머리를 곤두세우고 음악을 들었다. 그루트 박사를 붙잡고 있던 두 장교도 음악을 듣더니 그의 팔을 놓았다. 한 명씩, 한 명씩, 제복을 입은 거의 모든 사람이 자리에서 일어나 소리를 쫓았다. 여기저기에 있는 억센 고위 인사들이 그들에 합류했다. 그들은 거의 즉시 4열 종대를 형성하고, 군화로 4분의 2박자 소리를 내며 대회당으로 빠르게 내려갔다.

대회당 끝에 있던 태피스트리가 옆으로 치워지더니, 커다란 틀 안의 공허…, 공허가 드러났다.

대오는 그 암흑 속으로 행진해 들어갔다. 마지막 사람이 사라지자, 그루트 박사가 버튼에서 발을 떼었다. 암흑이 사라지고, 텅 빈 틀과 그 뒤의 벽만 남았다. 참았던 숨을 내뱉는 소리가 방 안에 가득했다.

총리가 고운 리넨 손수건으로 이마를 닦으며 그루트 박사를 돌아봤다. "맙소사, 그들을 어디로 보낸 건가요?"

그루트 박사가 고개를 저었다. "미안하지만 나도 몰라요."

"모른다고요?"

"네, 당신도 봤듯이, 난 뭔가 문제가 생기리라 예상했습니다. 하지만 '핀'의 다른 쪽 끝을 고정시킬 시간이 없었어요."

총리가 공포에 질린 얼굴로 중얼거렸다. "장군이 비참하게 됐네요."

그루트 박사가 냉정한 얼굴로 고개를 끄덕였다. "네, 미안하지만 그럴 수밖에 없었어요. 장군이 비참하게 됐죠. 아주 좋은 사람이었어요. 난 장군을 몹시 좋아했습니다."

조너선 호그의 기분 나쁜 직업

The Unpleasant Profession of Jonathan Hoag

조호근 옮김

✦ 1942년 10월 〈언노운(Unknown)〉에 발표

결국 사랑은 행복하게 끝나지 않는 법이니.

삶을 너무도 사랑하기 때문에,

희망과 공포가 풀려났기 때문에,

우리는 신들에게 짤막한 감사의 기도를 올려야 하리라.

어떤 생명도 영원히 살지 못하며

죽은 이들은 결코 다시 일어나지 못하고

가장 느리게 흐르는 강물조차도

언젠가는 무사히 바다에 도착함을.

— 스윈번, 〈프로세르피나의 정원〉

1

"이거 피 아닙니까, 선생님?" 조너선 호그는 혀로 입술을 축이고는, 의자에 앉은 채로 몸을 앞으로 기울여 의사가 손에 들고 있는 종이쪽에 무엇이 적혀 있는지를 확인하려 했다.

포트버리 박사는 종이쪽을 자기 조끼 앞으로 가져온 다음 안경 너머로 호그의 모습을 바라보았다. "당신 손톱 아래 피가 있을 것이라고 여길 만한 특별한 이유라도 있는 거요?"

"아뇨, 그러니까 제 말은…, 음, 아뇨. 없습니다. 하지만 피가 맞잖아요. 그렇지 않습니까?"

"아니요." 포트버리는 느릿하게 말했다. "아니, 피는 아니오."

호그는 자신이 안도해야 한다는 사실을 알고 있었다. 그러나 전혀 안도감이 들지 않았다. 지금의 그로서는 다른 상상, 더 끔찍한 상상이 가능했으니까. 자기 손톱 아래의 갈색 점액이 말라붙은 피라는 가설에 매달리는 쪽이 차라리 훨씬 나아 보였다.

속이 메슥거리기 시작했다. 하지만 반드시 알아야 하는 일이었다….

"그럼 뭡니까, 선생님? 말씀해주세요."

포트버리는 그를 위아래로 훑어보았다. "당신의 질문에 맞는 정확한 해답을 제공했소만. 애초에 이 물질이 무엇인지가 아니라, 피인지 아닌지를 확인해달라고 물었지 않소. 이건 피가 아니오."

"하지만… 그렇게 저를 초조하게 만드셔서 좋을 게 뭡니까. 검사 결과를 보여주세요." 호그는 의자에서 반쯤 일어나 종이쪽을 향해 손을 뻗었다.

의사는 그의 손이 닿지 않는 곳으로 종이를 빼서는 그대로 종이를 정성스레 두 쪽으로 찢었다. 그러고는 두 장의 종이를 겹쳐서는 또 찢고, 다시 찢었다.

"아니, 무슨!"

"그런 짓은 다른 곳에 가서나 하시오." 포트버리가 대답했다. "진찰료는 안 내도 좋소. 썩 나가시오. 그리고 두 번 다시 돌아오지 마시오."

호그는 길거리로 떠밀려 나와 고가 승강장으로 걸어가기 시작했다. 여전히 의사의 무례한 태도 때문에 충격을 받은 상태였다. 다른 사람들이 뱀이나 높은 곳이나 비좁은 공간을 두려워하는 것처럼 그는 무례를 두려워했다. 그 자신이 아니라 같은 자리에 있는 다른 사람을 겨냥한 행동이라도, 나쁜 태도를 목격하면 구역질이 나고 무기력해지며 수치심으로 몸부림치게 되는 것이다.

그리고 자신이 무례한 행동의 대상이 된다면 그저 도망칠 수밖에 없었다.

그는 고가철 승강장으로 올라가는 계단에 한쪽 발을 올려놓고 머뭇거렸다. 고가철로 이동하는 일은 항상 힘겹기만 했다. 밀치고 떠미는 사람들과 찌든 때가 가득하고, 언제든 무례한 행동이 발생할 수 있는 곳이니까. 지금 그는 도저히 그 모든 것들을 마주할 엄두가 나지 않았다. 객차가 북쪽의 루프 지구 쪽으로 방향을 틀며 금속 마찰음을 울릴 때면, 그 역시 비명을 지르게 될 것만 같았다.

그는 갑작스레 몸을 돌리다가 순간 멈칫했다. 계단을 오르려던 다른 남자와 정면으로 부딪쳐버렸던 것이다. 그는 소심하게 몸을 피했다. "조심 좀 하고 다녀, 친구." 남자는 이렇게 말하며 그를 스치고 지나갔다.

"죄송합니다…" 호그가 중얼거렸지만, 그 남자는 이미 지나간 후였다.

남자의 말투는 불친절하다기보다는 무뚝뚝한 쪽이었다. 구태여 기분을 상하게 할 만한 사건은 아니었지만, 어쩐지 마음 편하게 받아들일 수가 없었다. 남자의 옷과 용모, 체취까지도 기분 나빴다. 물론 그도 오래 입은 작업복이나 가죽 스포츠 재킷이 딱히 남에게 피해를 주지는 않는 물건이며, 노동으로 인한 땀 자국이 번들거리는 얼굴 속에도 나름의 덕성이 존재한다는 사실을 알고 있었다. 남자의 모자챙에는 타원형의 배지가 달려 있었고, 그 위에는 일련번호와 글자가 몇 자 적혀 있었다. 호그는 그가 트럭 운전사나 기계공, 중장비 기사 등 한 사람 몫을 하는 노동자일 것이라 추측했다. 아마 가정에도 충실한 사람으로, 자상한 아버지이자 좋은 남편일 것이다. 고약한 습관이라고 해봤자 맥주를 적정량보다 한 잔 정도 더 마시며, 포커에서 허세로 판돈을 살짝 더 올리는 정도가 고작일 것이다.

외양 때문에 사람을 꺼리면서, 흰 셔츠에 훌륭한 외투를 걸치고 장갑을 낀 사람이었다면 나았으리라 생각하다니 참으로 유치한 일이었다. 그러나 만약 그 사람에게서 땀내가 아니라 면도 크림의 냄새가 났다면, 조금 전 그 만남은 이 정도로 꺼림칙하지 않았을 것이다.

그는 이런 생각을 하며 자신이 우스꽝스럽고 연약하다고 되뇌었다. 그렇다고 해도 저렇게 둔중하고 험악한 얼굴 속에 정말로 따뜻하고 섬세한 내면이 숨어 있을 수 있을까? 뭉툭한 주먹코와 돼지 같은 작은 눈에?

신경 쓰지 말자. 택시를 타고 누구와도 마주치지 않고 집으로 가면 되는 일이다. 정육점 앞에 바로 택시 승차장이 보였다.

"어디로 갈까요?" 택시 문이 열렸다. 운전사의 목소리는 냉담하고 명료했다.

호그는 운전사와 눈이 마주치고는 머뭇거리다 생각을 바꿨다. 이번에도 야비하고 우둔한 얼굴이 보였다. 깊이라고는 없는 눈동자, 여드름과 크게 뚫린 모공으로 엉망이 된 피부.

"어…, 실례합니다. 뭘 좀 두고 왔어요." 호그는 재빨리 몸을 돌리다 갑작스레 멈추었다. 무언가가 그의 허리를 잡아챈 것이었다. 롤러스케이트를 타던 소년이 그에게 부딪힌 모양이었다. 호그는 몸의 균형을 잡은 다음 아이들과 이야기를 할 때면 늘 그러듯 아버지처럼 친절한 얼굴로 아이를 보았다. "이런, 조심해야지. 꼬마야!" 그는 아이의 어깨를 잡아 부드럽게 떼어놓았다.

"모리스!" 그의 귓가에서 새된 소리가 찢어지듯 울렸다. 정육점 문에서 몸을 내밀고 있는, 거만해 보이는 살찐 여성의 목소리였다. 그녀는 소년의 반대쪽 팔을 잡아채고는 다른 손으로 소년의 귀를 한 대 때릴 자세를 취하고 있었다. 호그는 소년의 편을 들어 변명을 해주려고 하다가, 그녀가 도리어 자신을 노려보고 있다는 사실을 깨달았다. 소년은 자기 어머니의 태도를 보거나 느낀 모양인지 그대로 호그를 걷어찼다.

롤러스케이트 바퀴가 정강이를 강타했다. 고통스러웠다. 호그는 오로지 시야에서 벗어나겠다는 생각만으로 서둘러 도망쳤다. 그는 눈에 띄는 첫 골목길로 바로 달려 들어갔다. 정강이의 고통 때문에 조금 절뚝거렸다. 귀와 뒷덜미는 정말로 그 꼬맹이를 괴롭히다 걸린 양 화끈거리고 있었다. 골목길도 그가 빠져나온 거리보다 딱히 나을 것은 없었다. 상점도 없고, 고가철의 차가운 강철 터널도 없었지만, 사람들로 북적이는 4층 높이의 연립주택이 사방에 가득했다. 빈민가의 공동 주택보다 별로 나을 것도 없어 보였다.

시인들은 어린아이의 아름다움과 순수함을 노래하곤 한다. 그러나 시인들도 호그의 눈앞에 펼쳐진 이 거리의 모습을 마음속에 그린 것은 아니리라. 소년들은 나이에 걸맞지 않게 교활한 얼굴에, 날카롭고 얄팍하고 비열한 생김새였다. 소녀들 역시 그의 눈에는 별로 다를 것이 없었다. 여덟 살이나 아홉 살 정도의 비쩍 마른 여자아이들은 수척한 얼굴 위에 고자질쟁이라고 써놓은 것만 같았다. 문제를 일으키고 잔인한 소문을 퍼뜨리기 위해 태어난 고약한 영혼들이었다. 그보다 조금 더 나이가 든 언니들은 아직 어린 나이에도 불구하고 새로 습득한 거만한 여성성을 광고하고 다니는 일에만 신경을 쓰는 듯했다. 호그를 위해서가 아니라, 잡화점 주변을 건들거리고 돌아다니는 여드름투성이 남자애들을 위해서 말이다.

심지어는 유모차에 타고 있는 꼬맹이조차도…. 호그는 자신이 아기를 좋아해서 좋은 삼촌의 역할을 기꺼이 맡을 수 있다고 생각했다. 하지만 이런 아이들은 아니었다. 들창코에 쉰내가 나며, 지저분하고 빽빽 울어대는….

그가 찾아낸 작은 호텔은 이 동네의 수백 군데의 다른 호텔과 마찬가지로 대놓고 삼류임을 드러내고 있었다. 하나뿐인 네온사인이 반짝였다. '호텔 맨체스터, 투숙과 장기임대 가능'. 로비는 한 층의 절반 크기로, 길고 비좁고 조금 어둑했다. 눈을 크게 뜨고 찾지 않으면 잘 보이지도 않는 위치라서, 숙박비에 신경 쓰는 외판원이나 방을 잡고, 더 나은 곳을 찾아갈 수 없는 홀아비들이나 거주하는 곳이었다. 하나뿐인 승강기는 쇠창살 난간이 달린 물건으로, 청동색 페인트를 발라 정체를 숨기고 있었다. 로비 바닥에는 타일이 깔렸고, 침 뱉는 그릇은 황동제였다. 프런트 책상 외에도 시들시들한 야자수 화분 두 개, 그리고 여덟 개의 가죽 팔걸이의자가 있었다. 과거라고는 가져본 적이 없는 것 같은 무연고 노인들이 이 의자에 앉아서 시간을 보내고, 위층의 방에서 잠을 청하다 종종 한 명씩 자기 방에서 목을 매단 채로 발견되곤 했다. 넥타이를 조명 거치대에 묶은 채로.

✳

호그는 보도로 밀려오는 아이들의 물결을 피하려고 맨체스터 호텔의 문으로 물러났다. 뭔가 놀이를 하는 모양인지, 아이들이 부르는 새된 노랫소리의 마지막 부분이 얼핏 들려왔다. "한 대 때려서 함정으로 몰아라. 마지막 녀석이 더러운 쪽바리다!"

"누굴 찾고 계십니까, 손님? 아니면 방을 원하시나요?"

호그는 살짝 놀라 얼른 뒤를 돌아보았다. 방? 그가 원하는 것은 자신의 아늑한 아파트였지만, 지금 당장은 방이면 충분했다. 어떤 방이라도 상관없었다. 세상과 자신의 사이에 문을 닫아걸 수 있는 방만 있으면 더는 아무것도 필요 없을 것만 같았다. "그래요, 방이 필요합니다."

접수원은 기록부를 그쪽으로 돌려놓았다. "창문이 있는 방으로 드릴까요, 없는 방으로 드릴까요? 있으면 5달러 50센트, 없으면 3달러 50센트입니다."

"있는 방으로 주십시오."

접수원은 호그가 서명하는 모습을 지켜보았지만, 호그가 5달러 50센트를 세어 넘겨줄 때까지 열쇠에는 손도 뻗지 않았다. "이용해주셔서 감사합니다. 빌! 호그 씨를 412호실로 안내해드려."

한 사람뿐인 호텔 직원은 호그를 승강기의 철창 속으로 몰아넣고는 그를 위아래로 훑어보며 비싼 코트 자락을 확인하고, 짐이 없다는 사실을 눈여겨보았다. 412호에 도착하자 직원은 창문을 살짝 열고 화장실 조명을 켠 후 문가에 서 있었다.

"혹시 찾는 분이 있으십니까? 도와드릴 일이라도?" 직원이 물었다.

호그가 그에게 팁을 건네고 목쉰 소리로 말했다. "나가요."

직원은 능글맞은 웃음을 지으며 말했다. "원하신다면." 그러고는 어깨를 으쓱했다.

방 안에는 더블베드 하나, 거울과 서랍이 달린 화장대 하나, 딱딱한 의자와 안락의자가 하나씩 있었다. 침대 위에는 〈달빛 속의 콜로세움〉이라는 제목의 판화가 든 액자가 걸려 있었다. 그러나 적어도 문을 잠글 수 있고, 빗장도 달려 있었다. 그리고 창문도 대로가 아니라 골목 쪽을 향해나 있었다. 호그는 안락의자에 앉았다. 용수철이 하나 나간 모양이었지만 개의치 않았다.

그는 장갑을 벗고 자기 손톱을 바라보았다. 제법 깨끗해 보였다. 그모든 일이 환각이었을 수도 있을까? 그가 실제로 포트버리 박사에게 상담을 청하러 간 것일까? 한 번 기억상실 증상을 보였던 환자는 언제든다시 재발할 수도 있을 거라는 생각이 들었다. 환각도 마찬가지다.

그렇다고 해도 그 모든 게 환각일 리는 없었다. 그 상황이 너무 생생하게 떠올랐다. 아니, 환각일 수 있을까? 그는 정확하게 무슨 일이 벌어졌는지를 떠올리려 애썼다.

＊

오늘은 직장에 가지 않는 수요일이었다. 그리고 어제 그는 평상시와같이 직장에서 돌아와서, 저녁 식사를 하러 나가려고 옷을 입는 중이었다. 어디서 저녁을 먹어야 할지 고민하고 있었으니 사실 조금 멍한 상태였을 것이다. '친구인 로버트슨 부부가 추천한 새로 생긴 이탈리아 음식점에 가볼까, 아니면 부다페스트 출신 주방장이 만드는 끝내주게 훌륭한 굴라쉬 스튜 쪽이 더 만족스러울까….'

검증된 메뉴 쪽으로 생각이 기울고 있을 때 전화가 울렸다. 세면대에 흐르는 물소리 때문에 듣지 못할 뻔했다. 호그는 무언가 들린 것 같아 수도꼭지를 잠갔다. 그리고 확실하게, 전화가 울리는 소리가 다시 들렸다.

그가 가장 좋아하는 만찬 주선자 중 한 명인 폼로이 제임슨 부인이었다. 그 자신이 매력적인 여성일 뿐만 아니라, 접시에 담긴 물이 아니라 제대로 된 맑은 수프와 훌륭한 소스를 만들 줄 아는 뛰어난 요리사의 고용주이기도 했다. 그녀는 호그의 고민에 대한 해결책을 제공해주었다. "마지막 순간에 자리를 뜨게 된 사람이 생겨서 신사분 자리가 하나 비지 뭐예요. 혹시 시간 되시나요? 도와주실 수 있겠어요? 된다고요? 정말로 감사해요, 호그 씨!"

그는 매우 기분이 좋았고, 마지막 순간에 자리를 채워줄 것을 요구받았다는 사실에는 전혀 괘념치 않았다. 사실 간단한 정찬 자리에 매번 초대받기를 기대해서는 안 되는 일이 아닌가. 폼로이 부인의 부탁을 들어줄 수 있어서 즐거울 따름이었다. 생선 요리에 지나치게 비싸지는 않아도 훌륭한 드라이 화이트와인을 곁들일 줄 알고, 시도 때도 없이 샴페인을 내놓는 상스러운 행동은 절대 하지 않는 사람이었다. 훌륭한 주최자였고, 호그는 그녀가 자신에게 기꺼이 도움을 청했다는 사실만으로도 만족스러웠다. 미리 초대하지 않아도 언제든지 와줄 수 있으리라 생각하는 것만으로도 영광이나 다름없었다.

옷을 차려입는 동안 이런 생각을 했던 기억이 났다. 아마도 이런 사건이 일어났기 때문에, 자신의 평소 일과에 전화 통화가 끼어들어서 손톱 손질하는 것을 잊은 모양이었다.

분명 그렇게 된 것이리라. 폼로이 부인의 집으로 가는 길에 그 정도로 손톱을 더럽혔을 가능성은 전혀 없었다. 어쨌든 장갑도 끼고 있었고.

호그의 손톱에 처음 주의를 기울인 사람은 폼로이 부인의 시누이로, 그가 피하는 부류의 인물이었다. 그녀는 '현대성'이라는 명백한 기준을 바탕으로 모든 남자의 직업은 그 사람 자체에 각인되기 마련이라고 주장하고 있었다. "제 남편을 예로 들자면, 저 사람이 법률가 말고 뭐가 될 수 있겠어요? 잘 살펴보세요. 그리고 피츠 박사님도요. 환자를 다루는 솜씨가 보이잖아요!"

"저녁 식사 자리에서는 그러지 않으려고 합니다만."

"떨쳐버릴 수 없는 일이라니까요."

"하지만 그것으로는 부인의 주장에 대한 증명이 안 되는데. 부인은 우리 직업을 이미 알고 있지 않소."

이 말을 듣자, 이 구제불능인 여성은 식탁을 한 바퀴 둘러보더니 그에게 눈길을 고정시켰다. "호그 씨로 시험해보시면 되겠네요. 나는 저분 직업을 모르니까요. 사실 아무도 모르잖아요."

"그만해요, 줄리아." 폼로이 부인이 시누이를 제지하려 했으나 효과는 없었고, 부인은 결국 웃음을 머금으며 왼쪽에 앉은 남자에게 말했다. "줄리아는 이번 학기에 심리학을 배우고 있어요."

그녀의 왼쪽에 앉은 남자가, 서킨스였나, 스너긴스였나···. 그래, 스터빈스라는 이름이었다. 스터빈스가 말했다. "호그 씨는 직업이 뭐요?"

"그건 이 자리의 사소한 수수께끼 중 하나죠. 저분은 자기 직업 이야기를 하지 않거든요."

"그런 것은 아닙니다. 저는 그저···." 호그가 대꾸했다.

"말하지 말아요!" 그 여자가 명령을 내렸다. "금방 알아낼 테니까요. 전문직이겠죠. 그 서류가방을 보면 알 수 있어요." 호그는 그녀에게 자기 직업을 말할 생각이 없었다. 저녁 정찬 자리에 어울리는 이야기가 있고, 그렇지 않은 이야기가 있는 법이니까. 하지만 여자는 이미 말을 시작한 후였다.

"금융계일 수도 있겠군요. 미술상이거나 서적상일 수도 있겠어요. 아니면 작가일 수도 있고. 당신 손 좀 보여줘봐요."

그 요구에 살짝 기분이 거슬리기는 했지만, 그는 별다른 저항 없이 식탁 위에 손을 올려놓았다. 여자는 확신이 넘치는 목소리로 그에게 소리쳤다. "알았다! 당신 약사로군요."

✳

　모두 그녀가 가리킨 곳을 바라보았다. 모든 사람이 그의 손톱 아래 낀 거무스레한 물질을 알아보았다. 그녀의 남편은 잠시의 침묵을 깨며 말했다. "말도 안 되는 소리야, 줄리아. 손톱에 검은 때가 끼는 일은 한두 가지가 아니야. 사진에 취미가 있을 수도 있고, 가끔가다 판화 작업을 할 수도 있지. 당신 주장은 법정에서 받아들여지지 않을 거야."

　"하여간 법률가들이란! 내 추리는 정확하다고요. 그렇지 않나요, 호그 씨?"

　그 자신도 뚫어져라 자기 손을 바라보고 있었다. 저녁 정찬 자리에서 손톱을 정리하지 않았다는 사실이 드러난 것만으로도 충분히 우울한 일이었다. 스스로 납득할 수 있는 이유가 있었더라도 그랬을 것이다.

　하지만 그는 어쩌다 자기 손톱이 더러워졌는지를 도저히 알 수가 없었다. 직장에서 그랬나? 분명히 그랬을 것이다. 하지만 자신이 근무 시간 동안 대체 무엇을 했던가?

　전혀 짐작도 가지 않았다.

　"말 좀 해봐요, 호그 씨. 내 말이 맞죠?"

　호그는 그 끔찍한 손톱에서 눈을 뗀 다음 작은 소리로 말했다. "실례 좀 해야겠습니다." 그리고 그는 식탁에서 떠났다. 그는 비이성적인 충동을 억누르고 화장실을 가서 진득한 적갈색의 때를 펜나이프 날로 파냈다. 그 물질은 나이프 날에 달라붙었다. 그는 칼날을 닦아낸 휴지를 둘둘 뭉쳐 자기 조끼 주머니에 쑤셔 넣었다. 그리고 계속해서 손톱을 문지르고 또 문질렀다.

　언제 그 물질이 피라는, 그것도 인간의 피라는 확신이 들었는지는 기억이 나지 않았다.

　그는 하녀의 도움을 받지 않고 어떻게든 자신의 모자, 외투, 장갑, 지팡이를 찾아내 최대한 빨리 그곳에서 도망치듯 빠져나왔다.

조용한 싸구려 호텔 방에서 당시의 상황을 곱씹어 보니, 최초의 두려움을 불러일으킨 것이 자기 손톱 아래의 진득하고 검붉은 물질이라는 점이 명백해졌다. 호그 본인조차 그 물질의 정체를 모르는 이유는 나중에야 떠올랐다. 그날 무얼 했는지 떠오르지 않아서, 그날은 물론이고 하루 전도, 그전의 일들도 언제든 계속해서 기억이 나지 않았기 때문이었다. 그는 자신의 직업이 무엇인지 몰랐다.

말도 안 되는 소리지만, 바로 그렇기에 끔찍하게 두려운 일이기도 했다.

그는 음침한 호텔 방의 정적을 떠나고 싶지 않아 저녁을 거르기로 했다. 10시경이 되자 그는 욕조에 최대한 뜨겁게 물을 받아놓고 몸을 푹 담갔다. 조금이나마 긴장이 풀렸고, 뒤틀린 생각도 가라앉았다. 어쨌든 직업이 기억나지 않는다면 직장으로 돌아갈 수도 없을 것이라고, 그는 스스로를 위로했다. 적어도 손톱 아래로 그 끔찍하고 두려운 물질이 다시 비집고 들어갈 일은 생기지 않을 것이었다.

그는 물기를 닦아낸 다음 침대 시트 아래로 기어들어갔다. 낯선 침대였지만 어떻게든 잠을 청할 수 있었다.

악몽 때문에 그는 잠에서 깨어났다. 처음에는 꿈에서 깨어났다는 사실도 깨닫지 못했는데, 주변의 싸구려 풍경이 악몽에 너무 잘 어울렸기 때문이었다. 자신이 있는 장소와 이곳에 있게 된 이유가 기억이 나자, 차라리 악몽 쪽이 더 나아 보이기 시작했다. 그러나 이미 악몽은 그의 마음속에서 완전히 쓸려 사라진 후였다. 시계를 보니 평소와 동일한 기상 시간이었다. 그는 종을 울려 직원을 부르고는 복도 모퉁이 옆에서 아침 식사 쟁반을 가져오라고 지시했다.

한참이 흘러 식사가 도착했을 즈음에는, 호그는 이미 입고 왔던 단벌 양복을 챙겨 입고 얼른 집에 가고 싶어 안절부절못하고 있었다. 그는 선 채로 평범한 맛의 커피 두 잔을 마시고, 음식을 조금 깨작거리다 그대로 호텔을 떠났다.

아파트에 도착한 그는 외투와 모자를 걸고, 장갑을 벗고, 평소와 같이 곧장 준비실로 들어갔다. 찬찬히 왼쪽 손톱을 정리한 후 오른쪽 손톱으로 옮겨 갔을 때에서야, 그는 비로소 자신이 무엇을 하고 있는지를 알아차렸다.

왼쪽 손톱은 하얗고 깨끗했다. 오른쪽 손톱은 검고 지저분했다. 그는 천천히 허리를 펴고 방으로 건너가 화장대 위에 놓아둔 손목시계를 살펴본 다음, 침실에 있는 전자시계와 비교해보았다. 오후 6시 10분이었다. 그가 평소 저녁때 집에 돌아오는 시간이었다.

그가 직업을 잊어버렸을지는 몰라도, 직업은 그를 잊어버리지 않은 모양이었다.

2

랜들&크레이그 사립탐정 사무소의 야간 전화번호는 두 사람이 사는 아파트로 연결되었다. 사무실을 열고 얼마 지나지 않아 랜들이 크레이그와 결혼했기 때문에 매우 유용한 일이었다. 전화가 울렸을 때 두 동업자 중 한 사람은 저녁 설거짓거리를 물에 넣고는 '이달의 책'을 반송할지 말지를 가늠하는 중이었다. 그녀는 손을 뻗어 수화기를 들고는 별생각 없이 말했다. "네?"

그리고 그녀는 덧붙였다. "네."

이 말을 듣고 다른 동업자는 자기가 하던 일을 멈추었다. 그는 치명적인 살상무기와 탄도학과 유체역학의 특수한 성질과 관련이 있는 까다로운 과학 연구에 몰두하던 중이었다. 조금 더 자세히 말하면, 고급 나이트클럽의 그라비아 사진을 빵 반죽판에 압정으로 붙여놓고는, 그걸 목표물로 삼아 오버핸드로 다트 던지는 법을 연마하는 중이었다. 다트 하나가 사진의 왼쪽 눈에 꽂혀 있었다. 그는 오른쪽 눈에도 다트를 꽂으려 노력하고 있었다.

"네." 그의 아내가 수화기에 대고 다시 말했다.

"'아니요'라고 말하는 법도 배워보지 그래." 그가 말했다.

그녀가 수화기를 손으로 가리고 말했다. "닥치고 거기 연필이나 좀 줘봐." 그는 아침 식사를 하는 작은 탁자 위로 손을 뻗어 고리에서 속기용 필기판을 하나 빼냈다. "네, 말씀하세요." 그녀는 연필을 받아들고 속기사들이 글자 대신 사용하는 동그라미와 선들을 그려나가기 시작했다. 드디어 그녀는 입을 열었다. "그건 힘들 것 같습니다만, 랜들 씨는 보통 이 시간에는 사무실에 계시지 않습니다. 일과 시간 동안 고객 만나는 편을 선호하세요. 크레이그 씨요? 아뇨, 크레이그 씨는 선생님을 도와드릴 수 없을 겁니다. 확실합니다. 네? 잠시 기다려주시면 확인해보겠습니다."

랜들은 다시 한 번 그라비아 사진을 노려보았다. 다트는 라디오 겸용 녹음기의 받침대 다리에 박혔다. "뭐래?"

"수화기 반대쪽에 있는 사람이 오늘 밤 당신을 정말로 보고 싶은 모양이야. 이름은 호그. 조너선 호그래. 낮에 당신을 보러 가는 게 물리적으로 불가능하다고 계속 말하고 있어. 목적이 무언지도 밝히고 싶지 않은데다, 말하려고 할 때마다 머릿속에서 엉망으로 뒤얽히는 모양이야."

"신사 양반이야, 건달이야?"

"신사."

"돈은 있고?"

"그런 것 같던데. 돈 걱정은 안 하는 것 같았어. 잡는 것이 좋을 것 같아, 에드워드. 종합소득세 납부일이 다가오고 있잖아."

"좋았어. 이리 넘겨봐."

그녀는 손짓해서 남편을 떨쳐내고 다시 전화에 대고 말했다. "랜들 씨에게 연락이 닿았습니다. 조금만 기다리시면 직접 통화가 가능하실 것 같습니다. 잠시 기다려주실 수 있으십니까?" 여전히 남편에게 수화기를 넘겨주지 않은 채 시계를 보며 신중하게 30초를 기다린 후 말했다. "랜들 씨가 준비되셨습니다. 계속하시죠, 호그 씨." 그리고 그녀는 남편에게 수화기를 넘겼다.

"에드워드 랜들입니다. 무슨 일이십니까, 호그 씨?

아, 그것참 안타깝군요, 호그 씨. 아무래도 아침에 찾아오시는 편이 좋을 것 같습니다. 우리는 모두 인간이고 인간에게는 휴식이 필요하니…. 적어도 저는 그러니 말입니다.

호그 씨, 미리 말씀드리자면 해가 지면 제가 요구하는 액수도 올라갑니다.

네, 그러시다면, 어디 봅시다. 방금 집으로 떠나려던 참이었습니다. 사실 조금 전에 아내에게 연락했으니 저를 기다리고 있을 겁니다. 여자들이 어떤지 아시지 않습니까. 하지만 만약 20분 후에 저희 집에 들러주신다면, 그러니까, 음, 어… 8시 17분이 되겠군요. 그렇게 해주신다면 잠시 대화를 할 수 있겠지요. 좋습니다. 연필 가지고 계십니까? 여기 주소는…." 그는 수화기를 내려놓았다.

"나는 이번에는 뭐로 할까? 아내, 동업자, 비서?"

"당신 생각은 어떤데? 직접 대화해봤잖아."

"'아내'로 할게. 꽤 신경질적인 사람인 것 같았으니까."

"좋아."

"정찬용 드레스로 갈아입을게. 그리고 거실에 있는 장난감은 치우는 게 좋을 거야, 똑똑이 씨."

"글쎄, 그럴 필요가 있을까. 괴짜라는 분위기를 조금 풍기는 것도 나쁘지 않을 것 같은데."

"응접실 슬리퍼 안에 코담배를 담아놓는 건 어때. 레지 담배도 좋고." 그녀는 방 안을 돌아다니며 중앙 조명을 끄고, 탁자와 스탠드의 위치를 조절해 손님이 자연스레 앉게 될 위치에 조명이 집중되도록 했다.

그는 대답하지 않고 다트와 빵 반죽판을 모으고, 그 와중에 잠시 걸음을 멈춰 손가락에 침을 묻혀 라디오에 낸 홈집을 문지른 후 장난감 전부를 부엌에 집어넣고 문을 닫아버렸다. 부엌과 아침 식사 식탁이 시야에서 사라지자 어두운 방 안은 엄숙하고 장중해 보였다.

✳

"안녕하십니까, 선생님? 여보, 이쪽은 호그 씨요. 호그 씨… 제 아내
신시아입니다."

"만나 뵙게 되어 영광입니다, 부인."

에드워드는 외투를 벗는 것을 도우면서 호그가 무장하고 있지 않다는
사실을 확인했다. 아니면 어깻죽지나 허리춤 외의 다른 곳에 총기를 숨
기고 있든가. 딱히 의심하고 있던 것은 아니었지만, 그는 항상 현실적인
비관론자의 입장을 견지했다.

"앉으시죠, 호그 씨. 담배 하십니까?"

"아뇨, 감사합니다."

에드워드는 아무런 대꾸도 하지 않고, 자리에 앉아서 호그를 물끄러
미 바라보았다. 무례하지 않을 정도로 부드러운 눈빛이었지만, 그의 눈
은 모든 것을 확인하고 있었다. 양복은 영국제거나 브룩스브라더스 제품
인 듯했다. 분명 하트, 샤프너&막스는 아니었다. 영국인들마저 인정할
만큼 훌륭한 넥타이를 사용하면서도, 디자인 자체는 수녀에게 어울릴 정
도로 간소했다. 그는 머릿속으로 보수 금액을 한 단계 높였다. 이 작은
남자는 초조해하고 있었다. 의자에 앉고 나서도 안절부절못하는 모습이
었다. 아마도 여자가 함께 있기 때문이겠지. 좋아, 이대로 뭉근하게 끓이
다가 불에서 내려주도록 할까.

"제 아내가 있다고 해서 신경 쓰실 필요는 없습니다." 이내 에드워드
는 말했다. "제가 아는 일은 아내도 알아야 하니까요."

"아…, 아, 네, 네, 그렇겠죠." 호그는 자리에서 일어서지 않고 허리를
숙이며 꾸벅 인사했다. "부인이 계셔서 정말 다행이라고 생각합니다." 그
러면서도 자기 문제를 바로 털어놓지는 않았다.

"좋습니다, 호그 씨." 에드워드는 곧 말을 이었다. "문제가 있으셔서

저와 상담을 하고 싶다고 하셨지요. 그렇지 않습니까?"

"어, 그렇지요."

"그러시다면 이제 말씀하시는 편이 좋을 듯합니다만."

"네, 물론이죠. 그게… 솔직히 말해서, 에드워드 씨, 제 이야기는 하나도 앞뒤가 맞지 않아서 말입니다."

"대부분의 문제가 그렇지요. 어쨌든 얘기 계속해주세요. 여자 문제입니까? 아니면 누가 협박 편지를 보내기 시작했습니까?"

"아, 아뇨! 그렇게 단순한 문제가 아닙니다. 하지만 저는 두렵습니다."

"무엇이 두려우신 겁니까?"

"저도 모르겠습니다." 호그는 숨을 훅 들이마시고 재빨리 대답했다. "바로 그걸 알아내주셨으면 합니다."

"잠깐만요, 호그 씨." 에드워드가 말했다. "갈수록 명쾌해지는 것이 아니라 복잡해져가는 것 같습니다만. 무언가가 두려우시고, 지금 그 두려운 대상을 찾아달라고 하셨죠. 저는 정신분석가가 아닙니다. 탐정이지요. 이 문제에서 탐정이 할 수 있는 일이 대체 뭡니까?"

호그는 불퉁한 표정으로 이렇게 내뱉었다. "제가 낮 동안 무얼 하는지 알아내주셨으면 합니다."

에드워드는 그를 물끄러미 바라보더니 천천히 말했다. "선생님께서 낮 동안 무엇을 하시는지를, 제가 알아봐줬으면 하신다는 겁니까?"

"네, 그렇죠, 바로 그겁니다."

"음, 그건 선생님이 제게 말씀해주시는 쪽이 훨씬 간편하지 않을까요?"

"그럴 수가 없단 말입니다!"

"안 되는 이유가 뭡니까?"

"모르니까요."

에드워드는 슬슬 짜증이 나려 하고 있었다. "호그 씨, 저는 추리 놀이에는 보통 두 배의 보수를 받습니다. 선생님이 낮 동안 무얼 하시는지 말씀해주지 않으시겠다면, 저로서는 제 능력을 의심하시는 것으로 간주할 수밖에 없고, 그러면 선생님을 돕는 일이 매우 힘들어질 겁니다. 자, 솔직히 말씀해주시죠. 낮 동안 대체 무얼 하시는 거고, 그 사실이 선생님의 문제와 무슨 관계가 있습니까? 그리고 그 문제가 대체 뭡니까?"

호그 씨는 자리에서 일어났다. "설명할 수 없다는 사실을 알았어야 했는데." 그는 에드워드보다는 자신을 불쾌히 여기는 기색으로 말했다. "거북하게 해드렸다면 죄송합니다. 저는…."

"잠깐 기다려보세요, 호그 씨." 신시아가 처음으로 입을 열었다. "아무래도 두 분이 서로 오해를 하신 것 같은데요. 선생님, 혹시 말 그대로 낮시간 동안 무얼 하시는지 기억을 못 하신다는 말씀 아닌가요?"

"그래요." 호그는 기쁘게 답했다. "바로 그겁니다."

"그리고 정말로 무얼 하는지 알고 싶으시다는 말씀이시죠? 선생님을 미행해서, 어디로 가는지 확인하고, 자신이 무엇을 하는지를 확인하고 알려달라는 말씀이시죠?"

호그는 힘차게 고개를 끄덕였다. "제가 말씀드리고 싶었던 게 바로 그겁니다."

에드워드는 호그에게서 자신의 아내에게로, 그리고 다시 호그에게로 시선을 옮겼다. "제가 다시 한 번 정리해보죠." 그가 천천히 말했다. "선생님은 진짜로 낮 동안에 무엇을 하는지 모르고, 제가 그걸 확인해주기를 원하시는 거지요. 이런 일이 일어난 지 얼마나 되었습니까?"

"저는… 저도 잘 모릅니다."

"좋아요. 선생님이 아시는 건 대체 뭡니까?"

＊

설득에 따라 호그는 자신의 이야기를 털어놓았다. 그가 기억하는 과거는 전부 5년 안의 것으로, 더뷰크에 있는 성 조지 요양원에서 시작되었다. 난치성 기억상실증이라고 했는데, 완벽하게 재활에 성공한 지금에 이르러서는 호그 본인도 더 이상 염두에 두고 있지 않았다. 병원 관계자들은 그가 퇴원할 때 직업을 알아봐주기도 했다.

"어떤 종류의 직업입니까?" 에드워드가 물었다.

기억이 나지 않았다. 어쩌면 지금 하는 일, 현재의 직업과 같은 직종일지도 모른다. 요양원을 떠날 때 그는 일거리 걱정을 하지 말 것, 집으로 일거리를 가져가지 말 것을 당부받았다. 심지어는 생각도 하지 말라고 했다. 호그가 설명했다. "있잖습니까, 그들은 과로와 근심이 기억상실을 불러온다는 가설을 따르고 있었습니다. 언젠가 르노 박사님이 절대 직장 이야기를 하지 말라고, 그날의 일거리를 계속 생각하고 있지 말라고 당부했던 것이 기억나는군요. 저는 밤이 되어 집에 도착하면 그런 일은 전부 잊어버리고 즐거운 주제에만 매진하곤 했습니다. 아마도 계속해서 같은 시도를 했던 것이겠지요."

"흐으음, 분명 선생님은 성공하셨던 듯하군요. 거의 믿을 수 없을 정도로 성공하신 모양입니다. 어디 보자. 그쪽에서 선생님을 치료하는 과정에서 최면술을 사용하지는 않았습니까?"

"글쎄요. 솔직히 잘 모르겠습니다."

"분명 그랬을 겁니다. 어때, 신시아? 들어맞는 내용이 있어?"

그의 아내가 고개를 끄덕였다. "가능성 있는 이야기야. 후최면 학습이지. 5년 동안 시술을 하면 아무리 노력해도 직장에 대해 떠올리지 못할 수도 있어. 아무리 그래도 상당히 괴상한 치료법 같지만."

에드워드는 그 설명에 만족했다. 심리학 쪽의 문제는 아내가 전담하고 있었다. 그녀의 답변이 제법 긴 정규 교육 과정에서 나오는 것인지, 아니면 그녀의 무의식에서 곧바로 튀어나오는지는 그로서는 알 수도 없고 딱히 궁금하지도 않은 일이었다. 어쨌든 제대로 돌아가고 있으니까. "하지만 한 가지 이해가 안 가는 점이 있습니다." 그가 덧붙였다. "선생님은 어디서 어떤 일을 하는지 전혀 모른 채로 5년을 보내신 것 아닙니까. 갑자기 알고 싶어진 이유가 무엇입니까?"

호그는 저녁 정찬 자리에서의 대화, 손톱 밑에 있던 수수께끼의 물질, 그리고 비협조적으로 나온 의사 이야기를 해주었다. "저는 겁이 납니다." 그는 비참하게 말했다. "그게 피라고 생각했어요. 그런데 이제는 피보다 고약한 것은 아닐까 하는 생각마저 듭니다."

에드워드는 그를 바라보았다. "그건 왜죠?"

호그는 입술을 축였다. "그 이유는…." 그는 말을 멈추고 무력하게 그들을 바라보았다. "저를 도와주실 거죠?"

에드워드는 허리를 폈다. "이건 제가 도울 수 있는 분야가 아닙니다. 도움이 필요하신 것은 분명하지만, 정신분석가 쪽에서 도움을 구하셔야 할 듯합니다. 기억상실증은 제 전문 분야가 아닙니다. 저는 탐정이니까요."

"하지만 제가 원하는 건 탐정입니다. 저를 지켜보면서 제가 무엇을 하는지를 알아내주셨으면 합니다."

에드워드는 거절하려 입을 열었으나, 그의 아내가 끼어들었다. "분명 도와드릴 수 있을 거예요, 호그 씨. 어쩌면 정신분석가를 만나시는 편이 나을지도 모르지만…."

"아, 안 돼요!"

"하지만 만약 미행을 원하신다면 그건 해드릴 수 있어요."

"마음이 안 내키는데." 에드워드가 말했다. "이분은 우리가 필요한 것이 아니야."

호그는 옆의 탁자에 장갑을 내려놓고는 가슴팍의 주머니로 손을 넣었다. "보수는 지금 지급하겠습니다." 그는 지폐를 세기 시작했다. "5백 달러밖에 가져오지 않았는데요. 이거면 충분하겠습니까? 그가 불안하게 물었다.

"그거면 될 거예요." 그녀가 대답했다.

"의뢰비로서는 말입니다." 에드워드가 덧붙였다. 그는 돈을 받아서 자기 주머니에 집어넣었다. "그러고 보니 말씀입니다만, 업무시간에 무엇을 하는지 모르고 병원 외의 다른 배경지식이 없으시다면 어디서 돈을 얻으시는 겁니까?" 그는 일부러 가벼운 투로 물었다.

"아, 매주 일요일에 급료가 들어옵니다. 현금으로 2백 달러씩이죠."

호그가 떠난 후 에드워드는 아내에게 지폐를 넘겨주었다. "예쁜 우리 종이 쪼가리들." 그녀는 말하며 구겨진 지폐를 펴서 깔끔하게 접었다. "에드워드, 당신 왜 일감을 걷어차려고 한 거야?"

"내가? 아니야, 그런 건. 보수를 올리려 했을 뿐이지. 전통적인 '애타게 하려는' 전략이었다고."

"그런 것 같다는 생각은 했어. 하지만 당신 너무 지나쳤잖아."

"천만에. 당신이 알아서 해줄 거라고 믿었으니까. 당신이라면 그 작자가 동전 하나 남기지 못하게 만들 거 아니야."

그녀는 행복하게 웃었다. "당신은 멋진 남자야, 에드워드. 그리고 우리는 공통점이 정말 많지. 둘 다 돈을 좋아하잖아. 그 이야기 당신은 얼마나 믿었어?"

"빌어먹을 단 한 마디도 믿지 않았지."

"나도 마찬가지야. 고약한 작은 짐승 같은 남자였어. 대체 무슨 꿍꿍이가 있는 건지 모르겠네."

"나도 모르겠어. 하지만 찾아내고야 말겠어."

"당신이 직접 그 작자를 미행하지는 않을 거지?"

"안 될 게 뭐야? 실수투성이 전직 짭새한테 하루에 10달러씩 낭비할 수는 없잖아?"

"에드워드, 나는 이 일 자체가 마음에 안 들어. 이렇게 많은 돈을 들여서…." 그녀는 지폐 다발을 흔들어 보이며 말했다. "당신을 꼬시려는 이유가 대체 뭐겠어?"

"바로 그걸 알아내려고 하는 거야."

"조심하는 게 좋을 거야. '빨간 머리 연맹' 기억하지?"

"빨간 머리라니…. 아, 셜록 홈스인가. 당신 나이에 맞게 좀 굴어, 신시아."

"맞게 굴고 있는데. 당신이나 나이에 맞게 굴어. 그 땅꼬마는 불길한 구석이 있어."

신시아는 방에서 나가 돈을 정리했다. 그녀가 돌아왔을 때, 에드워드는 호그가 앉았던 의자 옆에 무릎을 꿇고 앉아서 지문 검출 기구를 사용하고 있었다. 그녀가 들어오자 에드워드가 고개를 들었다.

"신시아…."

"응, 똑똑이 씨."

"당신 이 의자에 손댔어?"

"당연히 아니지. 평소 하던 대로 그 작자가 도착하기 전에 깨끗이 닦아놓았어."

"그 이야기가 아니야. 그가 떠난 다음에 얘기야. 그 사람이 장갑을 벗었던가?"

"잠깐 기다려봐. 응, 분명히 벗었어. 그 작자가 허풍을 떠는 동안 손톱을 살펴봤었거든."

"나도 그랬어. 하지만 내가 정신이 나가지 않았다는 사실을 확인해야 했거든. 이리 와서 의자 표면을 좀 보라고."

그녀는 깨끗이 닦았던, 그리고 지금은 회색 가루로 뒤덮여 있는 의자 팔걸이를 살펴보았다. 표면은 완전히 균일했다. 지문이라곤 보이지 않았다. "전혀 손을 대지 않은 모양이네. 하지만 건드렸잖아. 직접 봤단 말이야. 그자가 '두렵습니다'라고 말할 때 분명 양쪽 팔걸이를 움켜쥐었단 말이야. 꽉 쥔 손마디가 얼마나 하얀색이었는지도 기억이 난다고."

"콜로디온*을 쓴 건 아닐까?"

"말도 안 되는 소리. 번진 자국조차 없어. 당신은 악수도 했잖아. 손에 콜로디온을 바른 느낌이 있었어?"

"아니었던 것 같은데. 하긴 발랐다면 내가 눈치를 챘겠지. 지문이 없는 사나이라. 그냥 유령으로 치부하고 잊어버리면 안 될까."

"유령은 자길 지켜봐달라고 현금을 지급하지는 않을걸."

---

* 니트로셀룰로스를 에테르와 알코올의 혼합액에 녹인 것으로, 피부에 바르면 에테르와 알코올이 증발하여 얇은 막이 남는다.

"맞아, 그렇지. 적어도 내가 들은 바로는 그래." 에드워드는 자리에서 일어나 아침 식사용 탁자로 다가가서는 전화를 붙들고 장거리 전화를 걸었다. "더뷰크의 의료기관 교환국 부탁드립니다. 음." 그는 수화기를 가리고는 아내를 불렀다. "잠깐, 여보. 더뷰크가 어느 주에 있었지?

45분에 걸쳐 여러 통의 전화통화를 끝낸 후, 그는 마침내 수화기를 쾅 내려놓으며 말했다. "이 정도면 됐어. 더뷰크에는 성 조지 요양원이라는 곳이 없대. 예전에도 없었고, 앞으로도 없을 거야. 르노 박사라는 사람도 물론 없고."

3

"저기 있어!" 신시아가 자기 남편을 쿡쿡 찌르며 말했다.

에드워드는 여전히 〈트리뷴〉을 펴 들고 읽는 척하고 있었다. "나도 보여." 그가 조용히 말했다. "자제력을 보이는 게 어때. 한 번도 미행해본 적 없는 사람처럼 굴지 말고. 평상시처럼 행동해."

"에드워드, 제발 조심해."

"조심할 거야." 에드워드는 신문 너머로 조너선 호그가 자신의 멋들어진 고담 아파트를 떠나는 모습을 훔쳐보았다. 호그는 차양을 따라 걷다가 왼쪽으로 방향을 틀었다. 시간은 정확히 오전 9시 7분 전이었다.

에드워드는 자리에서 일어나 조심스레 신문을 접고는, 지금까지 대기하고 있던 버스 정류소 의자 위에 올려놓았다. 그리고는 뒤의 드러그스토어로 가서 반지하 입구 앞에 있는 껌 판매기에 1페니 동전 하나를 집어넣었다. 판매기의 전면에 붙은 거울에 호그가 서두르지 않고 반대쪽 거리로 걸어가는 모습이 보였다. 마찬가지로 에드워드도 전혀 서두르지 않으며 차도를 사이에 두고 그를 따라가기 시작했다.

신시아는 에드워드가 반 블록 앞서갈 정도로 충분히 시간을 준 다음,

자리에서 일어나 그 뒤를 쫓았다.

호그는 두 번째 길모퉁이에서 버스에 올랐다. 신호등이 바뀌어 버스가 모퉁이에 정차해 있는 동안, 에드워드는 신호를 무시하고 길을 건너 막 떠나려는 버스에 올라탔다. 호그는 2층으로 올라갔고, 에드워드는 아래층에 자리에 잡았다.

신시아는 버스를 타기에는 너무 늦었지만 버스 번호를 기억해 놓았다. 그녀는 처음 눈에 띈 택시를 잡아 운전기사에게 버스 번호를 일러주고 쫓아가라고 말했다. 택시는 열두 블록을 지나서야 버스를 따라잡았다. 그리고 세 블록을 더 지난 후에야 적색 신호등 덕분에 버스 옆에 택시를 붙일 수가 있었다. 신시아는 버스 안에서 남편의 얼굴을 확인했다. 그것만 확인하면 충분했다. 그다음에는 미터기의 요금과 그 4분의 1에 해당하는 팁을 손으로 헤아리고 만지작거리는 것밖에는 할 일이 없었다.

두 사람이 버스에서 내리는 것을 보자마자 그녀는 기사에게 차를 세우라고 말했다. 기사는 버스 정류장에서 몇 미터 못 미쳐 차를 세웠다. 불행히도 두 남자는 그녀 쪽으로 다가오고 있었다. 바로 택시에서 내리고 싶지는 않은 상황이었다. 그녀는 한쪽 눈으로(즉, 그녀의 머리 뒤에 달린 눈으로) 그들을 주시하며 기사에게 정확한 요금을 지급하였다. 기사는 호기심 어린 얼굴로 그녀를 바라보았다.

"당신, 여자들을 쫓아다니는 부류인가요?" 문득 신시아가 기사에게 물었다.

"아뇨, 손님. 저는 가정이 있습니다."

"제 남편은 당신과 다르거든요." 그녀는 고통스러운 목소리로 거짓말을 했다. "여기 있어요." 그녀는 요금의 4분의 1어치 팁을 건네주었다.

호그와 에드워드는 이제 몇 미터 정도 거리를 벌리고 있었다. 신시아는 차에서 내려 보도 바로 앞의 가게로 들어가 기다렸다. 놀랍게도 호그가 몸을 돌려 남편에게 말을 거는 모습이 보였다. 너무 멀리 떨어져 있어서 무슨 말을 하는지 알 수가 없었다.

그녀는 그들과 합류할지를 놓고 망설였다. 이해할 수 없는 상황이었다. 그녀는 걱정되었지만, 남편은 전혀 신경을 쓰지 않는 모양이었다. 에드워드는 조용히 호그의 말에 귀를 기울였다. 그러다 둘은 함께 앞에 있는 사무용 건물로 들어가버렸다.

신시아는 즉시 거리를 좁혔다. 아침 시간이니 당연한 일이지만, 건물 로비는 북적였다. 일렬로 늘어선 여섯 대의 승강기가 바쁘게 직무를 수행하는 중이었다. 방금 2번 승강기의 문이 닫혔고, 3번이 막 승객을 태우기 시작했다. 3번 승강기 안에는 그들의 모습이 보이지 않았다. 그녀는 담배 판매대 옆에 서서 재빨리 주변을 훑어보았다.

로비에서는 그들의 모습이 보이지 않았다. 분명 로비 옆에 딸린 이발소에도 들어가지 않았을 것이었다. 따라서 두 남자는 방금 떠난 2번 승강기에 타고 있는 것이 분명했다. 그녀는 2번 승강기의 표지판을 확인했지만, 딱히 쓸모 있는 정보가 눈에 띄지는 않았다. 거의 모든 층에 멈춰 서고 있었기 때문이었다.

2번 승강기가 다시 로비로 내려왔다. 그녀는 승객들 속에 섞여 승강기에 올라탔다. 처음도 마지막도 아닌, 눈에 띄지 않는 승객 중 하나로서. 그녀는 내릴 층을 말하지 않고 마지막 승객이 내릴 때까지 기다리고만 있었다.

승강기 운전사는 그녀를 보며 눈썹을 치켜 올려 보였다. "내릴 층을 말씀해주세요!" 운전사가 외쳤다.

신시아는 1달러 지폐를 한 장 꺼내 보였다. "잠깐 얘기하고 싶은데요."

운전사는 문을 닫아서 사적인 공간을 확보했다. "빨리 하세요." 그는 말하면서 계기판의 승강기 호출 신호를 가늠했다.

"조금 전 올라갈 때 남자 둘이 올라탔었죠." 그리고 그녀는 재빨리 그들의 모습을 생생하게 묘사했다. "그 사람들이 어느 층에서 내렸는지를 알고 싶어요."

운전사는 고개를 저었다. "그런 건 모릅니다. 사람이 잔뜩 타는 시간

대라고요."

그녀는 지폐 한 장을 추가했다. "생각해봐요. 아마 마지막으로 탄 사람들이었을 거예요. 다른 사람들이 내릴 수 있도록 자리를 비켜야 했을지도 몰라요. 아마 키 작은 쪽이 내릴 층을 말해줬을 거예요."

그는 다시 고개를 저었다. "5달러를 주셔도 알려드릴 수가 없어요. 아침 시간에는 고디바 부인이 말에 탄 채로 올라탄다고 해도 눈치를 채지 못할 겁니다. 자, 그럼. 여기서 내리실 건가요, 아니면 내려가실 건가요?"

"내려가죠." 그녀는 그에게 지폐 한 장을 건네주었다. "노력해줘서 고마워요."

그는 지폐를 물끄러미 보더니 어깨를 으쓱하고는 자기 주머니에 집어넣었다.

✳

이제는 로비에서 자리를 지키는 것밖에는 할 일이 없었다. 그녀는 열이 잔뜩 뻗친 상태로 남편을 기다렸다. '완전히 속아 넘어갔어,' 그녀는 생각했다. '미행을 떨치는 가장 고전적인 수법에 당해버린 셈이잖아. 사무용 건물 속임수에 넘어가다니 정말 한심한 노릇이야!' 어쩌면 그들은 이미 건물을 나가버린 후이고, 에드워드는 그녀가 어디 있는지 걱정하고 있을지도 몰랐다. 어쩌면 연기를 계속하기 위해 그녀의 도움이 필요한 상황일 수도 있었다.

그따위 속임수에 당하다니! 젠장!

신시아는 가판대에서 펩시콜라 한 병을 사서 선 채로 천천히 홀짝거렸다. 보호색을 유지하기 위해 한 병을 더 마셔야 할지 고민하는 사이, 에드워드가 모습을 드러냈다.

물밀 듯이 밀려오는 안도의 감정 덕분에 그녀는 자신이 얼마나 겁에 질려 있었는지를 깨달았다. 그래도 그녀는 연기를 그만두지 않고, 천천히 시선을 돌렸다. 남편이 자신의 얼굴만큼이나 뒷목도 명확히 알아볼 수 있다는 사실을 알고 있었기 때문이었다.

남편은 바로 그녀에게 다가와서 말을 걸지 않았고, 그래서 그녀는 다시 미행 위치로 돌아갔다. 주변에 호그는 보이지 않았다. 호그가 나가는 것을 놓친 것일까? 만약 그게 아니라면…?

에드워드는 길모퉁이까지 걸어가서 택시 승차장을 이리저리 둘러보더니 방금 정류장에 들어온 버스로 올라탔다. 다른 사람들이 먼저 올라타게 양보한 뒤에 그녀도 같은 버스에 올랐다. 버스가 출발했다. 분명 호그는 이 버스에 타지 않았다. 그녀는 이제 작전을 멈추어도 될 거라고 생각했다.

신시아가 옆자리에 앉자 에드워드는 그녀를 올려다보았다. "신시아! 당신을 놓친 줄로만 알았어."

"거의 그럴 뻔했지." 그녀도 인정했다. "얘기 좀 해봐. 어떻게 된 거야?"

"사무소에 도착할 때까지 기다려봐."

기다리고 싶지는 않았지만, 그녀는 에드워드의 말에 따랐다. 그들이 탄 버스는 겨우 몇 블록 떨어진 그들의 사무소까지 곧바로 가는 버스였다. 사무소에 도착하자, 그는 작은 방의 문을 열고 곧바로 전화기로 달려갔다. 그들의 사무실 전화는 비서 서비스를 제공하는 사설 교환국에 연결되어 있었다.

"전화 없었습니까?" 에드워드는 이렇게 묻고 잠시 귀를 기울였다. "좋아요. 쪽지를 이리 보내주세요. 서두를 필요는 없습니다."

그는 전화를 내려놓고 아내를 돌아보았다. "자, 이거야말로 우리가 지금까지 한 일 중에서 가장 쉽게 벌어들인 5백 달러라고 할 수 있을 것 같은데."

"그 사람이 뭘 하는지 알아낸 거야?"

"물론이지."

"뭘 하는데?"

"맞혀봐."

신시아는 그를 물끄러미 바라보았다. "그 콧잔등을 한 방 얻어맞으면 기분이 어떨 것 같아?"

"성급하게 굴지 말고. 아주 단순한 일이지만 당신은 상상조차 못 했을 거야. 그자는 보석상에서 근무하더라고. 보석 세공하는 일을 하지. 그자를 초조하게 만든 손톱 아래의 물질 있잖아?"

"응."

"아무것도 아니었어. 보석공의 연지였다니까. 병든 상상력 때문에 그게 말라붙은 피라는 결론을 내린 모양이야. 자, 이걸로 5백 달러짜리 일이 해결된 거라고."

"음, 그런 모양이네. 그 작자의 직장이 애크미 빌딩에 있는 모양이지."

"1310호실이야. 1310호 사무실이라고 해야 할까. 그런데 왜 따라오지 않은 거야?"

✳

신시아는 대답하면서 조금 망설였다. 자신이 얼마나 미숙한 행동을 했는지를 인정하고 싶지 않았기 때문이었다. 그러나 서로에게 모든 면에서 정직하게 행동하는 습관의 영향이 너무 강했다. "애크미 빌딩 밖에서 호그가 당신과 이야기하는 모습을 보고 오해를 해버렸어. 승강기에서 당신들을 놓쳤지."

"그렇게 된 거군. 그것참…, 잠깐! 방금 뭐라고 했어? 호그가 나한테 말을 걸었다고?"

"응, 난 당연히 봤고."

"하지만 그자는 나하고 말하지 않았어. 내가 있는 걸 눈치채지도 못했다고. 당신 무슨 소리 하는 거야?"

"무슨 소리를 하는 거냐고? 당신이야말로 무슨 소리를 하는 거야! 당신네 둘이 애크미 빌딩으로 들어가기 직전에 호그가 걸음을 멈추고 돌아보며 당신한테 말을 걸었다고. 당신네 둘은 한동안 거기서 잡담을 하고

서 있었어. 그래서 내가 박자를 놓친 거고. 그러고 나서 당신네는 함께 로비로 들어갔지. 팔짱을 낄 정도로 사이좋게 말이야."

에드워드는 아무 말도 않고 그곳에 앉아서 한참 동안 그녀를 바라보고 있었다. 마침내 그녀가 입을 열었다. "바보처럼 멍하니 보고만 있지 마! 실제로 그랬다니까."

그가 입을 열었다. "신시아, 내 말 좀 들어봐. 나는 그자가 버스에서 내린 후에 그를 따라 로비로 들어갔어. 고전적인 미행 방식을 따라 승강기에 올라탔고, 그자가 정면을 보고 있는 동안 슬쩍 뒤로 돌아 들어갔지. 그자가 내렸을 때 나는 뒤에 남아 반쯤 내린 상태로 승강기 운전사에게 간단한 질문을 던졌고, 그러면서 충분히 거리를 둘 시간을 벌었어. 모퉁이를 돌아보니 바로 1310호실 안으로 들어가고 있더라고. 그는 나한테 말을 걸지 않았어. 내 얼굴도 보지 않았고. 그건 확실해."

신시아는 창백해진 얼굴로 말했다. "계속해봐."

"사업장 안으로 들어가니까 오른쪽으로 유리 칸막이가 길게 이어지고, 그 안쪽으로 작업장이 붙어 있었어. 유리 너머로 보석공인가, 보석세공인인가, 뭐 그렇게 부르는 사람들이 일하고 있는 모습이 보이더라고. 머리를 잘 쓴 구조지. 광고가 되잖아. 호그는 바로 그 안으로 들어갔고, 내가 복도를 지날 때는 이미 유리창 반대쪽에 있었어. 외투를 벗고 작업용 겉옷을 입은 다음 그 확대경 같은 장치를 눈에 붙이고 있었지. 나는 그 친구를, 고개를 들지도 않는 그를 지나쳐서 안내 데스크로 가서 지배인을 찾아서. 곧 새처럼 생긴 작은 남자가 나왔고, 나는 그에게 조너선 호그라는 남자가 그곳에 근무하는지 물어봤어. 그는 그렇다고 대답했고, 혹시 그와 할 말이 있는지를 물어봤어. 나는 괜찮다고, 보험 조사 업무차 나왔다고 말했지. 그는 뭔가 잘못된 것이 있는지 알고 싶어 했고, 나는 생명보험 가입에 따르는 일반적인 조사 업무일 뿐이라고 말해줬어. 그곳에서 호그가 얼마나 일했냐고 물었더니 5년이라고 대답하더군. 호그가 믿음직하고 솜씨 있는 보석공이라고 했지. 나는 알았다고 하고는 호그가

1만 달러 대출을 받을 정도로 신용이 있느냐고 물었어. 그는 당연한 일이라고 말하고, 자기 고용인들이 생명보험에 투자하는 일은 언제나 기쁘게 생각한다고 대답했어. 그 정도에서 그만두는 편이 좋을 것 같다는 생각이 들더군.

나가다가 호그의 작업대 앞에서 유리창을 통해 그를 바라보았어. 곧 그는 고개를 들고 나를 물끄러미 보다가 다시 고개를 숙이더군. 나를 알아보았다면 내가 눈치를 챘겠지만 그런 느낌은 없었어. 완벽한 대뇌, 저, 정…, 그걸 뭐라고 부르더라?"

"정신분열증. 인격이 완벽하게 분열된 거야. 하지만 잠깐, 에드워드…."

"응?"

"당신 분명히 그 작자와 대화를 했어. 내가 봤다니까."

"잠깐 기다려봐, 여보. 다른 사람들을 보고 착각한 걸 수도 있잖아. 얼마나 멀리 떨어져 있었어?"

"그렇게 멀지는 않았어. 비첨의 구둣가게 앞에 서 있었다고. 다음에는 '셰루이', 그다음에는 애크미 빌딩 입구였어. 당신은 인도 위의 신문 가판대를 등지고, 말 그대로 내 쪽을 향하고 있었어. 호그는 내게 등을 돌리고 있었지만 잘못 보았을 리가 없어. 당신 둘이 몸을 돌려 함께 건물로 들어갈 때 인상착의를 완벽하게 확인했단 말이야."

에드워드는 당황한 표정이었다. "난 그자와 대화를 나누지 않았어. 함께 들어가지도 않았고. 미행해서 들어갔단 말이야."

"에드워드 랜들, 헛수작 하지 마! 당신네 둘을 놓쳤다는 사실은 인정하지만, 그걸 가지고 계속 나를 놀려먹을 생각은 하지도 않는 게 좋을 거야."

에드워드는 위험 신호를 무시하기에는 너무 길고 평온한 결혼 생활을 보내왔다. 그는 자리에서 일어나 그녀에게 다가가서 어깨에 팔을 둘렀다. "이거 봐, 내 사랑." 그는 진지하고 온화하게 말했다. "지금 당신을 놀리는 게 아니야. 어디선가 우리 둘의 경험이 어긋난 것 같기는 한데, 나는 지금 최대한 정확하게 내가 기억하는 대로 말하고 있는 중이라고."

신시아는 남편의 눈을 한참 바라보다가 갑자기 그에게 키스하고는 몸을 떨쳐냈다. "알았어. 그러면 우리 둘 다 옳다는 건데, 그건 불가능한 이야기잖아. 가자."

"어딜 가?"

"범죄 현장으로. 사태의 진상을 알아내지 못하면 다시는 잠들 수 없을 것 같아."

✳

애크미 빌딩은 그들이 떠났을 때의 모습 그대로였다. 신발 가게는 원래의 위치에 있었고, '셰루이'와 신문 가판대도 마찬가지였다. 에드워드는 신시아가 서 있던 곳에 서서 만취 상태가 아니었다면 잘못 보았을 리가 없다는 사실을 인정했다. 그러나 동시에 그는 자신의 행동 역시 완벽하게 확신하고 있었다.

"여기까지 오다가 브랜디 한두 모금 마신 건 아니지?" 그는 희망을 담아 이렇게 물었다.

"그럴 리가 없잖아."

"그럼 이제 어떻게 하지?"

"나도 모르겠네. 아, 알겠다! 호그 일은 이미 다 끝난 거 아니야? 당신이 그 사람을 미행해서 알고 싶어 하는 걸 전부 알아낸 거잖아."

"그렇지…. 근데?"

"그 사람 작업장으로 데려다줘. 낮 동안의 그 사람 인격에게 버스에서 내린 다음 당신하고 이야기했는지를 물어보고 싶어."

그는 어깨를 으쓱했다. "알았어, 여보. 당신 말에 따르지."

그들은 안으로 들어가서 가장 먼저 도착한 승강기에 올랐다. 시동 장치가 달각거렸고 운전사는 문을 닫은 다음 말했다. "몇 층으로 가시나요?"

6, 3, 9. 에드워드는 사람들이 모두 내린 다음에 말했다. "13층 부탁합

니다."

운전사는 그를 돌아보았다. "12층과 14층은 됩니다. 양쪽을 따로 내려드릴 수도 있는데요…."

"네?"

"13층은 없어요. 있어도 아무도 입주하지 않거든요."

"잘못 아신 거겠죠. 오늘 아침에 제가 13층에서 내렸었단 말입니다."

운전사는 짜증을 참는 표정으로 그를 바라보았다. "직접 보시죠." 그는 승강기를 위로 움직이다가 멈추었다. "12층이죠." 그는 천천히 승강기를 올렸고, 곧 12라는 숫자가 사라지더니 다른 숫자로 바뀌었다. "14층입니다. 어느 쪽을 택하시겠습니까?"

"죄송합니다." 에드워드가 실수를 인정했다. "한심한 실수를 한 모양이군요. 정말로 오늘 아침에 여기 왔었는데. 몇 층인지 기억하고 있다고 생각했거든요."

"18층일 수도 있을 겁니다." 운전사가 말했다. "가끔 8이 3처럼 보이기도 하니까요. 어딜 찾아가시는 건데요?"

"디더리지 상회입니다. 보석 제조업체죠."

운전사는 고개를 저었다. "이 건물이 아닌 모양인데요. 여긴 보석상이 없어요. 디더리지라는 회사도 없고."

"확실합니까?"

대답 대신 운전사는 승강기를 10층으로 돌렸다. "1001호에 가보세요. 이 건물 관리사무소가 있으니까요."

그 말대로 이 건물에 디더리지 상회는 없었다. 보석 세공 전문점이 문제가 아니라, 보석을 취급하는 곳 자체가 없었다. "혹시 애크미가 아니라 에이펙스 빌딩을 찾으시는 것 아닙니까?" 이런 말을 들으며 에드워드는 감사를 표하고 그곳을 떠났다. 심각하게 충격을 받은 상태였다.

신시아는 일이 벌어지는 내내 완벽하게 침묵을 지키고 있었다. 이제 그녀가 입을 열었다. "여보⋯."

"어. 왜 그래?"

"꼭대기 층까지 올라가서 거기서부터 내려와보자."

"그럴 이유가 있어? 어딘가에 있다면 관리사무소에서 알고 있을 거 아니야."

"알고 있어도 말해주지 않을 수도 있잖아. 이 사건 전체가 어딘가 수상한 느낌이 들어. 생각해보면, 문을 평범한 벽처럼 보이게 만들면 사무 건물 한 층을 통째로 숨길 수도 있잖아."

"아니, 그건 말도 안 되는 소리야. 그냥 내가 정신이 나가고 있는 모양이야. 날 의사한테 좀 데려가주는 편이 낫겠어."

"말도 안 되는 소리도 아니고, 당신이 정신이 나간 것도 아니야. 승강기에서 높이를 판단하려면 어떻게 하지? 층 표시에 의존할 수밖에 없잖아. 층 표시가 나타나지 않으면, 추가로 층이 하나 끼어들어 있어도 알 수가 없다고. 어쩌면 뭔가 커다란 건수를 잡을 수 있을지도 몰라." 주장하는 본인도 믿을 수 없는 소리였지만, 남편이 계속 무언가를 하게 만들어야 한다는 것은 분명했다.

그도 점차 아내의 의견에 귀가 솔깃해졌고, 이어 자신의 의견을 내기 시작했다. "층계를 사용하면 어떨까? 층계에서 보면 층을 확인할 수 있잖아."

"층계에도 뭔가 장난을 쳐놓았을 수 있어. 그러면 그걸 찾으면 되겠지. 어서 가자."

하지만 없었다. 12층과 14층 사이에도, 다른 층 사이와 마찬가지로 정확하게 18단의 계단이 있었다. 그들은 꼭대기부터 한 층씩 내려오며 간유리 위에 새겨진 문구를 하나씩 확인해보았다. 이 일에는 제법 시간이 걸렸는데, 층마다 각자 반씩 나누어 확인해보자는 에드워드의 제안을 신시아가 거절했기 때문이었다. 남편을 시야에서 놓치고 싶지 않았다.

13층도 없고, 보석 가공업체의 상호가 적힌 문도 없었다. 디더리시 상회도, 다른 상호의 보석상도 없었다. 문에 적힌 상호 외의 다른 것들까지 확인하기에는 시간이 부족했다. 어떻게든 핑계를 만들어 사무실 내부까지 확인하려면 하루로는 어림도 없었다.

"프라이드, 그린웨이, 해밀턴, 슈타인볼트, 카터&그린웨이 법무법인." 에드워드는 상호가 적혀 있는 문 하나를 유심히 살펴보았다. "이 정도로 시간이 지났으면 문의 글자도 바뀌었을 수 있겠는걸."

"적어도 그 문은 아닐 거야." 그녀가 지적했다. "어쨌든 이게 함정이라면 사업체 전체를 정리해버렸겠지. 당신이 알아볼 수 없게 바꾸어놓았을 거야." 이렇게 말하면서도 그녀는 문에 적힌 글자들을 유심히 바라보았다. 사무용 건물이란 끔찍하게 외지고 비밀스러운 장소이다. 방음벽, 베네치아식 블라인드. 그리고 별 의미 없는 상호까지. 이런 곳에서는 무슨 일이든 벌어질 수 있다. 말 그대로 무슨 일이든. 누구도 알지 못한다. 누구도 신경 쓰지 않는다. 누구도 눈치채지 못한다. 순찰을 도는 경관도 없고, 이웃이라는 자들은 지구와 달만큼이나 멀리 떨어져 있으며, 입주자가 원하지 않는다면 청소 서비스도 제공하지 않는다. 제때 방세를 지급하기만 하면 관리 측에서는 입주자에게 아무 간섭도 하지 않는다. 마음껏 범죄를 저지르고 옷장 안에 시체를 차곡차곡 쌓아놓아도 아무 문제 없는 것이다.

신시아는 몸을 떨었다. "어서, 에드워드. 서두르자."

그들은 최대한 빨리 남은 층을 확인하고 마침내 로비로 나왔다. 사라진 상점을 찾지는 못했지만, 신시아는 사람들의 얼굴과 햇빛을 보는 것만으로도 몸이 따스해지는 느낌이 들었다. 에드워드는 층계참에 멈추어 서서 주변을 둘러보았다. "혹시 우리가 건물을 잘못 찾아온 것은 아닐까?" 그가 미심쩍은 목소리로 물었다.

"그럴 리는 없어. 저기 담배 가판대가 보이지? 아침에 저기 살다시피 했거든. 카운터에 있는 파리똥 하나하나까지 알고 있다고."

"그럼 대체 해답이 뭘까?"

"점심이 해답이지. 가자."

"알았어. 하지만 난 뭘 좀 마셔야겠어."

에드워드가 위스키 사워를 석 잔째 들이켜고 난 후, 신시아는 안주로 콘비프 해시를 한 접시 끼우자고 남편을 설득하는 데 성공했다. 음식과 커피 두 잔 덕분에 그는 완벽하게 제정신이 들었다. 기분이 나쁜 상태이 기는 했지만. "신시아…."

"응, 에드워드."

"내가 어떻게 된 거지?"

그녀는 천천히 대답했다. "내 생각에는 당신이 무시무시한 최면술의 희생양이 된 것 같아."

"이제 나도 그런 생각이 드는데. 아니면 완전히 돌아버렸거나. 그럼 일단 최면술이라고 치자고. 그렇다면 내가 최면술에 걸린 이유를 알고 싶은데."

그녀는 포크로 음식을 깨작거리며 말했다. "나는 알고 싶은지 잘 모르 겠어. 내가 뭘 하고 싶은지 알아, 에드워드?"

"뭘 하고 싶은데?"

"'당신을 도울 수 없어서 보수를 반환하고자 합니다'라고 적은 쪽지와 함께 5백 달러를 호그 씨에게 돌려주고 싶어."

에드워드는 그녀를 물끄러미 바라보았다. "돈을 돌려준다고? 나 원 세상에!"

신시아는 못된 제안을 하다 들킨 것 같은 표정을 짓고 있었지만, 그 래도 완강하게 말을 이어갔다. "나도 알아. 그래도 그렇게 하고 싶어. 이 혼 사건이나 미행 일만 해도 충분히 먹고살 수 있잖아. 이런 일에까지 끼 어들 필요는 없는 것 같아."

"팁으로 5백 달러를 펑펑 뿌리고 다니는 사람처럼 말하네."

"아니, 그런 건 아니야. 그저 당신의 목숨이나 이성을 희생할 만한 일은 아니라는 거야. 에드워드, 누군가가 우리를 궁지에 몰아넣으려 하고 있어. 더 이상 말려들기 전에 우선 일이 이렇게 된 이유부터 알고 싶어."

"나도 이유는 알고 싶다고. 바로 그래서 이 사건을 때려치우고 싶지 않은 거야. 젠장, 나한테 허튼 최면술 따위를 걸어대는 일을 내가 좋아할 리가 없잖아."

"호그 씨한테는 뭐라고 할 건데?"

그는 손으로 머리를 쓸어 넘겼다. 항상 무스를 바르고 다니기 때문에 별 소용없는 일이었지만. "나도 모르겠어. 당신이 말해보는 게 어때. 시간을 좀 끌어봐."

"그것참 좋은 생각이네. 정말 훌륭한 생각이야. 당신 다리가 부러졌는데 내일쯤이면 쌩쌩해질 거라고 말해줄게."

"그런 식으로 나오지 마, 신시아. 당신 능력으로 처리할 수 있는 사람이잖아."

"알았어. 하지만 이거 하나는 분명히 약속해줘, 에드워드."

"뭘 약속해?"

"우리가 이 사건을 맡은 동안은 모든 일을 함께하는 거야."

"언제나 그래오지 않았어?"

"정말로 함께하자는 거야. 당신이 어느 때건 내 시선 밖으로 벗어나지 않았으면 좋겠어."

"하지만 신시아, 그건 별로 효율적인 방식이 아닐 텐데."

"약속해."

"알았어, 알았어. 약속할게."

"좀 낫네." 신시아는 긴장을 풀고 거의 행복해 보이는 표정을 지었다. "사무소로 돌아가야 하지 않을까?"

"사무소 따위는 엿이나 먹으라고 해. 나가서 연속 상영 영화나 보자고."

"알았어, 똑똑이 씨." 그녀는 장갑과 지갑을 챙겨들고 자리에서 일어섰다.

✳

그들은 에드워드가 지독하게 좋아하는 서부극 세 편 연속 상영을 택했지만, 영화를 봐도 그리 즐겁지가 않았다. 주인공은 악당만큼이나 사악한 인물로 보였고, 수수께끼의 복면강도들은 정말로 잔학한 자들이었다. 그리고 그의 눈앞에는 계속해서 애크미 빌딩의 13층과 길게 이어진 유리 칸막이 뒤에서 일하던 보석공들, 그리고 디더리지 상회의 작고 쭈글쭈글한 지배인이 떠올랐다. 젠장맞을. 최면술로 그렇게 세부적인 내용까지 보았다고 믿게 만들 수 있다는 말인가?

신시아는 영화에는 거의 신경도 쓰지 않았다. 그녀는 주변 사람들에 한눈을 팔고 있었고, 어느 순간 조명이 들어올 때마다 주변 사람들을 방어적인 시선으로 살펴보는 자신을 발견했다. 즐기고 있을 때도 저런 표정을 짓는 사람들이라면 불쾌할 때는 대체 어떤 모습이 될까? 드물게 예외는 있었으나, 가장 나은 사람조차 불만을 억눌러 삼키고 있는 얼굴이었다. 불만족스러운 얼굴, 육체의 고통으로 인해 주름진 얼굴, 고독, 당황, 어리석은 분노는 여럿 찾아볼 수 있었지만, 행복해 보이는 표정은 드물었다. 언제나 당당하고 명랑한 태도를 유지하는 것이 가장 큰 장점인 에드워드조차도 찌푸린 표정이었다. 적어도 남편에게는 그럴 만한 이유가 있다고 인정할 수 있었지만. 그녀는 다른 불행한 얼굴들에는 어떤 이유가 있는지 궁금해졌다.

예전에 보았던 〈지하철〉이라는 제목의 그림이 떠올랐다. 지하철 객차에서 사람들이 문으로 쏟아져 나오는 가운데, 다른 한 무리의 사람들이 밀고 올라타려는 모습을 묘사한 그림이었다. 서두르며 내리는 사람들도, 타는 사람들도 조금도 즐거워 보이지 않는 모습이었다. 그 그림에는 단 한 줌의 아름다움도 존재하지 않았다. 작가의 목적이 삶의 방식을 씁쓸

하게 비평하는 데 있다는 점은 명백했다.

마침내 영화가 끝나고 비교적 자유로운 거리로 나오자 그녀는 안도감을 느꼈다. 에드워드가 택시를 잡았고, 그들은 집으로 향했다.

"에드워드….'

"응?"

"영화관에서 사람들 얼굴 봤어?"

"아니, 딱히 눈여겨보지는 않았는데. 왜?"

"삶이 조금이라도 즐겁다고 생각하는 사람은 한 명도 없었던 것 같아서."

"그런가 보지."

"하지만 왜 그런 걸까? 우리는 즐겁게 살고 있잖아. 안 그래?"

"당연하지."

"우리는 항상 즐겁게 살잖아. 한 푼도 없는 상태로 사업을 시작하려 할 때도 우리는 즐거웠어. 웃으며 잠자리에 들었다가 행복한 기분으로 일어났잖아. 아직도 그러고 있고. 대체 이유가 뭘까?"

에드워드는 13층을 찾기 시작한 이후 처음으로 웃음 지으며 그녀를 꼬집었다. "당신과 함께 사니까 즐거운 거야, 꼬맹이 아가씨."

"고마워. 당신도 마찬가지야. 있잖아, 어릴 적에 재미있는 생각을 하나 했었어."

"어디 털어놔봐."

"그때도 나는 행복했지만, 나이를 먹다 보니 우리 어머니는 그렇지 않다는 것을 깨닫게 된 거야. 우리 아버지도 그랬고. 선생님들도 그랬어. 내 주변의 어른들은 거의 다 행복하지 않은 사람이었어. 나는 속으로 나이가 들면 두 번 다시 행복해질 수 없는 무언가를 발견하게 되나보다고 생각했지. 애들한테 뭐라고 말하는지 알잖아. '너는 이걸 알기에는 아직 너무 어리단다, 얘야.' 그리고, '나이를 더 먹을 때까지 기다리거라, 그럼 알게 될 테니까.' 나는 어른들이 무슨 비밀을 숨기고 있는지 궁금해져서,

혹시 비밀을 발견할 수 있을지도 모른다고 생각하고 문 뒤에 숨어서 귀를 기울이곤 했어."

"천부적인 탐정이잖아!"

"시답잖은 소리. 어쨌든 그 비밀이 뭐든 그것 덕분에 행복해지지 않는 것 같더라고. 슬프게 만들 뿐이지. 그러고 나서는 절대 그걸 알지 못하게 해달라고 기도를 드리곤 했어." 신시아는 어깨를 으쓱해 보였다. "그리고 아마 지금까지 발견하지 못한 것 같아."

에드워드는 쿡쿡 웃었다. "나도 그래. '프로페셔널 피터팬'이라고 할 수 있지. 감이 좋은 만큼 행복할 수 있는 거라고."

그녀는 장갑을 낀 작은 손으로 남편의 팔을 잡았다. "웃지 마, 에드워드. 바로 그 때문에 호그 사건이 두려운 거야. 만약 이걸 계속해서 쫓아다녔다간 정말로 어른들이 알고 있는 것을 발견하게 될 것 같아. 그러면 우리는 두 번 다시 웃을 수 없게 될 거야."

에드워드는 웃음을 터뜨리려다가, 바로 그녀를 뚫어져라 바라보았다. "이거 참, 당신 진지하게 말하고 있는 거지?" 그는 신시아의 턱을 들어 올리며 말했다. "나이에 맞게 굴어, 내 사랑. 당신한테 필요한 건 저녁 식사야. 술을 곁들여서."

4

식사를 마친 후 신시아가 간신히 마음을 정리하고 전화로 호그에게 무슨 말을 해야 할지 궁리하고 있을 때 초인종이 울렸다. 그녀는 현관으로 가서 수화기를 들었다. "네?"

그녀는 거의 즉시 남편을 돌아보며 소리 없이 입 모양으로 말했다. "호그 씨야." 에드워드는 눈썹을 치켜 올려 보인 다음, 조심스레 입가에 손가락을 가져다 대고는 과장된 동작으로 발끝으로 걸어 침실로 들어가기 시작했다. 그녀는 고개를 끄덕였다.

"잠깐만요. 아…, 이제 좀 낫네요. 연결 상태가 안 좋았나 봐요. 저기, 누구라고 하셨죠? 아…, 호그 씨. 올라오세요, 호그 씨." 그녀는 바깥 현관의 전자자물쇠를 여는 버튼을 눌렀다.

호그는 초조하게 머리를 저으며 들어왔다. "실례를 한 것이 아니었으면 좋겠습니다만, 너무 불안해서 도저히 보고서를 받을 때까지 견딜 수가 없었습니다."

신시아는 자리를 권하지 않고 부드러운 목소리로 말했다. "실망하게 해드려서 죄송합니다만, 남편은 아직 집에 돌아오지 않았답니다."

"아…." 호그는 비참해 보일 정도로 실망한 모습이었다. 그 실망감이 너무 깊은 나머지 신시아조차도 문득 동정심이 들 지경이었다. 그러나 그녀는 곧 남편이 아침에 겪은 일을 떠올리고 마음을 다잡았다.

"혹시 남편분이 언제 귀가하실지 알고 계십니까?" 호그가 말을 이었다.

"저로서는 확답을 드릴 수가 없네요. 호그 씨, 탐정의 아내는 시간을 정해놓고 기다리지 않는 법부터 배우게 되거든요."

"그래요, 그렇겠지요. 저기, 더 이상 폐를 끼치면 안 될 것 같습니다. 하지만 정말로 남편분과 대화를 하고 싶어서요."

"그렇게 전해드릴게요. 혹시 남편에게 전할 다른 말씀은 없으신가요? 새로운 자료 같은 거요?"

"아뇨…." 호그는 천천히 말했다. "없는 것 같습니다…. 전부 너무 한심해 보이는 소리라서!"

"뭐가 한심해 보인다는 건가요, 호그 씨?"

호그는 신시아의 안색을 살폈다. "혹시… 부인, 빙의 현상을 믿으십니까?"

"빙의라고요?"

"인간의 영혼에 악마가 씌는 일 말입니다."

"지금까지 제대로 생각해본 적이 없다고밖에는 말씀드릴 수가 없네요." 신시아는 조심스레 대답했다. 그러면서도 에드워드가 지금 대화를 듣고 있는지, 그녀가 비명을 지르면 남편이 금방 도착할 수 있는지를 생각하고 있었다.

호그는 이상해 보일 정도로 셔츠 앞깃을 만지작거리고 있었다. 단추 하나가 풀려 있었다. 시큼하고 고약한 체취가 흘러나왔다. 그리고 다음 순간 그는 목에 두르고 있던 무언가를 셔츠 안쪽에서 끄집어내 보였다.

신시아는 그 물건을 주의 깊게 살펴보다가, 물건의 정체를 깨닫고 엄청난 안도감을 느꼈다. 호그는 생마늘 한 묶음을 목걸이처럼 목에 걸고 있었다. "그걸 왜 목에 걸고 계신 거죠?" 그녀가 물었다.

"역시 우스워 보이죠?" 호그도 인정했다. "이런 식으로 미신에 의존하다니 말입니다. 하지만 이걸로 기분이 편해집니다. 누군가가 지켜보는 느낌이 들어서, 너무 두려워서 말입니다…."

"당연한 일이에요. 우리가, 아니 에드워드 씨가 선생님의 지시대로 지켜보고 있었을 테니까요."

"그게 아닙니다. 거울 속의 사람이…." 호그가 머뭇거렸다.

"거울 속의 사람요?"

"거울 속에 비친 모습이 저를 바라보는 것은 당연한 일이지요. 그런 것을 겁내는 것은 아닙니다. 하지만 이건 달라요. 마치 누군가가 저를 낚아채려고 기회를 기다리고 있는 것만 같다는 말입니다. 제가 미쳤다고 생각하시나요?" 호그가 갑자기 이렇게 물었다.

신시아는 호그의 말에 절반 정도밖에 주의를 기울이고 있지 않았다. 그가 마늘 목걸이를 내밀어 보였을 때 눈치챈 다른 어떤 것에 신경이 쏠려 있었기 때문이었다. 그의 손가락 끝에는 다른 모든 사람들과 마찬가지로 소용돌이와 고리와 아치 모양이 있었다. 그리고 오늘 밤에는 분명 콜로디온을 바르고 있지 않았다. 그녀는 에드워드를 위해 지문을 채취하기로 마음먹었다. "아뇨, 선생님이 미쳤다고 생각하지는 않아요." 그녀는 위로하듯 말했다. "하지만 걱정이 너무 지나치신 것은 아닌가 싶네요. 긴장을 조금 푸셔야 할 것 같아요. 뭔가 한잔 드시겠어요?"

"물 한잔 주시면 고맙겠습니다."

*

물이든 술이든, 신시아에게 중요한 것은 유리잔이었다. 그녀는 잠시 실례하겠다고 말하고 부엌으로 가서 매끈하고 장식 없는 큰 유리잔을 골랐다. 그녀는 잔을 조심스레 닦고는 표면에 물방울이 맺히지 않도록 조심해서 얼음과 물을 담았다. 그리고 잔 아래쪽을 잡고는 호그에게로 돌아왔다.

의식적인지 무의식적인지는 몰라도, 호그는 그녀의 의도를 앞질러 행동하고 있었다. 그는 문 근처의 거울 앞에 서서 마늘 목걸이를 숨기고는 넥타이를 다시 매고 옷깃을 바로잡는 중이었다. 호그가 돌아보자, 그녀는 그가 다시 장갑을 꼈다는 사실을 확인할 수 있었다.

그녀는 호그에게 잠시 앉았다 가라고 권했다. 그러면 다시 장갑을 벗으리라는 생각에서였다. 그러나 그는 이렇게 말했다. "이미 너무 오래 폐를 끼친 것 같습니다." 그는 잔에 담긴 물을 반쯤 마시고 감사를 표하고는 조용히 집을 나섰다.

에드워드가 들어왔다. "그 사람 갔어?"

그녀는 얼른 몸을 돌렸다. "그래, 갔어. 다음에는 지저분한 일은 당신이 직접 알아서 했으면 좋겠어, 에드워드. 저 사람 볼 때마다 불안해. 당신한테 얼른 나오라고 소리를 지르고 싶었다고."

"진정해."

"그런 거야 어찌 되든 상관없지만, 애초에 저 사람과 연관되지 않았다면 좋았을 거라는 생각이 들어." 그녀는 창가로 가서 창문을 활짝 열었다.

"이제 와서 그래 봤자 무슨 소용이야. 이미 휘말려버렸는데."

문득 그의 시선이 유리잔에 머물렀다. "어이, 그 친구 지문을 얻은 거야?"

"실패했어. 내 마음을 읽은 것 같아."

"아쉽군."

"에드워드, 이제 저 작자를 어떻게 할 생각이야?"

"한 가지 생각이 떠오르기는 했는데, 조금 더 다듬어봐야겠어. 당신한테 악마가 어쩌고, 거울 속에서 자길 지켜보는 사람이 저쩌고 했던 이야기는 다 뭐야?"

"그렇게 말하지는 않았는데."

"어쩌면 내가 거울 속 사람이었는지도 모르지. 오늘 아침에 그자를 지켜보고 있었으니까."

"흠, 그냥 비유적으로 말한 걸 수도 있지. 정신없는 사람이잖아." 순간 신시아는 뒤를 돌아보았다. 무언가 어깨 뒤편에서 움직이는 느낌이 들었기 때문이었다. 그러나 가구와 벽 말고는 아무것도 보이지 않았다. 아마도 거울에 비친 모습이었으리라 생각하고, 그녀는 그 이야기는 하지 않기로 했다. "나도 정신이 없고. 악마에 관해서라면, 그 작자 하나로도 악마는 충분한 것 같아. 내가 지금 뭘 하고 싶은지 알아?"

"뭘 하고 싶은데?"

"독한 술 한잔하고 일찍 잠자리에 드는 거야."

"좋은 생각인데." 그는 부엌으로 가서 칵테일을 만들기 시작했다. "샌드위치도 한 조각 어때?"

✳

에드워드는 잠옷을 입은 채로 자기 아파트 거실에 서 있었다. 출입구 근처에 걸려 있는 거울을 마주한 채였다. 거울에 비친 그의 형상은…, 아니, 그가 아니었다. 거울 속의 인물은 제대로 된 직업을 가진 사람처럼 보수적인 정장을 차려입고 있었기 때문이다. 그 인물이 에드워드에게 말을 걸었다.

"에드워드 랜들."

"네?"

"에드워드 랜들, 당신은 호출을 받았소. 여기, 내 손을 잡으시오. 의자에 올라서면 쉽사리 이리 들어올 수 있을 거요."

어쩐지 당연히 그렇게 해야만 한다는 생각이 들었다. 아니, 사실 그가 취할 수 있는 유일한 이성적인 행동 같았다. 에드워드는 거울 아래에 의자를 놓은 다음 손을 잡고 거울 속으로 몸을 밀어 넣었다. 반대쪽의 거울 아래에는 세면대가 있어서 발을 디디고 내려올 수 있었다. 그와 동행은 이제 사무실에서 흔히 볼 수 있는 흰 타일이 깔린 작은 세면실 안에 있었다.

"서두르시오. 다른 이들이 모두 모여 있으니." 그의 동행이 말했다.

"당신은 누굽니까?"

"내 이름은 핍스요." 상대방이 슬쩍 허리를 굽히며 말했다. "이쪽으로."

남자는 세면실 문을 열고는 에드워드를 가볍게 밀었다. 그는 회의실이 분명한 방 안으로 들어서게 되었다. 긴 탁자 주변에 열두어 명 정도의 사람이 둘러앉은 것으로 보아 회의가 진행 중인 모양이었다. 그들 모두가 에드워드를 바라보았다.

"올라가시오, 에드워드 씨."

남자는 이번에는 그리 부드럽지 않게 그를 밀쳤고, 그는 순식간에 매끈한 탁자 한가운데에 앉게 되었다. 얇은 면 잠옷 바지를 통해 딱딱한 탁자 표면의 한기가 전해져왔다.

에드워드는 웃옷을 꼭 붙든 채로 몸을 떨었다. "그만둬요. 여기서 내려주시오. 나는 옷도 제대로 입고 있지 않은데." 그는 일어서려 했지만 그런 단순한 행동조차도 마음대로 할 수가 없었다.

뒤쪽에서 키득거리는 소리가 들렸다. 누군가가 말했다. "입맛이 당길 정도로 토실토실하지는 않은데." 또 누군가가 대답했다. "이번 건에는 별로 중요하지 않은 일이야."

에드워드는 슬슬 상황이 이해가 되기 시작했다. 저번에는 바지를 벗은 채로 미시간대로 가운데에 서 있었다. 학창시절로 돌아간 것도 한두 번이 아니었다. 옷을 벗고 있을 뿐 아니라, 수업 준비도 제대로 하지 않고 덤으로 지각까지 한 상태였다. 어쨌든 어떻게 대처해야 하는지는 잘 알고 있었다. 눈을 감고 손으로 이불을 더듬어서 침대에서 안전하게 눈을 뜨는 것이다.

그는 눈을 감았다.

"숨어봤자 소용없어요, 에드워드 씨. 우리는 당신을 볼 수 있고, 당신은 지금 시간을 낭비하고 있을 뿐이니까요."

에드워드는 눈을 떴다. "대체 이게 무슨 일입니까?" 그가 사납게 물었다. "여긴 어디죠? 나를 왜 이리 데려온 겁니까? 지금 무슨 일이 일어나는 겁니까?"

✳

그의 정면, 탁자의 상석에는 덩치 큰 남자가 앉아 있었다. 일어서면 족히 185센티미터는 될 듯했고, 널찍한 어깨에 강건한 체구였다. 거대한 몸 여기저기에 지방이 잔뜩 붙어 있었다. 그러나 손은 가냘프고 섬세하며 매니큐어가 칠해져 있었다. 얼굴 역시 작달막한 이목구비가 늘어진 볼살과 이중 턱 속에 묻혀 더 작은 것처럼 보였다. 눈은 작고 명랑해 보였다. 입은 계속 웃고 있었고, 버릇처럼 끊임없이 입술을 오므려 내밀어 보이고 있었다.

"한 번에 하나씩 합시다, 에드워드 씨." 남자가 경쾌하게 대답했다. "당신이 있는 곳에 대해 말하자면, 여기는 애크미 빌딩의 13층입니다. 당신도 기억하겠지요." 그는 둘만 아는 농담을 나누는 것처럼 웃어 보였다. "무슨 일이 벌어지고 있는지에 대해 말하자면, 때마침 디더리지 상회의 주주 회의가 열리는 중입니다. 그리고 저로 말할 것 같으면…." 그는 둥글게 튀어나온 배를 갖고도 어떻게든 깊숙이 허리를 굽히며 인사를 해 보였다. "R. 제퍼슨 스톨스라고 합니다. 이 회사의 사장이죠. 만나 뵙게 되어 영광입니다."

"하지만…."

"에드워드 씨, 소개부터 마저 하겠습니다. 오른쪽에 계신 이분은 타운

센드 씨입니다."

"안녕하십니까, 에드워드 씨."

"안녕하세요." 에드워드는 기계적으로 대답했다. "잠깐요, 이건 너무 지나치…."

"그리고 이쪽은 그레이브스비 씨, 웰스 씨, 요아컴 씨, 프렝탕 씨, 존스 씨입니다. 핍스 씨는 이미 만나보셨지요. 우리 비서를 맡고 있습니다. 그 뒤에 앉아 계신 분들은 레이프스나이더 씨와 스나이더 씨입니다. 친척관계는 아니고요. 그리고 마지막으로 파커 씨와 크루스 씨입니다. 포티파 씨는 애석하게도 참석하지 못하셨지만, 그래도 정족수는 충분합니다."

에드워드는 다시 자리에서 일어나려고 해봤지만, 탁자 위는 믿을 수 없도록 미끄러웠다. "당신들이 정족수를 맞추든, 총싸움을 벌이든 나는 아무 신경도 안 씁니다. 날 여기서 내보내줘요." 그는 비통하게 말했다.

"쯧쯧, 에드워드 씨. 쯧쯧. 당신 질문에 대한 해답을 얻고 싶지 않습니까?"

"그렇게 지독하게 알고 싶은 건 아닙니다. 젠장, 나를 좀…."

"하지만 해답을 드려야만 합니다. 지금 우리는 사업상의 회의 중이고, 현재 사업 안건은 바로 당신이니까요."

"나요?"

"그래요, 당신이죠. 당신은 회의에 올라온 뭐랄까, 부차적인 안건이고, 우리 입장에서는 서둘러 처리할 필요가 있습니다. 우리는 당신 행동이 마음에 들지 않아요, 에드워드 씨. 지금 하는 일을 그만두기를 바랍니다."

에드워드가 대답을 하기도 전에, 스톨스가 그에게 손을 펴들어 보이며 제지했다. "성급하게 굴지 말아요, 에드워드 씨. 설명을 하죠. 당신의 모든 일거리를 말하는 것이 아닙니다. 이혼 소송을 위해서 호텔 방마다 금발 미녀 정보원을 얼마나 풀어놓든, 도청을 얼마나 하든, 편지를 얼마나 뜯어보든 전혀 신경 쓰지 않습니다. 우리가 신경 쓰는 건 단 하나뿐입니다. 호그 씨 건을 말하는 겁니다." 그는 마지막 문장을 내뱉듯 말했다.

에드워드는 회의장 안의 사람들이 동요하는 것을 느낄 수 있었다.

"호그 씨가 뭐가 문제인 겁니까?" 에드워드가 물었다. 다시 사람들이 웅성거렸다. 스톨스는 웃는 척조차 할 수 없는 모양이었다.

"지금부터 그 사람을 '당신 고객'이라고 지칭하도록 합시다. 말하자면 이런 겁니다, 에드워드 씨. 우리는 그러니까… '당신 고객'에 대해 다른 계획이 있어요. 그에게 간섭하지 말아야 합니다. 그 사람을 잊어버리고 두 번 다시 만나지 마세요."

에드워드는 전혀 겁먹지 않고 그를 똑바로 바라보았다. "나는 고객과의 약속을 저버린 적이 없습니다. 그러느니 차라리 지옥에 떨어지겠습니다."

스톨스는 입술을 내밀며 대답했다. "그것도 충분히 가능성이 있는 이야기지요. 하지만 나도 당신도 그런 일은 끔찍한 비유법 외에는 원하지 않잖습니까. 자, 이성적으로 생각합시다. 내가 아는 바로 당신은 이성적인 사람이고, 나와 동료들, 그러니까 우리도 이성적인 존재입니다. 당신에게 강요하거나 속임수를 쓰는 대신, 나는 이야기를 하나 들려주고 싶습니다. 이 일의 이유를 알 수 있도록 말입니다."

"이야기 따위는 듣고 싶지 않아요. 나는 이제 떠날 겁니다."

"진심입니까? 그렇지 않을 텐데요. 당신은 내 말을 들을 겁니다!"

스톨스는 에드워드에게 손가락질을 했다. 에드워드는 대답하려 했지만 그럴 수가 없었다. 그는 생각했다. '이건 지금까지 꾼 꿈 중에서도 제일 끔찍한데. 앞으로는 잠자리에 들기 전에 뭘 먹으면 안 되겠어. 한심하기도 하지.'

＊

스톨스가 입을 열었다. "태초에 '새'가 있었노라." 그는 갑자기 손으로 얼굴을 가렸다. 탁자에 둘러앉은 이들 모두가 같은 행동을 했다.

새. 저 혐오스러운 뚱보가 입에 담은 언어가 무엇을 뜻하는지 그의 눈앞에 선명하게 떠올랐다. 보드랍고 푹신한 병아리가 아니라, 강철의 날개를 가진 탐욕스러운 맹금이었다. 허연 눈을 깜빡이지도 않고 사방을 노려보는, 자줏빛 벼슬이 돋은 새였다. 그러나 가장 눈에 띄는 곳은 그 발이었다. 새의 발, 살점 하나 없이 노란 비늘로 덮인, 발톱이 날카롭고 수없이 휘둘러 더러워진 발이었다. 외설적이고 끔찍한 발이었다….

스톨스가 얼굴에서 손을 치웠다. "새는 고독했도다. 그 거대한 날개가 아무것도 보이지 않는 우주의 공허 속에서 퍼덕였노라. 그러나 새의 깊은 곳에는 권능이 있었으매 그 권능을 생명이라 했노라. 그는 북쪽이 존재하지도 않았을 때 북쪽을 보았노라. 남쪽이 존재하지도 않았을 때 남쪽을 보았노라. 그는 동쪽과 서쪽을 보고, 위와 아래를 보았노라. 그리고 공허 속에서 그는 자신의 의지로 둥지를 지었도다.

둥지는 넓고 깊고 튼튼했도다. 둥지 속에 그는 1백 개의 알을 낳았노라. 그는 둥지에 머물며 알을 품었으니, 그의 헤아림으로는 1천만 년의 시간이 흘렀노라. 때가 무르익자 그는 둥지를 떠나 새끼들이 볼 수 있도록 빛을 달았노라. 그리고 그는 지켜보며 기다렸노라.

1백 개의 알 하나하나가 1백 마리의 새의 자손으로 깨어났으니, 모두 1만의 강건한 자식들이었노라. 둥지가 워낙 넓고 깊어 그들 모두가 누릴 공간이 존재했으니, 제각기 왕국을 세워 자기 왕국의 왕이 되었노라. 땅 위를 기어 꿈틀거리고 물을 헤엄치고 하늘을 날고 네 발로 기는 것들의 왕이었으니, 그 모두가 온기와 기다림에 이끌려 나와 둥지의 틈새에서 태어난 자들이었노라.

새는 현명하고 잔인했으니, 그 자손들 역시 현명하고 잔인하였도다. 1천만 년이 두 번 지나가는 동안 그들은 싸우고 다스렸으니, 새는 그 모습에 만족하였도다. 그러다 그들 중 자신을 아버지 새만큼이나 현명하고 강하다 여기는 자들이 나타났노라. 그들은 둥지의 물질로 자신과 비슷하게 생긴 콧구멍으로 숨을 쉬는 이들을 만들었으니, 바로 자신을 섬기고 자신을 위해 싸울 존재들이었다. 그러나 자손의 자손들은 현명하지도 강하지도 잔인하지도 않았고, 그저 약하고 부드럽고 어리석을 뿐이었노라. 새는 이에 기뻐하지 않았도다.

그는 자기 자손을 내치어 부드럽고 어리석은 이들에게 감금되도록 만들었노라…. 그만 좀 꿈틀대시오, 에드워드 씨! 당신의 작은 두뇌로는 이런 이야기를 감당하기 힘들다는 것은 알고 있지만, 단 한 번이라도 당신 코보다 길고 당신 입보다 넓은 이야기를 받아들여볼 필요가 있지 않겠소. 내 말을 좀 들으시오!

어리석고 약한 이들은 새의 자손을 붙들어둘 수 없었노라. 그리하여 새는 그들 사이 여기저기에 다른 이들을 심었으니, 이들은 보다 강하고 보다 잔인하고 보다 교활하여, 그 재주와 잔인함으로 자손들이 빠져나가려는 계획을 막을 수 있는 자들이었노라. 이리하여 새는 다시 뒤로 물러나 자신의 놀이판 위에서 상황이 어떻게 변하는지를 구경하게 되었노라.

지금 그 놀이판은 아직도 펼쳐져 있습니다. 그러므로 우리는 당신이 고객과 소통을 하거나 그를 도우려고 시도하는 행위를 허락할 수가 없어요. 이제 이해가 되시겠지요?"

"전혀 이해가 안 되는데." 갑자기 말을 할 수 있게 된 에드워드가 소리쳤다. "빌어먹을! 네놈들 전부 엿이나 먹어라! 이런 농담은 이제 질렸다고."

"한심하고 약하고 어리석은 자여." 스톨스는 한숨을 쉬었다. "그에게 보여주세요, 핍스 씨."

핍스가 자리에서 일어나 탁자 위에 서류가방을 올려놓은 후 가방을 열고 무언가를 꺼내 에드워드의 코 밑으로 들이밀었다. 거울이었다.

"이쪽을 봐주십시오, 에드워드 씨." 스톨스가 정중하게 말했다.

에드워드는 거울에 비친 자기 모습을 보았다.

"지금 무슨 생각을 하고 계십니까, 에드워드 씨?"

상이 흐려지더니 곧 그의 침실이 거울 속에 비쳤다. 시선보다 살짝 높은 곳에서 보는 모습이었다. 방 안은 어두웠지만 베개 위에 아내의 머리가 보였다. 그 자신의 베개 위는 비어 있었다.

아내는 몸을 뒤척이더니 얕은 한숨을 흘리며 반쯤 돌아누웠다. 즐거운 꿈을 꾸고 있는지, 살짝 벌어진 입술에는 미소가 흘렀다.

"보셨지요, 에드워드 씨?" 스톨스가 말했다. "자, 아내분에게 뭔가 일이 벌어지는 것을 원하지는 않으시겠지요?"

"지금 무슨, 이 더럽고 비열한…."

"진정하세요, 에드워드 씨, 진정해요. 이 정도면 충분할 것 같군요. 어떻게 행동해야 당신에게 이득이 될지를 생각해보세요. 당신 아내분에게도요." 스톨스는 그에게서 몸을 돌렸다. "이제 보내버리세요, 핍스 씨."

"가시오, 에드워드 씨." 다시 한 번 뒤에서 누군가가 밀치는 느낌이 들었고, 그는 주변 풍경이 일렁이는 가운데 허공을 날아가는 느낌을 받았다.

그는 침대 위에서 눈을 번쩍 떴다. 자기 자리에 누운 채로 식은땀에 흠뻑 젖어 있었다.

신시아가 자리에 일어나 앉았다. "왜 그래, 에드워드?" 그녀가 잠에 겨운 목소리로 물었다. "당신 비명을 지르던데."

"아무것도 아니야. 악몽을 꾼 것 같아. 깨워서 미안해."

"괜찮아. 속이 안 좋은 거야?"

"조금 그럴지도 모르겠어."

"소다수 좀 마셔봐."

"그럴게." 에드워드는 자리에서 일어나 부엌으로 가서 소다수를 조금 마셨다. 깨어나고 보니 입에 조금 신맛이 돌았다. 소다수를 마시니 기분이 좀 나아졌다.

돌아오니 신시아는 이미 잠들어 있었다. 그는 조용히 침대로 들어갔다. 그녀는 잠에 취한 채로 그에게 다가와 몸을 붙이며, 그의 체온으로 자신의 몸을 데웠다. 그도 곧 다시 잠이 들었다.

*

"걱정할 것 없다네! 피들 디 디!" 에드워드는 갑자기 노래를 부르기 시작하더니 대화가 가능할 정도로 샤워 물줄기를 낮춘 다음에 말했다. "좋은 아침이야. 우리 예쁜이!"

신시아는 욕실 문간에 서서 한쪽 눈을 문지르며 다른 쪽 흐릿한 눈으로 그를 바라보고 있었다. "아침 식사 전에 노래를 부르는 사람들은 하여간 무슨 생각이지…. 좋은 아침."

"노래 부르면 안 될 이유라도 있어? 즐거운 아침에 즐겁게 잠자고 일어난 참인데. 새로운 샤워 노래를 만들었어. 들어봐."

"사양하면 안 될까."

그는 전혀 개의치 않고 말을 이었다. "정원에 나가서 지렁이를 잡아먹고 싶다는 생각을 피력한 어느 젊은이에게 이 노래를 바칩니다."

"에드워드, 당신 취향 고약해."

"전혀 그렇지 않아. 자, 들어보라고." 그는 샤워기의 물줄기를 좀 더 세게 틀었다. "음향 효과를 위해서 물 흐르는 소리를 낼 필요가 있어." 그가 설명했다. "1절."

나는 정원에 나가지 않을 거야.
지렁이들이 나한테 오게 만들겠어!
만약 내가 비참하게 살아가야 한다면
적어도 편안하게 비참함을 누리기로 하자고!

그는 잠시 감상할 시간을 주기 위해 노래를 멈추었다. "후렴." 그가 말했다.

걱정할 것 없다네, 피들 디 디!

비타민 B가 듬뿍 든 지렁이를 드세요!

이 규칙을 따르면 여러분은

백세 살이 되어도 지렁이를 먹고 있을 거예요!

그는 다시 노래를 멈추었다. "그럼 2절. 문제는 아직 2절을 짓지 못했다는 건데. 1절을 다시 불러줄까?"

"아니, 사양이야. 빨리 샤워하고 나오기나 해, 나도 좀 하게."

"노래가 마음에 안 드나 본데."

"안 든다고는 안 했어."

"예술을 이해하는 사람이 이렇게 드물다니." 그는 한탄하면서도 샤워실에서 나왔다.

신시아가 부엌에 나왔을 때쯤 그는 커피와 오렌지 주스를 준비해놓고 있었다. 그는 그녀에게 과일 주스 한 잔을 건넸다. "에드워드, 당신 정말 귀여운데. 이렇게 귀엽게 구는 대가로 원하는 게 뭐야?"

"당신이지. 하지만 지금 당장은 아니야. 나는 귀엽기만 한 게 아니라 똑똑하기도 하거든."

"그래서?"

"어허. 잘 들어봐. 나는 우리 친구 호그한테 어떻게 해야 할지 생각을 했다고."

"호그? 아, 세상에!"

"조심해, 그거 쏟겠어!" 그는 그녀에게서 유리잔을 받아서 식탁에 내려놓았다. "바보같이 굴지 마, 대체 왜 그러는 거야?"

"나도 모르겠어, 에드워드. 우리 지금 콩알총으로 갱단 두목을 막으려드는 기분이란 말이야."

"아침 식사 전에 사업 이야기를 꺼내지 말았어야 했는데. 커피 좀 마셔. 조금 나아질 거야."

"알았어. 난 토스트는 됐어, 에드워드. 당신의 기발한 생각이 뭔데 그래?"

"바로 이거야." 그는 토스트를 와삭와삭 씹으며 대답했다. "어제 우리는 그 친구가 밤 동안의 인격으로 돌아가지 못하게 하려고 그의 눈에 띄지 않으려 했어. 그렇지?"

"으흥."

"자, 오늘은 그럴 필요가 없다고. 오늘은 그 친구에게 거머리처럼 찰싹 달라붙어 있자는 거야. 둘이서 말 그대로 팔짱을 끼고 다니자고. 만약 낮 동안의 인격이 방해 때문에 나오지 않더라도 별 상관은 없어. 우리가 애크미 빌딩으로 데려가면 되니까. 일단 거기 도착하면 습관에 따라 자기가 보통 가던 곳으로 가겠지. 내 말이 맞지?"

"잘 모르겠는데, 에드워드. 그럴 수도 있지. 기억상실자의 인격은 표나게 작동하거든. 어쩌면 그냥 혼란 상태에 빠질지도 몰라."

"제대로 안 될 거라고 생각하는 거야?"

"잘될 수도 있고, 안 될 수도 있지. 하지만 우리가 함께 붙어 있을 수 있다면 시도해볼 생각은 있어. 이 일을 통째로 포기해버리는 편이 더 낫기는 하겠지만."

에드워드는 신시아가 덧붙인 조건을 무시해버렸다. "좋았어. 그럼 그 친구한테 전화해서 자기 아파트에서 우리를 기다리라고 일러두자." 그는 아침 식탁 너머로 손을 뻗어 전화기를 잡고 다이얼을 돌려 잠시 호그와 이야기를 했다. "정말로 맛이 간 친구인 것은 분명하군." 그는 전화를 내려놓으며 말했다. "처음에는 내가 누군지 전혀 모르더라고. 그러다가 갑자기 딸깍 하고 완벽하게 제정신을 차리던데. 갈 준비 됐어, 신시아?"

"조금만 기다려봐."

"알았어." 그는 자리에서 일어나 가볍게 휘파람을 불면서 거실로 나갔다.

✳

휘파람 소리가 멎었다. 그는 서둘러 다시 부엌으로 돌아왔다.

"신시아…."

"왜 그래, 에드워드?"

"부엌으로 잠깐만 나와봐, 제발!"

그녀는 그의 얼굴을 보더니 사태를 이해한 듯 서둘러 그의 말에 따랐다. 그는 출입문 가까운 곳의 거울 아래 놓인 의자를 가리켜 보였다. "신시아, 저 의자가 왜 저기 있는 거지?"

"저 의자? 글쎄, 내가 잠자리에 들기 전에 거울을 똑바로 걸려고 의자를 가져다 놓았는데. 아마 그대로 놔둔 모양이야."

"음, 그런 모양이군. 불을 끌 때 그게 눈에 띄지 않았다니 이상하네."

"왜 그렇게 걱정하는 거야? 누군가가 어젯밤에 아파트에 들어왔다고 생각하는 거야?"

"어, 응. 그래, 바로 그 생각을 하고 있었어." 그러나 그는 여전히 눈살을 찌푸린 채였다.

신시아는 그의 기색을 살피더니 침실로 돌아갔다. 그녀는 지갑을 찾아 재빨리 안을 확인한 후 화장대에 달린 비밀 서랍을 열어보았다. "누군가가 들어왔더라도 별로 많이 건지지는 못한 모양이네. 당신 지갑은 있어? 그 안에 내용물은? 당신 손목시계는?"

그는 재빨리 확인했다. "전부 괜찮아. 당신이 놔둔 걸 내가 못 봤나 보지. 갈 준비 됐어?"

"금방 갈게."

에드워드는 더 이상 그 일을 언급하지 않았다. 그는 속으로 잠자리에 들기 전에 먹은 클럽 샌드위치와 무의식 속의 기억이 뒤섞여 만들어낼 수 있는 효과에 대해 생각하고 있었다. 분명 불을 끄기 전에 이 의자를 보았을 것이다. 그래서 악몽 속에 등장한 것이겠지. 그는 그렇게 어젯밤의 꿈을 기억 속에서 지워버렸다.

5

호그는 그들을 기다리고 있었다. "들어오세요." 그가 말했다. "들어오세요. 부인, 제 은신처에 잘 오셨습니다. 좀 앉으시겠습니까? 차 한잔할 시간 있을까요? 애석하게도 집에 커피는 없어서 말입니다." 그는 사과하는 투로 마지막 말을 덧붙였다.

"시간은 충분할 것 같습니다." 에드워드가 동의했다. "어제 선생님은 8시 53분에 집을 떠나셨는데, 아직 8시 35분밖에 되지 않았으니까요. 같은 시간에 집을 떠나야 할 듯합니다."

"좋아요." 호그는 잠시 부산을 떨더니 곧 차 도구 일체를 쟁반에 올려 가져와서는 신시아 무릎께의 탁자에 놓았다. "죄송하지만 차 좀 따라주시겠습니까, 부인? 중국차입니다. 제가 직접 블렌딩한 겁니다."

"네, 물론이죠." 그녀는 아침에 보는 그의 모습이 조금도 사악해 보이지 않는다는 점을 인정할 수밖에 없었다. 그저 걱정 때문에 눈두덩 아래 거무스레 주름이 잡힌, 조금 신경질적인 독신남일 뿐이었다. 그리고 아파트는 정말 훌륭했다. 좋은 그림들이 걸려 있었다. 얼마나 좋은 그림인지는 그녀의 안목으로 알 수가 없었지만 모두 진품처럼 보였다. 게다가 수가 너무 많지 않다는 점도 그녀의 마음에 들었다. 예술 취향이 있는 남자들은 보통 방 안을 가득 채운다는 점에서 노부인보다 한 수 위인 법인데 말이다.

호그의 아파트는 그렇지 않았다. 마치 브람스의 왈츠곡처럼 여백으로 이루어지는 완벽함이 존재하는 곳이었다. 그녀는 커튼을 어디서 샀는지 묻고 싶어졌다.

호그는 그녀에게서 찻잔을 받아들고는 손으로 감싼 채로 홀짝이기 전에 먼저 그 향을 음미했다. 그러고는 에드워드를 돌아보았다. "선생, 유감이지만 오늘 아침에는 딱히 목적지 없이 돌아다녀야 할 것 같습니다."

"그럴지도 모르죠. 왜 그렇게 생각하십니까?"

"그게 솔직히 말하면, 저는 사실 다음으로 무엇을 해야 할지 감도 안 오는 상황이기 때문이죠. 선생이 전화하셨을 때, 저는 평소와 같이 아침 차를 준비하고 있었어요. 하인을 두지 않으니까요. 어쨌든 아무래도 그 때까진 흔히들 말하는 이른 아침의 어두운 안개 속에 잠겨 있었던 것 같습니다. 자리에서 일어나서 멍하니 하는 행동들 있잖습니까. 다른 생각을 하면서 화장실에 다녀오고, 뭐 그런 일을 하는 것 말입니다. 전화를 거셨을 때 저는 멍한 상태여서 선생이 누구이고 우리가 서로 무슨 관계인지를 떠올리는 데도 시간이 걸렸습니다. 대화 덕분에 나름 머리가 맑아지고 자신에 대한 자각이 돌아오기는 했는데, 그 대신 지금은…." 그는 무력하게 어깨를 으쓱해 보였다. "이제는 다음으로 무엇을 해야 할지가 전혀 생각이 나지 않는 겁니다."

에드워드는 고개를 끄덕였다. "전화를 드렸을 때 그런 일이 일어날 수도 있다는 생각은 했습니다. 감히 심리학자 흉내를 내지는 않겠지만, 아무래도 선생님의 밤 인격에서 낮 인격으로의 전이는 아파트를 떠나는 순간 일어나고, 그 일상에서 벗어나는 일이 생기면 다시 돌아오게 되는 듯합니다."

"그렇다면 왜…."

"상관없는 일이니까요. 저희는 어제 선생님을 미행했습니다. 어디로 가시는지를 알고 있지요."

"아신다고요? 말해주시죠, 선생! 말해줘요."

"당장은 곤란합니다. 저희는 마지막 순간에 선생님의 자취를 놓쳤습니다. 제 생각은 이런 겁니다. 저희가 선생님을 동일한 경로로 인도해서, 어제 선생님의 자취를 놓친 곳까지 가는 겁니다. 그러면 선생님의 일상 습관이 선생님을 그대로 움직이게 할 것이라 생각합니다. 저희는 선생님을 따라가면 되겠지요."

"'저희'라고 하셨나요? 부인도 도와주시는 겁니까?"

✱

에드워드는 작은 거짓말이 들켰다는 사실을 깨닫고 조금 머뭇거렸다. 신시아가 끼어들며 주도권을 낚아챘다.

"보통은 그렇지 않습니다, 호그 씨. 하지만 이번은 특별한 경우로 보이거든요. 저희 쪽에서 보통 이런 일을 맡는 직원들이 사적인 문제를 들여다보는 것을 좋아하지 않으실 것이라는 생각이 들어서 에드워드가 직접 선생님의 의뢰를 처리하기로 했어요. 필요하다면 제 도움을 받아서 말이에요."

"아, 그렇게까지. 정말 친절하시군요!"

"천만에요."

"하지만 사실 그렇지 않습니까. 음, 하지만, 그런 상황이라면 제가 보수를 충분히 드리지 않았을지도 모른다는 걱정이 드는군요. 소장님이 직접 일을 맡으신다면 가격이 더 올라가지 않습니까?"

호그는 신시아를 보고 있었다. 에드워드는 그녀에게 '네'라고 대답하라고 슬쩍 신호를 보냈지만, 그녀는 무시하는 쪽을 택했다. "호그 씨, 선생님께서 이미 지급하신 비용이면 충분하다고 생각해요. 만약 이후에 추가로 비용이 들어가는 일이 생긴다면 그때 따로 상의하면 되겠지요."

"그렇겠군요." 호그는 말을 멈추고 아랫입술을 내밀어 보였다. "제 일을 소장님 부부만 알고 있도록 해주시다니 세심한 배려 감사합니다. 확실히 저로서는…." 그는 갑자기 에드워드를 돌아보았다. "혹시 말입니다. 제가 낮 동안 하는 일이, 그러니까, 문제가 될 만한 일이라면 어떻게 하실 겁니까?" 그에게는 이런 말을 하는 것 자체가 상처가 되는 느낌이 들었다.

"문제라면 비밀로 간직해드려야지요."

"만약 상황이 그보다 더 나쁘다면요. 말하자면, 범죄 행위라면 말입니다. 끔찍한 범죄라면…."

에드워드는 잠시 단어를 골랐다. "저는 일리노이주에서 탐정 면허를 받은 사람입니다. 면허 조항에 따르면, 저는 제한된 권리를 가진 특수 경찰 공무원으로서 행동할 의무를 지닙니다. 따라서 당연히 중범죄를 눈감아드릴 수는 없습니다. 하지만 평범한 경범죄를 범한 고객분들을 경찰에 넘기는 일은 없습니다. 제가 고객을 경찰에 넘길 정도라면 상당히 심각한 범죄가 개입되어 있어야 한다는 점을 확실히 말씀드리고 싶습니다."

"그러니까 그러지 않을 거라고 단언할 수는 없다는 거지요?"

"그렇습니다." 에드워드는 단호하게 말했다.

호그는 한숨을 쉬었다. "아무래도 선생의 판단에 맡길 수밖에 없겠군요." 그러다 그는 오른손을 들고 자기 손톱을 보았다. "아니, 안 돼요. 그런 위험을 무릅쓸 수는 없어요. 에드워드 씨, 혹시 용납하기 힘든 행동을 발견하게 되시면 그냥 저한테 전화해서 의뢰를 취소한다고 말해주실 수는 없는 겁니까?"

"안 됩니다."

호그는 눈을 가린 채 한동안 대답을 하지 않았다. 마침내 입을 열었을 때, 그의 목소리는 간신히 들릴락 말락 했다. "아직 아무것도 알아내지는 못했다는 거지요?" 에드워드는 고개를 저었다. "그렇다면 지금 의뢰를 취소하는 편이 나을지도 모르겠군요. 알지 못하는 편이 더 나은 일도 있는 법이니까요."

눈앞의 남자가 보이는 명백한 비탄과 무력감, 그리고 마음에 드는 아파트 분위기 때문에 신시아는 어젯밤이라면 상상도 하지 못했을 동정심을 느끼고 있었다. 그녀는 남자 쪽으로 몸을 기울였다. "왜 그렇게 괴로워하시는 건가요, 호그 씨? 걱정할 만한 행동을 했다고 생각하실 이유는 아무것도 없지 않나요. 그렇지 않아요?"

"그래요, 맞아요. 사실 없지요. 지독한 걱정밖에는 아무런 근거도 없어요."

"왜 그렇게 걱정하시는 건데요?"

"부인, 뒤에서 무슨 소리가 들렸는데 고개를 돌리기 두렵다는 생각이 들어보셨던 적이 있습니까? 한밤중에 잠에서 깼는데 무엇 때문에 깨었는 지를 확인하기보다는 차라리 눈을 감고 있는 쪽이 낫다는 생각은요? 어떤 사악한 존재들은 명확하게 존재를 인식하고 대면해야만 그 온전한 힘을 발휘하는 법입니다.

저는 이 존재를 마주할 엄두가 나지 않아요. 마음을 다잡았다고 생각했는데 아니었던 모양입니다."

"그렇게 생각하지 마세요. 사실보다는 두려움이 더 끔찍한 법이고…." 그녀가 친절하게 말했다.

"왜 그렇게 생각하시는 겁니까? 사실이 훨씬 끔찍할 수도 있지 않나요?"

"글쎄요, 그냥 그런 법이기 때문이죠." 신시아는 말을 멈추었다. 문득 자신의 낙관적인 발언이 조금도 사실이 아니며, 어른들이 아이를 달랠 때나 흔히 사용하는 말이라는 것을 깨달았기 때문이었다. 그녀는 맹장염이 아닐까 걱정하며 병원에 갔던 자기 어머니를 떠올렸다. 그녀의 친구들과 사랑하는 가족들은 걱정이 지나쳐 생긴 건강 염려증일 것이라고 생각했으나, 암이 발견되었고 어머니는 목숨을 잃었다.

그래, 두려움보다 더 끔찍한 사실도 종종 있는 법이다.

그래도 신시아는 그의 생각에 동의할 수가 없었다. "그럼 최악의 사태를 생각해보기로 해요." 그녀가 제안했다. "선생님께서 기억이 없는 동안 범죄 행위를 저질러왔다고 가정해봅시다. 설령 그렇다고 해도 미국의 어느 법원에서도 선생님께 그 행동에 대한 법적 책임을 묻지 않을 거예요."

호그는 공포에 질린 눈으로 그녀를 바라보았다. "그래요. 맞아요, 아마 그렇겠지요. 하지만 그 대신 무얼 할지 알고 있어요? 물론 알고 있겠죠? 사람들이 정신병이 있는 범죄자한테 무슨 짓을 하는지 알아요?"

"물론 알죠." 그녀는 긍정적으로 대답했다. "정신병이 있는 다른 환자들과 동일한 대접을 받지요. 다른 차별은 없어요. 저도 알고 있어요. 주립 병원에서 임상 실습을 한 적이 있거든요."

"알고 있다고는 해도 부인은 외부인의 시선으로 보는 겁니다. 그 안에 있는 사람이 어떤 기분일지 상상이나 가나요? 차가운 헝겊으로 온몸이 덮여본 적이 있나요? 침대에 구속구로 묶여 있던 적은 있어요? 아니면 강제로 음식을 먹이거나? 몸을 움직일 때마다 자물쇠를 열어야 하는 기분이 어떤지 알아요? 아무리 필요해도 전혀 사적인 공간을 가질 수 없다는 것이 어떤 기분인지 아나요?"

호그는 자리에서 일어나 서성이기 시작했다. "하지만 그게 최악이 아닙니다. 최악은 다른 환자들이에요. 정신의 속임수에 놀아나고 있다는 점 때문에 다른 이들의 정신병을 알아채지 못하는 줄 아십니까? 침을 질질 흘리는 자들도 있고, 언급하기조차 힘들 정도로 야만적인 증상을 보이는 자들도 있어요. 그리고 그들은 잠시도 입을 쉬지 않습니다. 말하고 또 말해요. 시트를 올리지도 못하게 고정된 채로 침대에 누워 있는데, 바로 옆 침대에 있는 짐승이 계속해서 '작은 새가 날아오르더니 날아가버렸네. 작은 새가 날아오르더니 날아가버렸네. 작은 새가 날아오르더니 날아가버렸네'라고…."

"호그 씨!" 에드워드가 일어나서 그의 팔을 잡았다. "호그 씨, 제발 진정하세요! 이러시면 안 됩니다."

호그는 놀라서 움직임을 멈추었다. 두 사람의 얼굴을 번갈아 보더니, 이내 그의 얼굴에 수치심이 드리웠다. "저는…, 죄송합니다, 부인. 너무 당황했어요. 오늘 제정신이 아닌 모양입니다. 너무 걱정을 하다 보니…."

"괜찮아요, 호그 씨." 신시아는 딱딱하게 말했다. 그러나 예전에 느꼈던 혐오감이 이미 되돌아온 상태였다.

"모두 괜찮은 것은 아닙니다." 에드워드가 덧붙였다. "아무래도 몇 가지 사실을 명확해야 할 때가 온 것 같습니다. 제가 이해하지 못하는 일이 너무 많이 일어나고 있어서, 호그 씨께서 몇 가지 답변을 해주셔야만 할 것 같습니다."

작은 남자는 어쩔 줄 모르는 모습이 확연했다. "에드워드 씨, 물론 그럴 겁니다. 제가 대답해드릴 수 있는 것이 있다면요. 제가 정직하지 않은 태도를 보였다고 생각하시는 건가요?"

"물론 그렇습니다. 우선, 정신병 증세를 보이는 범죄자로서 병원에 수용되었던 것은 언제의 일이지요?"

"아니, 그런 적은 없습니다. 적어도 그런 적은 없다고 생각합니다. 그랬던 기억이 없으니까요."

"그렇다면 지난 5분 동안 히스테리 발작 증세를 보이며 내뱉은 발언은 전부 어디서 온 겁니까? 전부 꾸며내신 건가요?"

"아, 아뇨! 그건… 그 이야기는… 전부 성 조지 요양원에서의 경험을 말한 겁니다. 그… 그런 부류의 병원과는… 전혀 관계가 없는 일이에요."

"성 조지 요양원이라고요? 그 이야기는 나중에 하지요. 호그 씨, 어제 무슨 일이 있었는지를 말씀해보세요."

"어제요? 낮 동안에요? 하지만 에드워드 씨, 제가 낮 동안에 무슨 일이 벌어지는지 모른다는 사실을 아시지 않습니까."

"할 수 있을 텐데요. 빌어먹을 사기극이 일어나고 있고, 당신은 그 중심에 있습니다. 애크미 빌딩 앞에서 날 불러 세웠을 때 나한테 대체 무슨 말을 한 겁니까?"

"애크미 빌딩이오? 저는 애크미 빌딩에 대해서는 아무것도 모릅니다. 제가 거기 있었던 겁니까?"

"거기 있었다는 사실은 명백하고, 당신은 나한테 괴상한 술수를 사용했습니다. 약물이든 최면술이든, 아니면 다른 뭐든. 왜 그랬습니까?"

호그는 에드워드의 무자비한 얼굴에서 그의 아내 쪽으로 시선을 돌렸다. 그러나 그녀의 얼굴은 무심해 보였다. 전혀 감정을 드러내지 않는 얼굴이었다. 호그는 무기력하게 에드워드 쪽을 다시 돌아보았다. "에드워드 씨, 믿어 주세요. 지금 무슨 말씀을 하시는 것인지 전혀 모르겠습니다. 제가 애크미 빌딩에 갔을 수도 있겠지요. 만약 제가 거기 있었고 당신에게 뭔가를 했다고 하더라도, 저는 지금 아무것도 모릅니다."

너무 비참하고 극도로 진실하게 들리는 목소리라, 에드워드의 확신도 흔들리기 시작했다. 하지만 젠장, 누군가가 그를 농락한 것은 분명했다. 그는 접근 방식을 바꾸기로 했다. "호그 씨, 만약 당신이 지금 주장하는 것만큼 정직하다면, 내가 이제 무슨 일을 하든 신경 쓰지 않겠지요." 그는 외투 안주머니에서 은색 담뱃갑을 꺼내서 열고 거울처럼 반들반들한 뚜껑 안쪽을 손수건으로 닦아냈다. "자, 호그 씨, 협조해주세요."

"무얼 원하는 겁니까?"

"당신 지문이요."

호그는 깜짝 놀란 표정으로 침을 두어 번 삼키더니 낮은 목소리로 물었다. "내 지문을 원하는 이유가 뭐죠?"

"안 될 것 있습니까? 아무 일도 하지 않았다면 지문을 준다고 해서 거리낄 일은 없을 텐데요."

"나를 경찰에 넘기려는 거지!"

"그럴 이유는 조금도 없습니다. 당신에게는 아무런 혐의도 없으니까요. 지문 좀 주시죠."

"싫어!"

에드워드는 자리에서 일어나, 호그 쪽으로 가서 그를 내려다보며 섰다. "팔이 양쪽 다 부러지는 편이 나으시려나?" 에드워드가 사납게 물었다.

호그는 에드워드를 보며 얼굴을 일그러뜨렸지만 순순히 손을 내밀지는 않았다. 그는 몸을 웅크리고 얼굴을 돌린 채로 손을 가슴에 바짝 붙였다.

에드워드는 누군가가 자기 팔을 건드리는 것을 느꼈다. "그만하면 됐어, 에드워드. 여기서 나가자."

호그가 고개를 들었다. "그래요." 그는 목쉰 소리로 말했다. "당장 나가요. 다시는 돌아오지 말아요."

"가자, 에드워드."

"조금만 있어봐. 아직 다 안 끝났어. 호그 씨!"

호그는 온 힘을 쥐어짜는 듯 힘겹게 그의 눈을 마주했다.

"호그 씨, 당신은 성 조지 요양원에서 왔다고 두 번이나 언급했지. 하지만 나는 그런 시설이 존재하지 않는다는 사실을 이미 알고 있소!"

호그는 다시 한 번 정말로 놀란 듯한 표정을 지었다. "하지만 있어요. 내가 거기 있었는데…. 적어도 그쪽에서 알려준 시설 이름은 그랬단 말입니다." 그는 머뭇거리며 대답했다.

"흥!" 에드워드는 문을 향해 몸을 돌렸다. "가자, 신시아."

✳

승강기에 올라 단둘만 남자 신시아는 남편을 바라보았다. "대체 왜 그렇게 행동한 거야, 에드워드?"

그는 기분이 상한 목소리로 대꾸했다. "적의 정체야 뭐든 상관없지만, 의뢰인이 배반하면 정말로 기분이 나빠지거든. 그자는 우리한테 거짓말을 잔뜩 늘어놓고, 훼방을 하고, 그 애크미 빌딩 때에는 나한테 장난질을 치기까지 했어. 고객이 그런 재주를 피우는 건 마음에 안 들어. 그런 짓을 감수할 정도로 놈들 돈을 원하는 건 아니라고."

"글쎄." 그녀는 한숨을 쉬었다. "적어도 나는 돈을 돌려줄 수 있게 되어서 기쁜걸. 다 끝나서 마음이 놓여."

"돌려주다니 무슨 소리야? 돈은 안 돌려줄 거야. 의뢰는 완수할 거라고."

이때쯤 승강기는 지상에 도착했지만, 그녀는 문에 손을 댈 생각도 하지 않았다. "에드워드! 그게 무슨 소리야?"

"그자는 자기가 하는 일을 알려달라고 나를 고용했어. 젠장, 그걸 알아낼 거야. 그 작자가 협조하든 말든 상관없어."

에드워드는 아내의 대답을 기다렸지만 그녀는 입을 열지 않았다. "흠." 그는 방어적으로 덧붙였다. "당신은 굳이 끼어들지 않아도 돼."

"당신이 계속할 생각이면 나도 당연히 할 거야. 나하고 무슨 약속 했는지 기억 안 나?"

"내가 뭐라고 약속했더라?" 그는 너무나 순진한 모습으로 물었다.

"잊은 척 하지 마."

"하지만 신시아, 나는 그냥 그 작자가 나오기까지 기다렸다가 미행을 하려는 것뿐이야. 하루가 꼬박 걸릴지도 몰라. 나오지 않으려고 할 수도 있고."

"알았어. 나도 같이 기다릴게."

"누군가는 사무소를 지켜야 할 거 아니야."

"그러면 당신이 사무소를 지켜." 신시아가 제안했다. "내가 호그를 미행할게."

"그거야말로 말도 안 되는 소리야. 당신은…." 그때 승강기가 다시 올라가기 시작했다. "이런! 누가 승강기를 쓰고 싶은 모양인데." 그는 정지 버튼을 연달아 누른 다음, 다시 지상층으로 내려가는 버튼을 눌렀다. 이번에는 그들도 승강기 안에서 기다리지 않았다. 두 사람은 즉시 승강기 문을 열고 밖으로 나왔다.

아파트 건물 입구 근처에는 작은 라운지 같은 대기실이 딸려 있었다. 에드워드는 아내를 그 안으로 보냈다. "그럼 확실히 매듭을 지어볼까." 그가 말했다.

"매듭은 옛날에 지었는데."

"알았어, 당신 승리야. 같이 대기할 장소를 찾자고."

"그냥 여기 있는 건 어때? 여기 앉아 있으면 그자의 눈에 띄지 않고 감시할 수 있을 텐데."

"알았어."

그들이 나오자마자 승강기는 즉시 위로 올라갔다. 얼마 지나지 않아 그들은 승강기가 지상으로 내려올 때 흔히 들리는 철컹거리는 소리를 들을 수 있었다. "준비하고 있어."

신시아는 고개를 끄덕이고 대기실의 그림자 속으로 몸을 숨겼다. 그는 대기실에 걸려 있는 장식 거울을 통해 승강기 문을 볼 수 있도록 자리를 잡았다. "호그야?" 그녀가 속삭였다.

"아니." 에드워드가 작은 소리로 답했다. "덩치 큰 남자야. 내가 보기에는…." 그는 갑자기 입을 다물고 그녀의 손목을 잡았다.

대기실의 열린 문을 통해 조녀선 호그가 서둘러 지나가는 모습이 보였다. 그는 그들 쪽으로는 눈길도 주지 않은 채 그대로 바깥쪽 문으로 나가버렸다. 문이 닫히자 에드워드는 그녀의 손목을 잡았던 손의 힘을 풀었다. "내가 망칠 뻔했군." 그가 시인했다.

"어떻게 된 거야?"

"모르겠어. 거울 유리가 이상한 짓을 한 걸까. 굴절 같은 건가. 얼른 가자고."

미행 대상이 보도로 나가서 어제와 마찬가지로 왼쪽 길로 들어서는 것을 보며, 그들은 문으로 나섰다.

에드워드는 잠시 머뭇거렸다. "들킬 위험 정도는 감수할 필요가 있다고 봐. 저자를 놓치고 싶지 않거든."

"택시를 타도 효율적으로 따라갈 수 있지 않을까? 호그가 어제 했던 것처럼 버스에 탄다면 저자와 함께 버스에 오르는 것보다 훨씬 나은 상황이 될 것 같은데." 그녀는 호그와 거리를 벌리고 싶다고는 인정할 수가 없었다. 심지어는 자기 자신에게도.

"아니, 버스를 타지 않을지도 모르잖아. 가자고."

＊

미행 자체에는 아무런 문제도 없었다. 호그는 서두르고는 있어도 따라가기는 전혀 어렵지 않은 걸음으로 거리를 따라 걸어갔다. 그는 전날 버스를 탔던 정거장에 도착해서 신문을 하나 사 들고 벤치에 앉았다. 에드워드와 신시아는 그의 뒤편을 지나가 가게 입구에 자리를 잡고 섰다.

버스가 도착하자 그는 전날과 마찬가지로 2층으로 올라갔다. 그들은 버스에 타서 1층에 자리를 잡았다. "어제와 똑같은 곳으로 가는 모양인데." 에드워드가 말했다. "오늘은 저자를 잡겠어."

그녀는 대답하지 않았다.

버스가 애크미 빌딩 근처의 정류장에 가까워지자 그들은 내릴 채비를 한 채로 기다렸다. 그러나 호그는 계단을 내려오지 않았다. 버스는 움찔하며 다시 출발했고, 그들은 다시 자리에 몸을 묻었다. "저 작자 어떻게 된 거야? 혹시 우리를 본 거는 아니겠지?" 에드워드는 조바심을 내며 말했다.

"어쩌면 빠져나간 걸지도 몰라." 신시아는 내심 그랬기를 기대하는 투였다.

"어떻게? 버스 위에서 뛰어내리기라도 하나? 흠…!"

"정확하게 그런 건 아니지만 비슷해. 만약 신호등 앞에서 다른 버스가 우리 옆으로 멈추면 난간을 타고 옆 버스로 건너갈 수도 있어. 그런 짓을 하는 남자를 본 적이 있거든. 후미 쪽에서 하면 눈에 띄지 않게 넘어갈 수 있어."

에드워드는 비슷한 상황을 고려해보았다. "옆으로 다가온 버스가 없다는 건 거의 확신할 수 있어. 트럭 위로 뛰어내릴 수도 있긴 하겠지. 거기서 어떻게 내려올지는 모르겠지만 말이야." 그는 손가락을 움찔거렸다. "이건 어때. 계단으로 가서 한번 위쪽을 보고 올게."

"그러다 그 작자가 내려올 때 정면으로 마주치려고? 나이에 맞게 굴어, 똑똑이 씨."

그는 아내의 말을 받아들였다. 버스는 몇 블록을 더 움직였다. "우리 동네까지 왔는데." 그가 말했다.

신시아는 고개를 끄덕였다. 당연하게도 그녀 역시 탐정사무소가 있는 건물 모퉁이까지 왔다는 사실을 알고 있었다. 그녀는 콤팩트를 꺼내어 코에 분칠을 했다. 버스에 오른 이후로 여덟 번째로 하고 있는 위장 행동이었다. 콤팩트에 달린 작은 거울은 버스 뒤편으로 내리는 승객들을 관찰하는 데 효과적이었다. "저기 있어, 에드워드!"

에드워드는 즉시 자리에서 일어나서 차장을 향해 손을 흔들며 통로를 달려갔다. 차장은 짜증이 난 듯했지만 운전사에게 출발하지 말라고 신호를 보냈다. "길을 좀 제대로 보고 다니지 그러십니까?" 차장이 말했다.

"미안합니다. 이 동네는 처음이어서요. 가자, 신시아."

목표물은 그들의 사무실이 있는 건물로 막 들어가는 중이었다. 에드워드는 걸음을 멈추었다. "이거 뭔가 이야기가 수상쩍게 돌아가는데."

"어떻게 하지?"

"따라가야지." 에드워드가 결정을 내렸다.

그들은 걸음을 서둘렀다. 로비에는 호그의 모습이 보이지 않았다. 미드웨이캅튼은 별로 큰 건물도 아니었고, 그리 화려하지도 않았다. 그런 건물이라면 입주할 수도 없었을 테니까. 승강기도 두 대밖에 없었다. 하나는 빈 채로 내려와 있었다. 다른 하나는 방금 올라가기 시작한 모양이었다.

에드워드는 빈 승강기의 문을 열었지만, 안으로 들어가지는 않았다. "지미, 반대편 승강기에 사람이 몇이나 탔어?"

"두 명인데요." 승강기 운전사가 말했다.

"확실해?"

"네, 버트가 문을 닫을 때까지 잡담을 하고 있었어요. 해리슨 씨하고 다른 젊은이 하나였어요. 왜요?"

에드워드는 지미에게 25센트 동전 하나를 건넸다. "신경 쓰지 마." 그는 말하고 천천히 움직이는 승강기 표시판의 화살표를 바라보았다. "해리슨 씨가 몇 층으로 가겠다고 했지?"

"7층요." 화살표가 막 7에서 멈추고 있었다.

"딱 맞군." 화살표가 다시 움직이더니 천천히 8과 9를 지나쳐 가서는 10에서 멎었다. 에드워드는 신시아에게 빨리 올라타라고 손짓을 했다. "우리 층으로 부탁해, 지미. 지금 당장!"

계기판의 4층에서 '위로' 신호가 반짝였다. 지미는 승강기를 멈추려고 조종간으로 손을 뻗었다. 에드워드는 그의 손을 잡았다. "이번에는 지나쳐줘, 지미."

운전사는 어깨를 으쓱하고 그의 요구에 따랐다.

10층에 도착하니 맞은편에 멈춰 있는 승강기 안은 텅 비어 있었다. 에드워드는 그 사실을 즉시 알아채고 신시아를 돌아보았다. "건물 맞은편을 한번 둘러보고 와, 신시아." 그는 말하고는 사무소가 있는 오른편을 향해 걸음을 옮기기 시작했다.

✳

신시아는 별다른 경계 없이 그의 말에 따랐다. 여기까지 온 이상 호그가 분명 그들의 사무실로 갔을 것이라고 확신했다. 그러나 그녀는 실제 행동을 시작하면 에드워드의 지시를 따르는 버릇이 들어 있었다. 그가 반대편 복도를 살펴보라고 말하면 당연히 따라야 했다.

건물의 복도는 H형이며, 가운데의 가로선 위치에 승강기들이 위치해 있었다. 그녀는 왼쪽으로 방향을 틀어 반대편 복도에 들어선 후 왼쪽을 힐긋 바라보았다. 아무도 보이지 않았다. 몸을 돌려 반대쪽을 보았다. 그쪽에도 아무도 없었다. 호그가 화재용 비상계단으로 나갔을지도 모른다는 생각이 들었다. 사실 비상계단은 그녀가 처음으로 고개를 돌렸던 건물 뒤편에 있었다. 그러나 습관 때문에 그녀는 실수를 저질렀다. 자신들의 사무실이 있는, 반대쪽 복도의 구조에 더 익숙했던 것이다. 따라서 이쪽 복도는 모든 구조물의 위치가 왼쪽과 오른쪽이 바뀌어 있었다.

그녀는 서너 걸음 옮긴 후에야 자신의 실수를 알아차렸다. 그쪽의 열린 창문 너머에 화재용 비상구가 있을 리 없었다. 그녀는 자신의 어리석음에 살짝 탄식하며 몸을 돌렸다.

호그가 바로 그녀 뒤에 서 있었다.

그녀는 전혀 프로답지 않은 새된 비명을 흘렸다.

호그는 입술을 움직여 웃음을 지었다. "아, 부인!"

그녀는 아무 말도 하지 못했다. 무슨 말을 해야 할지 생각도 나지 않왔다. 핸드백 안에는 32구경 권총이 있었다. 그걸 꺼내 쏘고 싶은 강렬한 충동이 솟아올랐다. 마약 단속반의 미끼 역할을 맡던 시절, 그녀는 위급한 상황에서 침착하고 용기 있는 대응을 보여 두 번이나 표창을 받기도 했었다. 하지만 지금은 도저히 그때처럼 침착할 수가 없었다.

호그가 한 걸음 다가왔다. "나를 보고 싶었죠, 안 그래요?"

신시아는 한 발짝 물러섰다. "아냐." 그녀는 숨을 헐떡이며 내뱉었다. "아냐!"

"에이, 보고 싶었잖아요. 내가 당신네 사무실에 있을 거라고 생각했겠지만, 나는 여기서 당신을 만나기로 정했어요. 바로 여기서!"

복도에는 아무도 보이지 않았다. 주변의 사무실에서 타자기 치는 소리나 대화 소리조차 들리지 않았다. 그들이 띄엄띄엄 내뱉는 말소리 외에 들려오는 유일한 소리는 10층 아래에서 들려오는 거리의 소음뿐이었다. 멀리 떨어진 곳에서, 웅얼거리는, 아무런 도움이 되지 않는 소리.

그가 조금 더 다가왔다. "내 지문이 필요하다고 하셨죠? 확인해보고 싶다고요. 나에 대해서 알고 싶다고. 당신하고 당신의 참견쟁이 남편이."

"가까이 오지 말아요!"

그는 아직도 웃고 있었다. "자, 그럼 해볼까요. 내 지문을 원했죠. 가지게 해줄게요." 그는 그녀를 향해 팔을 들어 올려 손가락을 벌린 채로 손을 뻗었다. 그녀는 자신을 움켜쥐려 하는 손에서 뒤로 물러났다. 그는 더 이상 작아 보이지 않았다. 키도 크고 덩치도 거대해 보였다. 에드워드보다도 커 보였다. 그의 눈이 그녀를 내려다보았다.

신시아의 구두 뒷굽이 무언가에 부딪혔다. 복도 끝에 도달한 것이다. 막다른 곳이었다.

호그의 손이 점차 다가왔다. "에드워드!" 그녀가 비명을 질렀다. "아, 에드워드!"

에드워드가 신시아를 굽어보며 뺨을 때리고 있었다. "그만 좀 해. 아프다고!" 그녀가 화를 내며 소리쳤다.

그는 안도의 한숨을 쉬었다. "세상에, 여보." 그가 부드러운 목소리로 말했다. "정말 깜짝 놀랐잖아. 당신 한참 동안 기절해 있었어."

"으으!"

"당신 어디 있었는지 알아? 저기였어!" 그는 열려 있는 창문 바로 아래 지점을 가리켜 보였다. "창문 안쪽으로 쓰러지지 않았으면 지금 곤죽이 되어 있을 거야. 무슨 일이 일어난 거야? 밖을 보다가 어지럼증이 생긴 거야?"

"그 작자 잡았어?"

에드워드는 감탄하는 눈으로 아내를 바라보았다. "프로 의식이 정말 대단하다니까! 아니, 하지만 잡을 뻔했어. 복도를 따라가고 있는데 그자가 보이더라고. 잠시 무슨 일을 꾸미는지 관찰하고 있었지. 당신이 비명을 지르지 않았더라면 잡았을 텐데."

"내가 비명을 지르지 않았더라면?"

"그래. 우리 사무실 문 앞에 서서 자물쇠를 따려고 하고 있었어. 바로 그때…."

"누가 말이야?"

에드워드는 놀라서 그녀를 바라보았다. "그거야, 당연히 호그지. 여보, 정신 차려! 또 기절하는 건 아니겠지?"

신시아는 심호흡을 했다. "나는 괜찮아." 그녀는 이를 악물고 말했다. "지금은. 당신이 여기 있는 한은 괜찮아. 사무실로 좀 데려다줘."

"안고 가줄까?"

"아니, 그냥 부축만 좀 해줘." 그는 그녀가 일어나도록 도와주고 나서 옷을 털어주었다. "그런 건 신경 쓰지 말고." 그러나 그녀 본인도 새로 산

스타킹에 올이 나간 곳을 감추려 잠시나마 쓸데없는 노력을 하기는 했다.

그는 아내를 이끌고 사무실로 돌아와 그녀를 조심스레 안락의자에 앉히고는 수건에 물을 축여 와서 얼굴을 닦아주었다. "기분은 좀 나아졌어?"

"괜찮아. 육체적으로는. 하지만 하나 확실히 하고 싶은 것이 있어. 당신 방금 호그가 이 사무실로 침입하려고 했다고 했지?"

"그래. 특수 자물쇠를 달아놓아서 망정이지."

"내가 비명을 질렀을 때 그런 일이 벌어지고 있었다는 거지?"

"응, 확실해."

그녀는 안락의자의 팔걸이를 손가락으로 두드렸다.

"왜 그러는데, 신시아?"

"아니야. 아무것도 아닌데…, 내가 비명을 지른 이유는 호그가 내 목을 조르려고 했기 때문이거든!"

에드워드가 "응?"이라는 말을 내뱉을 때까지는, 제법 시간이 걸렸다.

그녀가 말을 이었다. "그래, 나도 알아, 여보. 그렇게 된 건데, 말도 안 되는 소리지. 어떤 식인지는 몰라도 그 작자는 우리한테 다시 한 번 그 짓을 한 거야. 하지만 그 작자가 내 목을 조르기 직전이었다는 점은 맹세할 수 있어. 적어도 내 생각은 그래." 그녀는 자신의 경험을 세세하게 다시 털어놓았다. "이게 대체 어떻게 된 걸까?"

"나도 좀 알고 싶은데." 에드워드가 얼굴을 문지르며 대답했다. "정말로 알고 싶어. 애크미 빌딩에서의 일이 없었다면, 나는 그저 당신이 어지럼증에 기절했고 의식을 찾고 나서도 아직 제정신이 아닌 거라고 생각했을 거야. 하지만 이제는 우리 둘 중 어느 쪽이 정신이 나간 건지도 모르겠어. 나는 분명 그자를 봤다고 생각했거든."

"어쩌면 우리 둘 다 미친 걸지도 몰라. 둘이 함께 괜찮은 심리상담사를 만나러 가보는 건 어떨까."

"둘이 함께? 두 사람이 같은 방식으로 미쳐버릴 수도 있나? 우리 둘 중 하나가 미쳐버린 거라고 생각해야 하지 않겠어?"

"반드시 그럴 필요는 없지. 드물기는 하지만 일어날 수는 있거든. '폴리 아 듀(folie à deux)'라고 하는 거야."

"폴리 아 듀?"

"감응성 정신병이라는 뜻이야. 약점이 서로 일치해서 서로를 미치게 만드는 거지." 그녀는 자신이 배웠던 사례에서는 보통 한쪽이 주도권을 가지며 다른 쪽이 따르게 된다는 점을 떠올렸지만, 그 문제는 지금은 언급하지 않기로 마음먹었다. 그녀로서는 그들의 가정에서 누가 주도권을 가지고 있는지에 대해 나름의 의견이 있는데다, 그 의견은 서로의 방침상 비밀로 유지하기로 했기 때문이었다.

✳

에드워드는 곰곰 생각하며 입을 열었다. "어쩌면 충분히 휴식을 취해야 할지도 모르겠어. 멕시코만까지 내려가서 햇볕이나 쬐면서 누워 있는 건 어떨까."

"그건 언제 어느 때라도 대찬성이야. 끔찍하고 지저분하고 흉측한 시카고 같은 데서 사는 사람이 있다는 것 자체가 이해가 안 된다니까."

"우리 돈이 얼마나 있지?"

"세금과 고지서를 처리하고 나면 8천 달러 정도 될 거야. 그리고 원한다면 호그한테 받은 5백 달러도 넣어도 좋고."

"내가 보기에는 충분히 보수를 받을 만큼 일한 것 같은데." 그가 우울하게 대꾸했다. "잠깐! 그 돈 지금 가지고 있어? 어쩌면 그것도 가짜일지도 모르잖아."

"어쩌면 호그라는 사람이 애초에 존재하지도 않았고, 머지않아 간호사가 우리에게 맛있는 저녁 식사를 가져다줄지도 모른다는 소리겠지."

"음, 대충 그런 느낌이겠네. 지금 그 돈 가지고 있어?"

"아마 그럴 거야. 잠깐 기다려봐." 그녀는 지갑 속 지퍼 공간을 열어 그 안을 더듬어보았다. "응, 여기 있어. 우리 예쁜 초록색 지폐 뭉치. 휴가나 가자, 에드워드. 대체 우리가 왜 시카고에서 이러고 있는지도 모르겠어."

"여기 일거리가 있으니까 그렇지." 그가 논리적으로 대답했다. "커피하고 케이크도 있고. 그러고 보니, 정신이 나갔어도 일단 전화 온 게 있는지 확인은 해봐야 할 것 같은데." 그는 그녀의 책상 위에 있는 전화 쪽으로 손을 뻗었다. 그러다 문득, 그의 눈길이 아내의 타자기에 꽂혀 있는 종이에 가서 멎었다. 그는 한동안 아무 말도 하지 않다가 경직된 목소리로 말했다.

"이리 좀 와봐, 신시아. 이거 좀 보라고."

그녀는 즉시 일어나 그쪽으로 가서 남편의 어깨너머를 보았다. 그들 사무소의 이름이 인쇄된 종이 한 장이 타자기에 꽂혀 있고, 그 위에 한 줄의 문장이 찍혀 있었다.

호기심이 고양이를 죽인다.

그녀는 아무 말도 하지 않고 떨려오는 뱃속을 진정시키려 애쓰고 있었다.

에드워드가 물었다. "신시아, 이거 당신이 쓴 거야?"

"아니."

"확실해?"

"응." 그녀는 손을 뻗어 타자기를 건드리려 했다. 남편이 그녀를 제지했다.

"건드리지 마. 지문이 있을 거야."

"알았어. 하지만 내 생각에는 저기서는 아무 지문도 찾아낼 수 없을 것 같은데."

"그럴지도 모르지."

그래도 그는 자기 탁자의 서랍에서 도구를 꺼내어 종이와 타자기에

분말을 뿌려보았다. 양쪽 모두 아무것도 검출되지 않았다. 신시아의 지문이 나왔더라면 상황이 복잡해졌겠지만, 그조차 나오지 않았다. 그녀는 사무실에 있는 동안에는 상업전문학교 수준의 깔끔함을 발휘해 매일 업무가 끝날 때마다 타자기를 깨끗이 솔질하고 닦아놓는 버릇이 있었기 때문이었다.

그가 작업하는 것을 바라보며 신시아가 말했다. "어쩌면 그자가 들어가는 모습이 아니라 나오는 모습을 본 걸 수도 있잖아."

"응? 어떻게?"

"자물쇠를 이미 땄다든가."

"저 자물쇠는 무리야. 당신 잊고 있는 것 같은데, 저 자물쇠는 예일 씨가 가장 자랑스럽게 여기는 발명품 중 하나라고. 부술 수 있을지는 몰라도 딸 수는 없어."

그녀는 이 말에 대답하지 않았다. 어떻게 답할지도 떠오르지 않았다. 에드워드는 타자기가 무슨 대답이라도 해줄 거라고 기대하는 양 물끄러미 바라보다가, 이윽고 허리를 펴고 도구를 챙긴 다음 원래 있던 서랍에 가져다놓았다. "수상쩍은 일투성이군." 그는 말하며 방 안을 서성이기 시작했다.

신시아는 자기 책상에서 걸레를 꺼내 타자기에 묻은 가루를 닦아낸 후 자리에 앉아 남편을 바라보았다. 그녀는 그가 생각하는 동안 아무 말도 하지 않았다. 수심이 가득한 표정이었지만, 걱정의 대상은 자기 자신이 아니었다. 그렇다고 온전히 그만을 생각하는 것도 아니었다. 그녀는 둘 모두를 걱정하고 있었다.

"신시아, 더 이상 이런 일은 곤란해!" 그가 갑자기 말했다.

"좋아. 그럼 그만두자." 그녀가 동의했다.

"어떻게?"

"휴가를 가면 되잖아."

에드워드는 고개를 저었다. "이렇게 도망칠 수는 없어. 어떻게 된 건지 알아야 한다고."

그녀는 한숨을 쉬었다. "나는 알고 싶지 않은데. 맞서 싸우기에 너무 거대한 적이라면 도망치는 쪽을 택하는 것도 나쁜 일은 아니야."

그는 걸음을 멈추고 아내를 바라보았다. "당신 어떻게 된 거야, 신시아? 당신은 겁을 먹고 꼬리를 내린 적이 없는 사람이잖아."

"그래." 그녀는 천천히 말을 이었다. "그런 적 없어. 하지만 그건 도망칠 이유가 없었기 때문이야. 나를 똑바로 보고 그런 소리를 하라고, 에드워드. 나는 그런 식의 '여자다운' 여자가 아니야. 식당에서 건달 하나가 나한테 집적거린다고 해서 당신이 싸움을 걸어주기를 원하는 사람이 아니라고. 피를 보고 비명을 지르지도 않고, 내 여성스러운 귀에 어울리는 고상한 언어를 사용해주기를 기대하지도 않아. 우리 사업 중에도 내가 의뢰를 실패하게 만든 적이 있어? 그러니까, 겁을 먹어서 말이야. 내가 그런 적이 있었어?"

"젠장, 아니. 당신이 그렇다고 말한 건 아니잖아."

"하지만 이번에는 경우가 달라. 조금 전만 해도 핸드백 안에 총이 있었는데, 그걸 쓸 수가 없었어. 이유는 묻지 마. 그냥 쓸 수가 없었어."

에드워드는 각종 강조 어구와 상세한 묘사를 곁들여 욕설을 해댔다. "그때 내가 그 작자를 보았으면 좋았을 텐데. 내 총을 썼을 테니까!"

"그럴 수 있었을까, 에드워드?" 남편의 표정을 보고 그녀는 그대로 자리에서 일어나 그의 콧등에 키스를 했다. "당신이 겁을 먹었을 거라는 말이 아니야. 당신도 내가 그런 뜻으로 한 말이 아니라는 걸 알고. 당신은 용감하고 강한 사람이고, 나는 당신이 똑똑하다고 생각해. 하지만 여보, 어제 그 작자가 당신의 코끝을 꿰어 끌고 다니면서 존재하지 않는 것들을 보게 만들었잖아. 그때는 왜 총을 쓰지 않은 거야?"

"총을 쓸 만한 상황이 아니었잖아."

"바로 그 말이야. 당신은 그저 보도록 허락된 것들만 본 거야. 당신의 눈조차 믿지 못하는 상황에서 어떻게 싸울 수 있겠어?"

"하지만 젠장, 우리한테 이런 짓을 할 수는 없는 거라고….”

"못 할까? 그자가 할 수 있는 일을 생각해봐.” 그녀는 손가락을 꼽으며 말을 이어나갔다. “그는 동시에 두 장소에 존재할 수 있어. 동시에 당신과 나에게 서로 다른 장면을 보여줄 수 있고. 애크미 빌딩 밖에서의 일기억하지? 당신이 존재하지 않는 층의 존재하지 않는 사업장에 갔었다고 생각하게 할 수도 있어. 잠긴 문을 통과해서 반대편에 있는 타자기를 쓸 수도 있어. 게다가 지문도 남기지 않아. 이걸 종합하면 어떤 결론이 나오지?”

에드워드는 짜증 섞인 몸짓을 보였다. “말도 안 되는 소리지. 아니면 마법이거나. 나는 마법을 믿지 않아.”

"나도 그래.”

"그러면 우리 둘 다 미친 모양이군.” 그는 크게 웃었지만, 그 웃음에는 즐거운 기색이 없었다.

"어쩌면 그럴지도 몰라. 마법이라면 성직자를 찾아가는 편이 좋을 것 같은데….”

"방금 마법을 믿지 않는다고 말했잖아.”

"그냥 넘어가. 만약 반대의 경우라면 호그 씨를 쫓아다녀 봤자 아무런 도움이 안 될 거야. 자기가 뱀이라고 생각하는 정신이상자를 잡아다가 동물원으로 데려갈 수는 없는 노릇 아니야? 의사에게 가봐야지. 어쩌면 우리도 그럴지도 몰라.”

에드워드가 갑자기 눈을 번득였다. “그거야!”

"뭐가 그거야?”

"방금 당신 덕분에 잊고 있던 게 하나 떠올랐어. 호그의 의사. 그 사람에게 확인해본 적이 없잖아.”

"아니, 했었잖아. 기억 안 나? 그런 의사는 없었다고 했잖아.”

"르노 박사를 말하는 게 아니야. 포트버리 박사를 말하는 거지. 손톱 밑의 물질을 확인해보기 위해 찾아갔던 사람 말이야.”

"정말로 그런 짓을 했다고 생각해? 그 작자가 우리한테 꾸며댄 거짓말 중 하나라고만 생각했는데."

"나도 그래. 하지만 확인은 해봐야지."

"난 그런 의사가 없다는 쪽에 걸겠어."

"아마 당신 의견이 맞겠지만, 이건 알아봐야 해. 전화번호부 좀 줘봐." 그녀는 남편에게 전화번호부를 넘겨주었다. 에드워드는 책을 뒤적이며 P 항목을 찾았다. "포트버리, 포트버리… 반 페이지나 되는군. 하지만 의학박사 직함이 붙은 이름은 없는데." 그는 곧 말했다. "어디 한번 사업체 번호 쪽을 확인해볼까. 의사 중에는 자택 번호를 기재하지 않는 경우도 꽤 많으니까." 그녀가 사업체용 전화번호부를 가져다주었고, 그는 책을 펼쳤다. "체육관, 병원… 이거 정말 끔찍하군! 술집보다 의사가 더 많다니. 이 도시 사람들의 절반 정도는 1년 내내 병을 달고 사는 모양이야. 여기 있다. '포트버리, P. Y., 의학박사.'"

"그 사람일 수도 있겠네." 그녀도 인정했다.

"기다릴 필요 없잖아? 가서 확인해보자고."

"에드워드!"

"안 될 게 뭐야?" 그가 방어적으로 말했다. "포트버리는 호그가 아니잖아…."

"과연 그럴까."

"응? 무슨 소리야? 포트버리도 이 난장판에서 한몫하고 있다고 생각하는 거야?"

"나도 모르겠어. 그냥 호그 씨에 대한 일은 전부 잊어버리고 싶어."

"하지만 잘 생각해봐. 이번 일에는 해될 것이라곤 전혀 없어. 그냥 차에 올라타서 거기까지 간 다음에, 덕망 넘치는 의사 선생님께 몇 가지 질문이나 좀 하고, 당신과 함께 점심을 먹을 수 있도록 시간 맞춰 돌아오면 되는 거라고."

"차는 밸브가 나가서 뻗어버렸잖아. 당신도 알면서."

"좋아, 그러면 전철을 타고 가면 되지. 어쨌든 그쪽이 더 빠르기도 하고."

"당신이 정 가야겠다면 우리 둘이 함께 전철을 타고 가는 거야. 우리는 같이 다녀야 한다고, 에드워드."

그는 입술을 오므렸다. "당신 말이 맞을지도 모르겠어. 호그가 어디 있는지 알 수가 없으니까. 당신이 그쪽이 더 낫다고 생각한다면…."

"당연히 그쪽이 낫다고 생각하지. 당신하고 딱 3분 떨어져 있었을 뿐인데 무슨 일이 생겼는지 좀 봐."

"그래, 그런 거 같아. 나도 당신에게 아무 일도 일어나지 않았으면 좋겠으니까."

그녀는 그의 말을 무시했다. "내가 아니야. 우리라고. 우리한테 무슨 일이 일어나든 항상 함께 같은 일을 겪었으면 좋겠어."

"알았어." 그는 진지하게 말했다. "지금부터는 반드시 함께 다니는 거야. 원한다면 수갑을 차고 다녀도 좋아."

"그럴 필요까진 없어. 당신한테 꼭 붙어 다닐 테니까."

6

포트버리의 병원은 도시 남부, 대학 건너편에 있었다. 고가철 선로는 눈에 익은 아파트 건물 사이를 지나가는 중이었다. 평소라면 머리에 크게 각인되지 않는 채로 바라보던 풍경이었다. 오늘 신시아는 같은 풍경을 음울한 기분으로 한 올씩 뇌리에 새기고 있었다.

4, 5층을 계단으로만 올라가야 하는 연립 주택 건물들이 선로 쪽으로 등을 돌린 채 서 있었다. 한 건물에 적어도 열 가구, 대부분의 경우에는 스무 가구 이상이 살고 있는 곳이었다. 건물들은 거의 벽을 맞댈 정도로 다닥다닥 붙어 있었다. 목조로 덧붙인 뒤쪽 베란다 덕분에 벽돌 건물임에도 불구하고 상당히 화재에 취약해 보였다. 베란다에 빨래를 널거나 쓰레

기통을 내다놓는 주민들의 모습이 보였다. 품위도 아름다움도 없는 건물의 뒷모습이 계속해서 이어졌다.

그리고 이 모든 것을, 낡고 벗어날 수 없는 검은색의 끈적거리는 막이 뒤덮고 있었다. 마치 베란다 뒤 창틀에 잔뜩 끼어 있는 먼지처럼.

그녀는 휴가를, 맑은 공기와 상쾌한 햇빛을 떠올렸다. 왜 시카고에 머무는 것일까? 이 도시에 그 존재를 정당화할 만한 것이 무엇이 있을까? 훌륭한 거리 하나, 북쪽의 훌륭한 교외 지역 하나. 부자들이나 감당할 수 있는 곳이기는 하지만. 대학 두 개와 호수 하나, 그리고 나머지는 끝없이 이어지는 우울하고 지저분한 거리뿐이었다. 이 도시는 하나의 커다란 야적장이나 다름없었다.

아파트가 사라지고 고가 차량기지가 등장했다. 고가철은 왼편으로 방향을 틀어 동쪽으로 달리기 시작했다. 몇 분 후, 그들은 스토니아일랜드 역에 내렸다. 그녀는 전철에서 내리며 과도하게 진솔한 일상생활의 이면을 더 이상 보지 않아도 된다는 사실에 감사했다. 그 대신 63번가의 소음과 싸구려 상업주의가 습격해왔지만.

포트버리의 사무실은 고가 선로와 전철이 잘 보이는 대로변에 있었다. 일거리가 많고 부나 명예 따위에는 개의치 않는 일반의가 선택할 만한 장소였다. 비좁은 대기실에도 사람이 가득했으나 순서는 빠르게 넘어갔다. 그들은 별로 오래 기다리지 않아도 되었다.

포트버리는 그들이 들어오자마자 물끄러미 바라보았다. "어느 분이 환자신가?" 살짝 성마른 분위기가 풍기는 말투였다.

그들은 신시아의 졸도에서 시작해 호그 이야기를 이끌어내려고 계획을 꾸민 참이었다. 그러나 포트버리의 다음 말은 그 계획을 어그러뜨렸다. 적어도 신시아가 보기에는 그랬다. "어느 분이든 환자가 아닌 분은 밖에서 기다리시오. 이 안에서 회의를 할 생각은 없으니까."

"제 아내가…." 에드워드가 입을 열었다. 신시아가 남편의 팔을 잡았다.

"제 아내와 저는…." 그는 부드럽게 말을 이어갔다. "몇 가지 질문을 드리고 싶어서 왔습니다, 선생님."

"그래요? 말씀하시죠."

"조너선 호그라는 이름의 환자를 본 적이 있으시죠?"

포트버리는 재빨리 자리에서 일어나서 대기실 문으로 가서는 문이 단단히 닫혀 있는지 직접 확인했다. 그리고 그는 유일한 출구를 막고 선 채로 그들을 돌아보았다. "호그가 뭐 어쨌다는 거요?" 그는 경계하는 투로 물었다.

에드워드는 자신의 자격증을 보여주었다. "제가 정규 사립탐정 면허를 가진 사람이라는 것을 아시겠지요. 제 아내도 마찬가지입니다."

"방금 말씀하신… 그 사람과 대체 무슨 관계인 거요?"

"우리는 그 사람의 의뢰로 조사를 하는 중입니다. 선생님도 전문직에 종사하고 계시니, 저도 바로 본론으로 들어가고 싶습니다만…."

"그 사람에게 고용된 거요?"

"그렇기도 하고, 아니기도 합니다. 우선, 우리는 그자에 대한 특정한 사실을 알아내려 합니다. 하지만 그도 우리가 그러고 있다는 사실을 알고 있습니다. 뒤에서 몰래 일하는 것은 아닙니다. 원하신다면 전화로 직접 확인하셔도 됩니다." 이런 상황에서 필요할 것처럼 보여서 한 제안이었다. 속으로는 포트버리가 자신의 제안을 무시하기를 바랐지만.

포트버리는 그 제안을 무시하기는 했지만, 에드워드에게 도움이 되는 방향은 아니었다. "그자와 말을 해? 내가 그런 짓을 할 것 같소! 대체 그자에 대해 무얼 알고 싶은 거요?"

"며칠 전에 호그 씨는 선생님께 검사해달라고 어떤 물질을 가져왔습니다. 저는 그 물질이 무엇이었는지를 알고 싶습니다." 에드워드는 조심스럽게 말을 골랐다.

"흠! 조금 전까지만 해도 우리 모두 전문가라고 주장했던 것 같은데. 그런 요구를 하다니 참으로 놀랍구려."

"선생님께서 그렇게 생각하시는 것도 이해가 갑니다. 그리고 의사가 환자의 비밀을 엄수하셔야 한다는 점도 알고 있습니다. 하지만 이 경우에는….”

"알고 싶지 않을 거요!”

에드워드는 이 점을 신중히 고려했다. “선생님, 저는 이미 인생의 여러 추악한 면을 보았습니다. 더 이상 제게 충격을 줄 수 있는 일이 있을 것 같지 않아요. 제 아내 앞에서는 차마 말씀을 하기 힘드신 겁니까?”

포트버리는 묘한 눈으로 에드워드를 바라본 다음, 신시아에게로 눈길을 돌렸다. “당신들은 정직한 사람들인 것 같소.” 그도 인정했다. “정말로 더 이상 충격을 받을 일이 없다고 생각하는 모양이군. 하지만 한 가지 충고하겠소. 아무래도 그 사람과 어떤 식으로든 연관이 있는 모양인데, 그 작자에게 다가가지 마시오! 그와 얽히지 않는 편이 좋을 거요. 그리고 그 자의 손톱 밑에 무엇이 있었는지도 묻지 마시오.”

✳

신시아는 깜짝 놀랐지만 감정을 드러내 보이지는 않았다. 그녀는 대화에서 한 발 빠진 채로 모든 내용을 자세히 듣고 있었다. 그녀가 기억하는 한, 에드워드는 지금까지 손톱이라는 단어를 입 밖에 낸 적이 없었다.

"이유가 뭡니까, 선생님?” 에드워드가 끈덕지게 물고 늘어졌다.

포트버리는 슬슬 짜증이 나는 모양이었다. “정말 어리석은 젊은이로군. 이걸 잘 기억해두시오. 만약 그 사람에 대해 지금 겉으로 보이는 것 외에는 아무것도 모른다면, 당신들은 이 세상에 존재 가능한 야만성에 대해 전혀 감도 잡고 있지 못한 거요. 그런 면에서는 행운인 셈이지. 평생 알지 못하는 편이 훨씬 더 나을 테니까.”

에드워드는 대화가 불리한 쪽으로 진행되고 있다는 점을 깨닫고 머뭇거렸다. 그러고는 말했다. “선생님 말씀이 옳다고 칩시다. 만약 호그가 그렇게 사악한 자라면 왜 그를 경찰에 신고하지 않은 겁니까?”

"내가 그러지 않았다고 확신할 수 있소? 하지만 이번에는 대답을 해드리리다. 그렇소, 나는 그를 경찰에 신고하지 않았소. 그래 봤자 아무 도움이 되지 않는다는 단순한 이유에서 말이오. 권력자들은 이 사건에 개입되어 있는 기이한 사악함을 받아들일 만한 지능도 상상력도 없는 자들이오. 어떤 법률도 그를 건드릴 수 없소. 요즘 같은 시대에는 말이오."

"'요즘 같은 시대'라니, 그게 무슨 뜻입니까?"

"아무것도 아니오. 신경 쓰지 마시오. 그 이야기는 이걸로 끝이오. 들어올 때 아내분에 대해서 뭐라고 하셨지. 아내분께 혹시 뭔가 상담할 만한 문제가 있었던 거요?"

"아무것도 아니었어요. 그리 중요한 일은 아니에요." 신시아가 서둘러 말했다.

"그저 위장이었다는 말이오?" 포트버리는 거의 즐거워 보일 정도의 웃음을 지었다. "뭔데 그러시오?"

"아무것도 아니에요. 오늘 아침에 실신했었거든요. 하지만 지금은 괜찮아요."

"흠, 임신 중인 건 아니시겠지? 눈을 보니 아닌 것 같군. 충분히 건강해 보이니까. 조금 빈혈 기운이 있는 걸지도 모르겠소. 맑은 공기와 햇빛을 접하는 것도 나쁘지 않을 거요." 그는 자리를 뜨더니 반대쪽 벽에 있는 하얀 찬장을 열고는 바쁘게 약병들을 이것저것 꺼냈다. 그는 곧 호박색의 액체가 든 물약용 유리잔을 가지고 돌아왔다. "자, 이걸 드시오."

"이게 뭔데요?"

"강장제요. 마시기 편하도록 '목사님을 춤추게 하는 묘약'도 넉넉히 들어 있지."

그래도 그녀는 여전히 망설이며 남편을 바라보았다. 포트버리는 그 눈길을 눈치채고 말했다. "혼자 마시고 싶지 않은 거요? 뭐, 함께 마셔도 한 잔 정도면 별문제 없겠지." 그는 찬장으로 돌아가더니 물약용 유리잔을 두 잔 더 들고 돌아와서는 하나를 에드워드에게 넘겼다. "불쾌한 기억은 모두 잊어버리도록 합시다. 건배!" 그는 말하며 자기 잔을 입으로 가

저가더니 쭉 들이켰다.

에드워드도 마셨고, 신시아도 그 뒤를 따랐다. 그녀는 나쁜 맛은 아니라고 생각했다. 쓴맛이 강하기는 했지만, 위스키가(그녀는 그 액체가 위스키라고 생각했다) 그 맛을 감추어주고 있었다. 저런 강장제 따위는 한 병을 통째로 마셔도 딱히 도움이 되지는 않겠지만, 기분은 좀 나아질지도 몰랐다.

포트버리는 그들을 밖으로 몰아냈다. "한 번 더 실신하거나 하면, 그때 다시 오시오. 제대로 검사를 해보도록 합시다. 어쩔 수 없는 문제에 대해 너무 걱정하지 마시고."

✳

그들은 맨 끝의 객차에 올라타 마음 놓고 이야기를 할 수 있을 만큼 다른 사람들과 충분히 멀리 떨어진 곳에 자리를 잡고 앉았다. "뭐 알아낸 것 있어?" 그는 자리에 앉자마자 아내에게 물었다.

그녀는 눈살을 찌푸렸다. "나도 잘 모르겠어. 의사가 호그 씨를 좋아하지 않는 것은 분명하지만, 그 이유는 말해주지 않았잖아."

"으으음."

"당신은 뭐 알아낸 거 없어, 에드워드?"

"먼저, 포트버리는 호그를 알고 있어. 두 번째로, 포트버리는 우리가 호그에 대해 아무것도 모른다는 점에 걱정하고 있어. 세 번째로, 포트버리는 호그를 싫어하고, 그를 두려워하고 있어!"

"어? 그건 어떻게 알아낸 거야?"

그는 짜증 섞인 웃음을 지어 보였다. "머리를 쓰라고, 내 사랑. 아무래도 포트버리와는 친구가 될 수 있을 것 같아. 그리고 저 친구가 나한테 겁을 줘서 호그가 여가 시간에 무엇을 하는지를 알아내지 못하게 하려는 거라면, 생각을 고쳐먹는 편이 좋을 테고!"

그녀는 현명하게도 지금 이 순간에는 말다툼하지 않는 편이 낫다고 판단했다. 결혼해서 함께 보낸 세월이 제법 되기 때문일 것이다.

그들은 사무소로 돌아가는 대신 신시아가 원하는 대로 집으로 향했다. "마음이 안 내켜, 에드워드. 만약 그 작자가 내 타자기를 가지고 놀고 싶다면 원하는 대로 하라지!"

"아직도 실수한 일 때문에 기분이 나쁜 거야?" 에드워드가 조심스레 물었다.

"그런 것 같아."

그녀는 오후 내내 잠을 잤다. 포트버리가 준 강장제는 별 도움이 안 되는 것 같았다. 머리가 어지러웠고, 입안에는 내내 묘한 뒷맛이 남아 있었다.

에드워드는 아내를 자게 놔두었다. 그는 아파트 안을 잠시 어슬렁거린 후 다트판을 세우고 언더핸드 던지기를 연습하려다가 신시아가 깰지도 모른다는 생각에 그만뒀다. 그는 아내를 들여다보고 그녀가 평화롭게 잠들어 있는 것을 확인했다. 집을 떠나기에는 좋은 핑계였다. 맥주를 한 잔하고 싶었기 때문이었다. 머리가 좀 지끈거리는 정도이긴 했지만, 그 역시 병원을 나온 후로 별로 상쾌한 기분이 아니었다. 맥주 한두 잔이면 기분이 좀 나아질 것 같았다.

✳

가장 가까운 정육점 옆에 술집이 하나 붙어 있었다. 에드워드는 거기 들러서 맥주 한잔 걸친 다음에 돌아가겠다고 마음먹었다. 얼마 지나지 않아 그는 술집 주인에게 시 의회 합병을 통한 행정구역 개편이 먹힐 리 없는 이유를 설명하고 있었다.

그는 술집을 떠날 때가 되어서야 처음의 계획을 떠올렸다. 맥주와 햄 냉채 세트를 사 들고 아파트로 돌아왔을 때, 신시아는 자리에서 일어나 부엌에서 소리를 내고 있었다. "안녕, 내 사랑!"

"에드워드!"

그는 꾸러미를 내려놓지도 않고 아내와 키스했다. "일어났는데 내가 없어서 겁을 먹지는 않았어?"

"별로 그렇지는 않았어. 하지만 메모라도 남기고 나가지. 뭘 사 들고 온 거야?"

"맥주하고 햄이지. 마음에 들어?"

"끝내주는데. 저녁 먹으러 나가고 싶지 않아서 뭐라도 만들까 하고 있던 참이야. 근데 집에 고기가 없더라고." 그녀는 남편에게서 꾸러미를 받아 들었다.

"전화한 사람은 없었고?"

"아니. 일어나서 교환원한테 전화를 걸어봤어. 특별한 일은 없던데. 거울 배달이 온 것 말고는."

"거울?"

"모르는 척하지 마. 기분 좋은 깜짝 선물이었어, 에드워드. 침실 분위기가 어떻게 변했는지 와서 좀 봐."

"하나만 확실히 하자." 그가 말했다. "거울은 난 전혀 모르는 일이야."

그녀는 당황해서 말을 멈추었다. "당신이 나를 놀라게 하려고 산 줄만 알았어. 선불로 대금을 지급한 모양이던데."

"누구 앞으로 되어 있었어? 당신이야 나야?"

"그건 제대로 보지 못했어. 잠에 취해 있었거든. 그냥 서명했더니, 사람들이 들어와서 포장을 풀고 걸어주기까지 했어."

상당히 훌륭한 거울이었다. 비스듬한 면에 테두리는 없고 상당한 크기였다. 에드워드는 그 거울이 아내의 화장대에 어울린다는 사실을 인정할 수밖에 없었다. "여보, 저런 거울이 가지고 싶으면 하나 사다줄게. 하지만 저건 우리 물건이 아니잖아. 사람을 불러서 가져가게 해야겠어. 가격표는 어디 있지?"

"사람들이 떼어 간 모양이야. 어쨌든 벌써 6시가 넘었잖아."

그는 사람 좋은 표정으로 아내를 바라보았다. "당신 마음에 드는 모양이지? 뭐 어쨌든 오늘 밤은 당신 물건으로 남아 있을 것 같네. 내일은 다른 거울을 사다줄게."

분명 아름다운 거울이었다. 은칠은 믿을 수 없을 정도로 완벽했고 유리는 공기처럼 맑았다. 그녀는 안으로 손을 집어넣을 수 있을 것만 같다는 생각이 들었다.

잠자리에 들자, 남편 쪽이 신시아보다 더 빨리 잠이 들었다. 분명 그녀가 낮잠을 잤기 때문일 것이었다. 그녀는 한쪽 팔로 머리를 받친 채로 남편의 숨소리가 편안해질 때까지 한참을 바라보고 있었다. 사랑스러운 에드워드! 착한 남자였다. 적어도 그녀에 관한 일에서는 의심할 여지가 없었다. 내일이면 다른 거울을 사줄 필요는 없다고 말할 생각이었다. 필요한 것은 아니었으니까. 그녀가 원하는 것이라곤 남편과 함께 있는 것, 영원히 헤어지지 않는 것뿐이었다. 물건 따위는 아무래도 상관없었다. 정말로 중요한 것은 단 하나, 두 사람이 함께 있는 것뿐이었다.

그녀는 거울 쪽을 곁눈질했다. 분명 훌륭한 물건이었다. 너무도 아름답게 투명했다. 열려 있는 창문 같았다. 《거울 나라의 앨리스》처럼 그 안으로 들어갈 수 있을 것만 같았다.

✳

그는 자신의 이름을 부르는 소리에 잠에서 깨어났다. "이리 나오시오, 에드워드! 당신 지각이오!"

신시아의 목소리가 아니라는 점은 분명했다. 그는 잠에 취한 눈을 문지르고 간신히 초점을 잡았다. "무슨 일이야?"

"당신." 핍스가 기울어진 거울면 위로 몸을 내밀고 말하고 있었다. "당장 움직이시오! 기다리게 하지 말고."

그는 본능적으로 옆의 베개를 바라보았다. 신시아가 사라져 있었다.

사라지다니! 그는 즉시 정신이 들어 침대에서 뛰어 내려와서 모든 곳을 동시에 찾아보려 했다. "신시아!" 거실에도, 주방 겸 식당에도 없었다.

"신시아! 신시아! 어디 간 거야?" 그는 옷장을 전부 거칠게 열어젖혔다. "신시아!"

그는 침실로 돌아와서 멍하니 서 있었다. 더 이상 어디를 찾아보아야 할지 알 수가 없었다. 구겨진 잠옷에 헝클어진 머리카락, 맨발로 서 있는 비극적인 사람의 모습이었다.

핍스는 거울의 아래쪽 모서리에 손을 걸치더니 쉽사리 방 안으로 들어왔다. "이 방에는 전신 거울을 걸어놓을 자리가 필요하겠군." 그는 외투를 털고 넥타이를 바로 하며 짤막하게 말했다. "모든 방에는 전신 거울이 있어야 하오. 곧 우리 측에서 요구하게 될 거요. 내가 주선하도록 하지."

에드워드는 그제야 그를 발견한 것처럼 핍스에게 시선을 고정시켰다. "내 아내가 어디 간 거야?" 그가 물었다. "아내한테 무슨 짓을 한 거지?" 그는 험악한 얼굴로 핍스에게 다가갔다.

"당신이 신경 쓸 일은 아니오." 핍스가 대꾸했다. 그러고는 거울 쪽을 향해 고갯짓했다. "안으로 들어가시오."

"내 아내 어디 있냐고!" 그는 소리를 치며 핍스의 목덜미를 잡으려 했다.

에드워드는 그다음 무슨 일이 일어났는지를 영영 명확하게 알 수가 없었다. 핍스가 한 손을 들자, 그는 침대 한쪽으로 넘어지고 있었다. 그는 다시 몸을 일으키려 했지만 부질없는 일이었다. 아무리 노력해도 마치 악몽처럼 무력하기만 했다. "크루스 씨!" 핍스가 소리쳤다. "레이프스나이더 씨. 도움이 필요합니다."

어디선가 본 것만 같은 두 사람의 얼굴이 거울 속에 나타났다. "이쪽으로 옮기시죠, 크루스 씨. 부탁드립니다." 핍스가 지휘를 했다. 크루스 씨가 넘어왔다. "좋아요! 발부터 넣는 편이 나을 것 같습니다."

✳

에드워드는 더 이상 할 말이 없었다. 저항하려 해도 근육에 전혀 힘이 들어가지 않았다. 간신히 움찔거리는 정도가 전부였다. 그는 자신에게 다가오는 손목을 물어뜯으려 했지만, 그 대가로 얼굴에 주먹질을 잔뜩 당했을 뿐이었다. 제대로 된 공격이라기보다는 정신을 흩뜨리려는 쪽에 가까운 느낌이었다.

"나머지는 나중에 기대하시오." 핍스가 그에게 말했다.

그들은 에드워드를 밀어 넣은 다음 탁자 위에 내려놓았다. 바로 그 탁자였다. 그가 예전에 왔던 적이 있는 방, 디더리지 상회의 회의실 탁자. 즐겁고 냉정한 표정의 얼굴들이 똑같이 둘러앉아 있었고, 의장 자리에도 똑같이 유쾌한 얼굴에 작은 눈의 뚱뚱한 남자가 앉아 있었다. 사소한 차이점이 하나 있기는 했다. 긴 쪽의 벽에 커다란 거울이 하나 걸려 있었는데, 그 거울에는 이 방이 아니라 그와 신시아의 침실이 비치고 있었다. 마치 거울에 비친 상처럼 왼쪽과 오른쪽이 모두 바뀌어 있었다.

그러나 에드워드는 그런 사소한 현상에는 관심이 없었다. 자리에서 일어나 앉으려고 했지만 그럴 수 없다는 사실을 깨닫고 간신히 고개를 드는 정도로 만족할 수밖에 없었다. "아내를 어디로 데려간 거지?" 그는 덩치 큰 의장에게 물었다.

스톨스는 그의 마음을 이해한다는 듯 빙그레 웃었다. "아, 에드워드 씨! 또 우리를 만나러 오셨군요. 제법 돌아다니신 모양입니다? 사실 너무 지나치게 돌아다니셨지요. 우스꽝스럽고 연약하고 어리석은 작자 같으니. 우리 형제들이 당신보다 나은 존재를 창조할 수 없었다니, 실로 한심한 일 아닙니까. 뭐, 이제 당신이 대가를 치를 때입니다. '새'는 잔인하니 말입니다!"

마지막 문장을 입에 올리며 그는 잠시 얼굴을 가렸다. 다른 이들도 그의 움직임을 따랐다. 누군가가 손을 뻗어 에드워드의 눈도 대충 가려준 뒤 곧 손을 떼었다.

스톨스는 계속 주절대고 있었다. 에드워드가 그의 말을 끊으려 했다. 그러자 스톨스는 다신 한 번 에드워드를 향해 손가락질하며 준엄하게 말했다. "그만!" 에드워드는 더 이상 말할 수가 없었다. 목구멍이 막혔고,

말을 하려 할 때마다 구역질이 밀려 올라왔다.

스톨스는 점잖은 투로 말을 이었다. "당신 같은 하찮은 족속이라도 우리가 그런 식으로 경고를 했으니 당연히 이해하고 주의를 할 것이라고 생각했습니다." 스톨스는 잠시 말을 멈추고 입을 단단히 오므렸다. "때로는 인간의 약함과 어리석음을 온전히 이해하지 못한다는 점이야말로 제 약점이 아닐까 하는 생각이 듭니다. 이성적인 존재이기 때문에, 내가 아닌 다른 존재들 역시 이성적으로 행동할 것이라고 간주하는 불운한 천성을 지니고 있으니 말입니다."

그는 말을 멈추고 에드워드에게서 자기 동료들 중 한 명 쪽으로 시선을 돌렸다. "쓸데없는 희망을 품지는 마십시오, 파커 씨." 그는 부드럽게 웃으며 말했다. "당신을 과소평가할 생각은 없으니까요. 그리고 만약 이 자리에 앉을 수 있는 제 권리를 두고 다투고 싶으시다면 저는 기꺼이 그 뜻을 따를 생각이 있습니다. 나중에요." 그리고 그는 사려 깊게 덧붙였다. "당신의 피가 무슨 맛일지도 궁금하고 말입니다."

파커 역시 마찬가지로 정중하게 답했다. "당신의 피와 똑같은 맛일 것이라 생각합니다, 의장님. 나름 즐거운 가정이기는 하지만, 저는 현재의 직무로도 충분히 만족하고 있습니다."

"그런 말씀을 듣게 되다니 유감이로군요. 저는 당신을 좋아합니다, 파커 씨. 조금 더 야심이 있는 분인 줄 알았는데요."

"저는 인내심이 많지요. 우리 '조상'님들처럼 말입니다."

"그런가요? 자, 그럼 사업 문제로 돌아갑시다. 에드워드 씨, 일전에 저는 당신의⋯ 고객분과 연관될 필요가 없다는 사실에 대해 주지시켜드리려 했습니다. 제가 어느 고객분을 말하는 것인지는 아시겠지요. 새의 자손들이 그들의 계획에 끼어드는 일을 용납하지 않으리라는 사실을 뇌리에 새겨주려면 어떻게 해야 할까요? 말씀해보세요. 자, 어서."

에드워드는 지금 눈앞에서 벌어지는 상황을 거의 인지할 수 없었다. 이해는 아예 불가능했다. 그의 존재 자체가 단 하나의 끔찍한 생각에만 쏠려 있었기 때문이었다. 자신이 다시 말을 할 수 있게 되었다는 것을 깨닫자 그 생각이 그대로 쏟아져 나왔다. "내 아내 어디 있어?" 목쉰 소리가 간신히 나왔다. "내 아내를 어떻게 한 거야?"

스톨스는 짜증 섞인 손짓을 했다. "때로는 저자들과 의사소통을 하는 것 자체가 불가능하다니까. 정신이라 할 것이 거의 없으니. 핍스 씨!"

"네, 의장님."

"다른 자를 이리 데려와주시겠습니까?"

"물론입니다, 스톨스 씨." 핍스는 눈짓으로 도와줄 사람을 불렀다. 두 사람은 방을 뜨더니 곧 다른 짐을 들고 들어와서 탁자 위 에드워드의 옆자리에 내려놓았다. 신시아였다.

끓어오르는 안도의 감정은 그로서는 거의 견딜 수 없을 정도였다. 그 감정은 그의 몸속을 휘돌고, 목을 메이게 하고, 귀를 먹게 하고, 눈물 때문에 앞이 보이지 않게 하고, 지금 상황이 얼마나 위험한지를 전혀 인지하지 못하게 하였다. 그러나 차츰 심장의 고동 소리가 잦아들면서 그는 무언가 잘못되었다는 사실을 깨닫게 되었다. 그녀가 조용히 있었던 것이다. 저자들이 그녀가 잠든 상태로 데려왔다고 하더라도 그렇게 험악하게 다루었으니 충분히 깨어날 법했는데 말이다.

두려움은 좀전의 기쁨만큼이나 충격적이었다. "아내한테 무슨 짓을 한 거지? 설마…." 그는 애걸하듯 질문을 던졌다.

"아닙니다." 스톨스는 혐오가 담긴 목소리로 대답했다. "아내분은 죽지 않았습니다. 자제력을 발휘하십시오, 에드워드 씨." 그는 손을 저어 동료들에게 명령을 내렸다. "숙녀분을 깨우십시오."

그들 중 하나가 검지로 그녀의 갈빗대 사이를 찌르며 말했다. "포장해 줄 필요는 없어요. 가면서 먹을 테니까."

스톨스가 웃음을 지었다. "유머감각이 있으시군요, 프렝탕 씨. 하지만 지금 저 여자를 깨우라고 말했을 텐데요. 나를 기다리게 하지 마십시오."

"물론입니다, 의장님." 그는 그녀의 얼굴을 힘차게 철썩 때렸다. 에드워드는 자신이 그렇게 얻어맞는 것만 같은 기분이 들었다. 무력한 상태에서 그런 모습을 보니 거의 이성의 끈이 끊어지는 것만 같았다. "'새의 이름'으로 명하노니, 일어나거라!"

그녀의 실크 잠옷 가운 아래에서 가슴이 들썩거리는 것이 보였다. 그녀는 눈을 깜빡이더니 한마디 말을 내뱉었다. "에드워드?"

"신시아! 여기야, 내 사랑, 여기!"

그녀는 남편을 향해 고개를 돌리고는 소리쳤다. "에드워드!" 그리고 그녀는 이렇게 덧붙였다. "정말 끔찍한 꿈을 꿨어⋯, 아!" 그녀는 탐욕스럽게 자신을 내려다보는 이들의 시선을 눈치챘다. 그녀는 눈을 크게 뜨고 천천히, 진지하게 주변을 둘러본 후 다시 에드워드를 바라보았다. "에드워드, 여기 아직 꿈속인 거야?"

"아닌 것 같아. 기운 내."

신시아는 다시 한 번 주변의 사람들을 둘러보고는 다시 남편을 향했다. "겁은 안 나." 그녀가 단호하게 말했다. "당신 원하는 대로 해, 에드워드. 다시 정신을 잃지는 않을 거야." 그리고 그녀는 계속해서 남편을 바라보았다.

에드워드는 뚱뚱한 의장을 힐긋 바라보았다. 스톨스는 눈앞의 광경이 재미있는 듯 딱히 끼어들 생각도 없이 그들을 바라보고 있었다. "신시아." 에드워드는 다급하게 속삭였다. "저 작자들이 나한테 뭔가를 해서 움직일 수가 없어. 완전히 마비된 상태야. 그러니까 나한테 너무 의존하지 마. 도망칠 기회를 잡으면 바로 움직여!"

"나도 움직일 수가 없어." 그녀도 속삭이며 대답했다. "기다려야 할 것 같아." 그녀는 고통에 일그러진 남편의 얼굴을 보고 덧붙였다. "'기운 내'라고 말해놓고서. 당신을 만질 수 있었으면 좋겠어." 그녀의 오른손 손가락이 살짝 떨리더니 반들반들한 탁자 위에서 약간의 마찰력을 찾은 듯 천천히 힘겹게 그들 사이의 한 뼘 공간을 움직여 나가기 시작했다.

에드워드는 자신의 손가락도 약간이나마 움직일 수 있다는 사실을 깨달았다. 그는 아내의 손을 향해 왼손을 움직이기 시작했다. 한 번에 몇 센티미터씩, 그의 손은 움직임에 저항하는 팔이라는 무게추를 달고 천천히 움직였다. 마침내 그들의 손은 서로 맞닿았고, 그녀의 손이 그의 손 안으로 들어와 손바닥을 지그시 눌렀다. 그녀는 미소를 지었다.

스톨스는 시끄럽게 탁자 위를 두드렸다. "매우 감동적인 장면이지만, 일단 지금은 사업 문제를 의논하는 자리라서 말입니다." 그는 동정하는 투로 말했다. "이분들을 어떻게 처리하는 것이 좋을지 결정해야 합니다."

"완전히 제거해버리는 것이 낫지 않을까요?" 신시아의 갈빗대를 찔러보았던 자가 말했다.

"물론 그것도 즐겁기는 하겠지요." 스톨스도 인정했다. "하지만 우리는 이들이 우리의 계획…, 에드워드 씨의 고객을 위한 계획에 우연히 끼어든 분들이라는 점을 기억해야 합니다. 우리가 없애야 하는 자는 그쪽이란 말이에요!"

"이해가 안 되는데…."

"물론 이해가 안 되시겠죠. 바로 그래서 제가 의장인 겁니다. 지금 우리가 직면한 문제는, 그쪽에 전혀 의심을 불러일으키지 않으면서 이분들을 무력화시켜야 한다는 겁니다. 그 방법과 대상을 선정하기만 하면 됩니다."

파커가 입을 열었다. "지금 이 상태 그대로 돌려보내는 것도 즐겁지 않겠습니까. 천천히 굶어 죽을 테니까요. 문을 두드려도 대답하지도 못하고, 전화를 받을 수도 없이 무력하게 죽어가겠지요."

"물론 즐겁기는 하겠지요." 스톨스도 동의하듯 대답했다. "딱 당신에게서 기대하는 정도의 답변을 해주시는군요. 만약 그 작자가 이분들을 만나러 와서 이 모습 그대로 발견했다고 합시다. 그 작자가 이분들에게 무슨 일이 벌어졌는지 깨닫지 못할 것 같습니까? 아니, 그보다는 이분들의 입을 봉할 방법이 필요합니다. 저는 이들 중 한 사람을 살았으되 죽은 상태로 돌려보내려 합니다!"

＊

전부 너무도 말이 안 되고 사리에 맞지 않는 일뿐이라, 에드워드는 이 모든 것이 사실일 리가 없다고 되뇌고 있었다. 그는 악몽의 손아귀에 잡혀 있는 것이다. 잠에서 깨어날 수만 있으면 모든 것이 정상으로 돌아갈 것이다. 움직이지 못하는 정도야 예전에도 꿈속에서 경험해본 적이 있다. 악몽에서 깨어나면 이불을 몸에 둘둘 두르고 있거나, 양손을 모두 머리 아래에 넣고 자고 있었다는 사실을 깨닫게 된다. 그는 혀를 깨물어 그 고통으로 잠에서 깨어나려 해봤지만 아무 소용 없었다.

스톨스의 마지막 말에 그는 문득 주변 상황으로 관심을 돌렸다. 그 말을 이해했기 때문이 아니었다. 끔찍한 공포로 가득했지만 여전히 그에게는 별 의미 없는 말이었으니까. 그의 주의를 끈 것은 탁자에 둘러앉은 사람들 사이에 퍼져가는 찬성과 경탄의 분위기였다.

신시아가 자신의 손을 아주 살짝 힘주어 누르는 것이 느껴졌다. "저자들이 뭘 하려는 걸까, 에드워드?" 그녀가 속삭였다.

"나도 모르겠어, 내 사랑."

"물론 저 남자여야 하겠지요." 파커가 말했다.

스톨스는 파커를 바라보았다. 에드워드가 보기에는 방금 파커가 제안하기 전까지만 해도 스톨스 역시 바로 그 행위를(그것이 무엇인지는 몰라도!) '저 남자', 즉 에드워드 본인에게 행하려고 생각했던 듯했다. 그러나 스톨스는 이렇게 대답했다. "언제나 당신의 조언에는 감사하고 있습니다. 어느 쪽을 골라야 할지 명확하게 알 수 있도록 해주거든요." 그리고 그는 다른 이들을 돌아보며 말했다. "여자 쪽을 준비하세요."

'지금이야.' 에드워드가 생각했다. '지금이 아니면 안 돼.' 그는 모든 의지력을 끌어모아 탁자에서 일어나려 했다. 일어나서 싸워야 한다!

그러나 몸은 조금도 움직이지 않았다.

에드워드는 방금의 노력 때문에 지쳐서 고개를 숙였다. "아무 소용 없어." 그가 비참하게 말했다.

신시아가 그를 바라보았다. 공포에 사로잡힌 와중에서도, 남편을 향한 연민의 마음이 그보다 앞서는 모양이었다. "기운 내, 똑똑이 씨." 그녀의 손길이 용기를 북돋듯 아주 살짝 힘주어 그의 손을 눌렀다.

프렝탕이 자리에서 일어나 그녀에게 몸을 숙였다. "이건 포티파가 해야 하는 일 아닙니까." 그가 반대했다.

"준비를 끝낸 병을 두고 갔습니다. 핍스 씨, 지금 가지고 계시지요?"

핍스는 대답 대신 서류가방 속에서 병을 꺼냈다. 스톨스가 고개를 끄덕이자 핍스는 병을 넘겼다. 프렝탕이 병을 받아들고 물었다. "봉인은?"

"여기 있습니다." 핍스는 가방 속으로 다시 손을 넣어서 확인했다.

"고맙소. 자, 실례지만 누가 저걸 좀 거치적거리지 않게 치워주면 준비가 끝날 것 같소." 프렝탕이 에드워드를 가리키며 말했다. 대여섯 개의 의욕 가득한 거친 손길이 에드워드를 탁자 반대쪽 끝으로 옮겼다. 프렝탕은 손에 병을 든 채 신시아 위로 허리를 굽혔다.

"잠깐만 기다리세요." 스톨스가 끼어들었다. "두 사람 모두 지금 무슨 일이 일어나는지, 그 이유는 무언지를 알아둬야 할 것 같습니다. 부인." 그는 정중하게 고개를 숙이며 말을 이었다. "조금 전 나눈 간략한 대화를 통해서 새의 자손들이 당신들과 같은 하찮은 존재들의 개입을 용납하지 않는다는 점을 명확하게 설명한 것 같습니다만. 확실히 이해하고 계시겠지요?"

"이해했어요." 그녀는 대답했다. 그러나 눈빛은 아직도 결연했다.

"좋아요. 우리 측에서는 부인의 남편분께서 더 이상 그… 특정 당사자와 접촉하지 않았으면 한다는 점을 알아주시기 바랍니다. 그런 결과를 얻기 위해 우리는 지금 부인을 두 부분으로 나누려 합니다. 부인을 움직일 수 있게 해주는, 당신네들이 꽤 흥미롭게도 영혼이라 부르는 부분을 여기 이 병 안에 집어넣어 우리가 간직할 겁니다. 그리고 나머지 부분은, 글쎄요, 새의 자손들이 당신을 마음대로 할 수 있다는 사실을 알려주는

징표로 남편분이 가지고 계시면 되겠군요. 내 말이 이해가 되십니까?"

그녀는 질문을 무시했다. 에드워드는 대답하려 했지만, 그의 목구멍은 이번에도 명령에 따르지 않았다.

"내 말 잘 들어요, 부인. 만약 당신이 남편분을 다시 보고 싶다면 남편분이 우리에게 반드시 복종해야만 합니다. 당신의 죽음을 감수하고 싶지 않다면 그 고객을 두 번 다시 만나서는 안 됩니다. 우리에 관한 내용이나 지금까지 일어난 일에 대해 입을 놀리더라도 똑같은 형벌에 처해질 겁니다. 만약 복종하지 않는다면, 글쎄요, 우리는 부인에게 아주 흥미로운 죽음을 제공할 수 있습니다. 믿어도 좋아요."

에드워드는 그녀를 살려주기만 한다면 뭐든 하겠다고 소리쳐 약속하고 싶었으나, 아직도 목소리가 나오지 않았다. 스톨스는 신시아의 말을 먼저 듣고 싶은 모양이었다. 그녀는 고개를 저었다. "이 사람은 자신의 생각에 따라 행동할 거예요."

스톨스는 웃음 지었다. "좋아요. 내가 원하는 답변이었습니다. 그럼, 에드워드 씨, 약속하실 수 있겠습니까?"

그는 동의하고 싶었다. 막 동의하려는 참이었다. 그러나 신시아가 눈으로 말하고 있었다. "안 돼!" 그녀의 표정을 보니 이제 그녀가 말을 할 수 없게 되었다는 사실을 알 수 있었다. 그러나 그의 머릿속에서는 또렷하게 그녀의 목소리가 들리는 것만 같았다. "이건 속임수야, 똑똑이 씨. 약속하지 마!"

에드워드는 침묵을 지켰다.

핍스가 엄지로 그의 눈을 찔렀다. "질문을 받았으면 대답을 하라고!"

신시아를 보기 위해서 상처 입은 눈을 찌푸려야 했지만, 그녀는 여전히 결연한 표정이었다. 그는 입을 꾹 다물었다.

곧 스톨스가 말했다. "상관없어요. 진행하시죠, 신사분들."

프렝탕은 신시아의 코 아래로 병을 들이밀어 그녀의 왼쪽 콧구멍 아래 고정시켰다. "지금이야!" 스톨스가 지시했다. 다른 한 사람이 그녀의 늑골 아래편을 세게 눌렀고, 그녀의 숨이 갑자기 헉 하고 새어 나왔다. 그녀는 앓는 소리를 냈다.

"에드워드, 이자들이 나를 끌어당기고 있어…. 으악!" 그녀가 말했다.

그들은 반대쪽 콧구멍에 대고 똑같은 행동을 반복했다. 에드워드는 자기 손 안에 있는 따뜻하고 보드라운 손에서 갑자기 힘이 풀리는 것을 느꼈다. 프렝탕은 병 위쪽을 엄지로 막았다. "그럼 밀봉을 하지요." 프렝탕이 서둘러 말했다. 봉인을 끝낸 후 그는 병을 핍스에게 넘겼다.

스톨스는 엄지로 커다란 거울 쪽을 가리켰다. "저들을 돌려보내세요." 그가 지시했다.

핍스는 신시아를 거울 너머로 보내는 일을 지휘한 후 스톨스를 돌아보았다. "저자가 우리를 기억할 수 있도록 손을 좀 써야 하지 않겠습니까?"

"마음대로 하세요." 스톨스는 자리를 뜨며 무심하게 대답했다. "하지만 오래갈 흉터는 남기지는 마세요."

"알겠습니다!" 핍스는 웃으며 에드워드를 손등으로 후려갈겼다. 이빨이 흔들리는 것이 느껴졌다. "조심하도록 하죠!"

그는 제법 오랫동안 의식을 차리고 있었지만, 당연하게도 얼마나 많은 시간이 지났는지는 알 수가 없었다. 한두 번 실신하기는 했지만 그럴 때마다 잠시 후 더욱 격렬한 고통의 자극에 의식이 돌아오곤 했다. 마지막으로 의식을 잃은 것은 핍스가 개발한, 흉터를 남기지 않는 새로운 고문 방법을 사용했을 때였다.

그는 사방이 거울로 가득한 작은 방 안에 있었다. 사면의 벽과 천장과 바닥까지 모두 거울이었다. 끝없이 늘어선 그 자신들이 그의 행동을 따라 했다. 그를 증오하지만 벗어날 도리가 없는 그 자신들이. "한 대 더 때려!" 그들이 소리쳤다. 그가 소리쳤다. 그러고는 그의 주먹으로 그를 때렸다. 그리고 그들은, 사실 그는 낄낄대고 웃었다.

사방에서 그 자신이 그를 향해 달려들었고, 그는 빠르게 달릴 수가 없었다. 아무리 노력해도 근육이 말을 듣지 않았다. 손에 수갑을 차고 있기 때문이었다. 그들은 그에게 수갑을 채워 쳇바퀴에 넣어놓았다. 안대도 차고 있었으며, 수갑 때문에 안대를 벗을 수도 없었다. 그러나 계속 움직여야 했다. 꼭대기에 신시아가 있었다. 신시아에게 가야만 했다.

물론 쳇바퀴에는 꼭대기가 없다는 점이 문제였다.

그는 끔찍하게 지친 상태였지만 조금이라도 걸음을 늦추면 그들이 다시 그를 때려댔다. 게다가 계단을 세기까지 해야 했다. 세지 않은 계단은 오른 것으로 쳐주지 않았다. 1만 91, 1만 92, 1만 93, 위로 아래로, 위로 아래로. 어디로 가고 있는지 알 수라도 있다면.

그는 비틀거렸다. 그자들이 뒤에서 발을 붙들었고, 그는 그대로 앞으로 고꾸라졌다.

✳

잠에서 깨어났을 때 에드워드는 단단하고 울퉁불퉁하고 차가운 무언가에 얼굴을 대고 있었다. 그는 물체에서 얼굴을 떼다가 온몸이 뻣뻣하다는 사실을 깨달았다. 발이 제대로 움직이지 않았다. 그는 창문으로 들어오는 흐릿한 빛으로 주변을 살피고는, 자신이 이불을 끌고 침대에서 나오는 바람에 발목이 이불에 감겨 있다는 걸 알게 되었다.

단단하고 차가운 물체는 스팀 라디에이터였다. 정면으로 들이받은 것처럼 쓰러져 있었다. 슬슬 정신이 들었다. 낯익은 침실이었다. 아무래도 몽유병 증세를 보인 모양이었다. 어린 시절 이후에는 이런 일이 없었는데! 자면서 걷다가 발이 걸려서 라디에이터에 머리를 부딪친 것 같았다. 정말 멍청해 보이는 광경이었을 것이다. 목숨이 붙어 있는 것만 해도 다행이었다.

정신을 차리고 일어서려고 하는데, 방 안에 낯선 물체가 하나 눈에 들어왔다. 새로 단 커다란 거울이었다. 순간 꿈의 나머지 부분이 물밀 듯이 떠올랐다. 그는 침대를 향해 뛰어올랐다. "신시아!"

그러나 그녀는 안전하고 아무 해도 입지 않은 모습으로 자기 자리에 누워 있었다. 그가 소리를 쳤는데도 잠에서 깨지 않았다. 다행이었다. 아내에게 겁을 주고 싶지는 않았으니까. 그는 발소리를 죽인 채 침대에서 나와 화장실로 들어가서 문을 닫은 다음 조명을 켰다.

'멋진 몰골이로군!' 그는 생각했다. 코피가 터진 모양이었다. 멎은 지 한참이 지난 핏자국이 얼굴 위에 엉겨 붙어 있었다. 잠옷 윗도리 앞섶은 처참하게 엉망이었다. 게다가 아무래도 피웅덩이에 오른쪽 얼굴을 묻은 채로 쓰러져 있었던 듯했다. 그 상태 그대로 피가 말라붙은 바람에 실제보다 훨씬 더 심각한 부상을 입은 듯한 모습이었다. 그는 얼굴을 씻으며 이런 점들을 확인했다.

사실 별로 다친 것 같지도 않았다. 다만, '윽!' 오른쪽 몸 전체가 뻣뻣하고 시큰거린다는 점을 제외하고는 말이다. 아마도 넘어지며 그대로 부딪혀 관절이 꺾인 채 누워 있었던 데다, 오한이 스며들었기 때문일 것이었다. 그는 얼마나 오랫동안 그렇게 정신을 잃고 있었는지 궁금해지기 시작했다.

옷을 벗어보니 여기서 빨기에는 너무 힘들겠다는 생각이 들어, 둘둘 말아 그대로 좌변기 뒤쪽으로 쑤셔 넣었다. 신시아에게 무슨 일이 벌어졌는지 설명할 기회가 오기 전에 잠옷을 보게 하고 싶지는 않았다. "세상에, 에드워드, 당신 뭘 하다가 이렇게 다친거야?" "아무것도 아니야, 내 사랑. 그냥 라디에이터를 들이받았을 뿐이야!"

문에 부딪혔다는 따위의 고전적인 변명보다도 더 한심하게 들리는 소리였다.

아직도 어질어질했다. 생각보다 훨씬 심했다. 그는 잠옷 상의를 쑤셔 넣다가 그대로 고꾸라질 뻔하고는 좌변기 물탱크를 붙들어 간신히 몸을 지탱했다. 머리가 구세군의 북처럼 쿵쿵 울렸다. 그는 구급약이 든 선반을 열고 아스피린을 찾아서 세 알을 먹은 다음, 몇 달 전에 신시아가 구해온 진정제 상자를 물끄러미 바라보았다. 항상 푹 잠들었기 때문에 지금까지 저런 약이 필요했던 적은 없었다. 하지만 지금은 특수 상황이었다. 이틀 연속으로 악몽을 꾸고, 몽유병 증세까지 시작된 데다, 한심한 자세로 목이 부러질 뻔하지 않았는가.

그는 캡슐을 하나 꺼내면서 휴가가 필요하다고 말한 아내가 뭔가를 예감하고 있었던 것이 아닐까 하는 생각을 했다. 기분이 완전히 엉망진창이었다.

침실 불을 켜지 않고는 깨끗한 잠옷을 찾기가 너무 힘들었다. 그는 침대로 돌아와서 신시아가 몸을 뒤척이지 않는지 잠시 확인한 후 눈을 감고 긴장을 풀려고 해보았다. 몇 분 안에 약효가 돌기 시작했고, 관자놀이의 쿵쿵대는 울림도 잦아들었고, 그는 곧 깊은 잠 속으로 빠져들었다.

7

에드워드는 얼굴에 내리쬐는 햇볕에 잠에서 깼다. 한쪽 눈으로 화장대 위의 시계를 보니 9시가 넘어 있었다. 서둘러 자리에서 일어났다. 곧바로 그는 방금 행동이 별로 현명하지 못했다는 것을 깨달았다. 오른쪽 몸이 경련을 일으켰던 것이다. 라디에이터 아래의 갈색 혈흔을 보니 어젯밤의 사고가 기억났다.

그는 천천히 고개를 돌려 아내를 보았다. 신시아는 여전히 조용히 잠들어 있었다. 조금도 몸을 뒤척이지 않았다. 그거면 충분했다. 오렌지주스를 준 다음에 무슨 일이 있었는지를 말해주는 것이 좋을 것이다. 그녀를 놀라게 해 좋을 일은 없을 테니까.

그는 슬리퍼에 발을 넣고 목욕 가운을 둘렀다. 맨어깨가 추웠고 근육이 시큰거렸기 때문이었다. 이를 닦고 나니 입맛이 조금 개운해졌다. 아침 식사를 하는 것도 나쁘지 않을 것 같았다.

그는 무심결에 어젯밤에 있었던 일을 떠올렸다. 기억을 붙든다기보다 더듬는 느낌이었다. 그는 오렌지를 짜며 생각을 정리했다. 별로 좋지 못한 악몽이었다. 광기라고는 할 수 없겠지만, 분명 신경증 증상이 뒤섞인 좋지 못한 꿈이었다. 어떻게든 멈출 방법을 찾아야 했다. 밤새 나비를 쫓으며 보내는 사람은 제대로 일에 매진할 수 없는 법이다. 자리에서 떨어져 목이 부러지지 않는다고 해도 말이다. 어떻게 해서든 잠은 제대로 자야만 한다.

그는 자기 주스를 마신 후 다른 유리잔을 들고 침실로 들어섰다. "자, 눈을 떠봐, 기상 시간이야!" 아내가 조금도 움직이지 않자 그는 노래를 부르기 시작했다. "나팔꽃과 함께 일어나요, 어서, 일어나요, 일어나! 해가 뜨고 있어요!"

그러나 그녀는 꼼짝도 하지 않았다. 그는 침대 옆의 탁자에 조심스레 유리잔을 내려놓고, 침대 가장자리에 걸터앉아서 그녀의 어깨를 잡았다. "일어나, 아가씨! 범인들이 움직이고 있다고, 벌써 두 무리가 내려갔단 말이야!"

신시아는 움직이지 않았다. 어깨가 차가웠다.

"신시아!" 그는 소리쳤다. "신시아! 신시아!" 격렬하게 아내를 흔들었다.

아내의 몸이 힘없이 뒤집혔다. 그는 다시 그녀를 흔들었다. "신시아, 내 사랑, 아, 세상에!"

충격이 오히려 그를 지탱해주었다. 흔히 말하는 '퓨즈가 나간' 상태로, 필요한 모든 행동을 할 수 있는 끔찍하게 차분한 정신 상태로 들어가버린 것이다. 딱히 이유도 없고, 본인도 명확하게 이해할 수 없었지만, 그는 이미 아내가 죽었다고 확신하고 있었다. 그래도 우선 자신이 아는 방법을 이용해 아내가 죽었는지를 확인해야 했다. 맥박은 짚이지 않았다. 그는 자신이 너무 서두르고 있거나, 맥이 너무 약해서 짚이지 않을 가능성도 있다는 생각을 했다. 그러나 그러는 동안에도 마음 뒤편에서는 끊임없이 합창 소리가 들려오고 있었다. '아내가 죽었어… 죽었어… 죽었어…. 그리고 너는 그녀가 죽도록 내버려뒀다고!'

에드워드는 아내의 심장에 귀를 가져다 대보았다. 심장 뛰는 소리가 들리는 것 같기도 했지만 확신할 수는 없었다. '어쩌면 내 심장 소리일지도 몰라.' 그는 곧 포기하고 작은 거울을 찾으려 주변을 둘러보았다.

신시아의 핸드백 안에 찾던 물건이 있었다. 작은 화장용 거울이었다. 그는 가운의 소매로 조심스레 거울을 닦은 후 그녀의 반쯤 열린 입 앞에 가져가보았다.

거울에 희미하게 김이 서렸다.

아직 희망을 품지 않은 채, 그는 멍하니 거울을 떼어 다시 닦은 다음 아내의 입가에 가져다 댔다. 다시 한 번, 흐리지만 명확하게 거울 위에 김이 서렸다.

아내는 살아 있었다. 살아 있는 것이다!

잠시 후 그는 왜 아내의 얼굴이 흐릿하게 보이는지 영문을 몰랐으나, 곧 자신의 얼굴이 흠뻑 눈물로 젖어 있다는 사실을 깨달았다. 그는 눈가를 훔친 후 당장 필요한 일에 착수했다. 바늘 시험법을 써먹을 수 있을 것이었다. 물론 바늘을 발견할 수 있을 때의 일이지만. 그는 아내의 화장대 위에서 바늘꽂이를 발견했다. 그는 그 물건을 침대로 가져와 그녀의 팔을 꼬집어 올린 후, "미안해, 내 사랑"이라고 속삭이고는 바늘로 찔렀다.

찌른 부위에 피가 한 방울 맺힌 후 그대로 멎었다. 살아 있는 것이다. 그는 체온계를 찾았지만, 이 집에 그런 물건은 없었다. 그들 부부는 너무 건강했으니까. 하지만 어디선가 청진기의 발명 이야기를 읽었던 것이 떠올랐다. 종이를 둥글게 말아서….

그는 적당한 크기의 종이를 찾아 둥글게 말아서 3센티미터 지름의 대롱을 만들었다. 그는 대롱을 아내의 심장 위쪽 맨살에 가져다 댔다. 그리고 반대쪽 끝에 귀를 기울였다.

'두근-두근-두근-두근.' 희미하지만 규칙적이고 강한 소리가 들렸다. 이번에는 의심할 여지가 없었다. 그녀는 살아 있었다. 심장이 뛰고 있었다.

그는 잠시 자리에 주저앉을 수밖에 없었다.

＊

에드워드는 있는 힘을 다해, 뭘 해야 할지를 생각했다. 물론 의사를 불러야 했다. 사람이 아프면 의사를 부르는 법이니까. 지금까지 그런 생각을 하지 못한 것은 신시아와 그는 지금까지 의사를 불러본 적도, 의사를 부를 필요도 없었기 때문이었다. 그들은 결혼을 한 이후로 지금까지 아팠던 적이 한 번도 없었다.

경찰에 전화해서 구급차를 부를까? 아니, 그러면 아마 경찰 외과의가 찾아올 것이고, 그런 사람은 이런 상황보다는 교통사고나 총상 쪽에 경험이 더 많을 터였다. 지금은 최고의 전문가가 필요했다.

하지만 누굴 부른다? 주치의라 부를 만한 사람은 없었다. 스마일즈는 있지. 주정뱅이인 데다 솜씨도 형편없지만. 그리고 하트위크. 젠장, 하트위크는 상류사회 사람들에게 지극히 사적인 수술을 제공하는 사람이었다. 그는 전화번호부를 집어 들었다.

포트버리! 그 노친네에 대해서는 전혀 아는 게 없었지만, 능력이 있어 보이는 사람이라는 점은 분명했다. 그는 번호를 찾아 세 번이나 번호를 잘못 돌린 후, 결국 교환원을 불러 그에게 연결해달라고 부탁했다.

"네, 포트버리입니다. 원하시는 것이 뭡니까? 얼른 말씀하시죠."

"에드워드입니다. 에드워드 랜들이요. 어제 아내와 함께 선생님을 방문했지요. 기억하십니까? 그게…."

"그래요, 기억하고 있소. 무슨 일이오?"

"아내가 아픕니다."

"뭐가 문제인 거요? 다시 실신하셨소?"

"아뇨…, 네. 그러니까, 지금 혼수상태입니다. 아침에 일어나 보니 혼수상태였어요…. 잠에서 깨어나지 못했다는 말입니다. 지금은 의식이 없어요. 꼭 죽은 것처럼 보입니다."

"사망한 겁니까?"

"그렇지 않은 것 같습니다. 하지만 상태가 아주 나빠요, 선생님. 겁이 납니다. 바로 이리 와주실 수 있으십니까?"

잠시 침묵이 흐르더니 포트버리는 퉁명스럽게 대답했다. "곧 그리 가겠소."

"아, 다행이군요! 저기, 선생님이 오시기 전까지 제가 뭘 해야 할까요?"

"아무것도 하지 마시오. 아내분을 건드리지도 말아요. 금방 가겠소." 그는 전화를 끊었다.

에드워드는 수화기를 내려놓고 서둘러 침실로 돌아갔다. 신시아는 똑같은 상태였다. 그는 그녀를 어루만지려다가 의사의 지시를 떠올리고는 움찔하며 몸을 일으켰다. 그러나 그의 눈길은 종이로 만든 임시 청진기에 머물렀고, 조금 전의 진찰 결과를 다시 확인하고 싶은 충동을 억누를 수가 없었다.

종이를 대자 다행히도 두근거리는 소리가 들렸다. 그는 즉시 종이 대롱을 떼고는 자리에 내려놓았다.

손톱을 물어뜯는 것 이상의 건설적인 행동을 아예 하지 못한 채 10분 동안 서서 기다리고 나자, 에드워드는 도저히 더 이상 견딜 수 없는 상태가 되었다. 그는 부엌으로 가서 맨 위 선반에서 호밀 위스키병을 꺼내 물잔에 넉넉하게 세 모금을 따랐다. 그리고 한동안 호박색의 액체를 바라보다가 그대로 싱크대에 버린 다음 다시 침실로 돌아갔다.

그녀는 여전히 같은 상태였다.

문득 포트버리에게 주소를 알려주지 않았다는 사실이 떠올랐다. 그는 부엌으로 달려가 전화를 잡았다. 간신히 정신을 가다듬은 그는 제대로 번호를 눌렀다. 여자가 전화를 받았다. "죄송합니다. 선생님은 지금 자리를 비우셨습니다. 남길 말씀이 있으신가요?"

"제 이름은 에드워드입니다. 저는…."

"아, 에드워드 씨. 선생님은 15분쯤 전에 댁으로 떠나셨어요. 이제 곧 그쪽에 도착하실 겁니다."

"하지만 이쪽 주소를 모르실 텐데요!"

"네? 아뇨, 분명 알고 계실 거예요. 모르신다면 지금쯤 저한테 전화하셨을 테니까요."

그는 전화를 내려놓았다. 정말 웃기는 소리였다. 뭐, 3분 정도 기다린 다음에 다시 전화를 걸어보면 될 것이었다.

초인종이 울렸다. 그는 얻어맞아 녹초가 된 웰터급 권투선수처럼 자리에서 일어섰다. "네?"

"포트버리요. 에드워드 씨 아니오?"

"네, 네! 들어오시죠!" 그는 말하는 것과 동시에 문을 열었다.

포트버리가 도착했을 때 에드워드는 현관문을 활짝 열어놓고 기다리고 있었다. "들어오세요, 선생님! 들어와요, 들어와!" 포트버리는 고개를 끄덕이고 그의 옆을 스치며 안으로 들어갔다.

"환자는 어디 있소?"

"이 안쪽입니다." 에드워드는 초조하게 서두르며 그를 침실로 안내했다. 포트버리가 혼수상태인 아내를 살펴보는 동안, 에드워드는 초조하게 침대 반대쪽에서 몸을 숙이고 서 있었다. "아내 상태가 어떤가요? 괜찮을까요? 뭐라고 말씀 좀 해주세요, 선생님…."

포트버리는 끙 소리를 내며 허리를 조금 편 다음 말했다. "침대에서 몸을 좀 비키고 내 옆에서 떨어진다면 알아낼 수도 있을 것 같소."

"아, 죄송합니다!" 에드워드는 문가로 물러났다. 포트버리는 왕진용 가방 속에서 청진기를 꺼낸 다음, 에드워드가 아무리 애를 써도 속내를 읽어내기 힘든 표정으로 한참 귀를 기울이다가 다시 자리를 옮겨서 소리를 들었다. 곧 그는 청진기를 다시 가방에 집어넣었고, 에드워드는 성급하게 다시 앞으로 나섰다.

그러나 포트버리는 그를 무시했다. 의사는 엄지로 신시아의 눈꺼풀을 까뒤집고는 눈동자의 움직임을 확인했다. 팔을 들어 침대 옆으로 늘어뜨린 다음 팔꿈치 근처를 두드려보더니, 이내 허리를 펴고 한참 동안 그녀를 내려다보기만 했다.

에드워드는 비명을 지르고 싶었다.

포트버리는 그런 식으로 의사들이 흔히 하는, 거의 의식에 가까울 정도로 괴상한 행동을 반복했다. 에드워드가 보기에는 일부는 이해가 되지만 나머지는 감조차 잡을 수가 없었다. 마침내 의사가 갑자기 입을 열었다. "부인분이 어제 뭘 했소? 우리 병원에서 나간 다음에?"

에드워드는 그대로 이야기를 해주었다. 포트버리는 점잖게 고개를 끄덕였다. "그럴 거라고 생각했소. 전부 그날 아침에 겪은 충격으로 거슬러 올라가는 거요. 나로서는 전부 당신 탓이라고 말해야겠소!"

"제 탓이라고요, 선생님?"

"경고를 받았잖소. 그런 작자에게 부인이 가까이 가게 해서는 안 되는 거였소."

"하지만…. 하지만 그 작자가 아내를 놀라게 하기 전에는 경고를 해주신 적이 없잖습니까."

이 지적에 포트버리는 조금 짜증이 나는 모양이었다. "그럴지도 모르지. 그럴지도 몰라. 내가 하기 전에 다른 누군가가 경고했다는 이야기를 들었다고 생각했소. 어쨌든 그런 존재에게는 함부로 다가가지 않아야 하는 법이오."

에드워드는 화제를 돌렸다. "그래서 상태가 어떤 겁니까, 선생님? 나아질까요? 회복하겠죠, 그렇지 않습니까?"

"아내분은 아주 상태가 좋지 못한 것으로 보이오, 에드워드 씨."

"네, 저도 압니다. 하지만 대체 뭐가 문제인 겁니까?"

"레타르기카 그라비스*. 정신적 충격 때문에 발생한 것으로 보이오."

"심각한 병인가요?"

"충분히 심각하지. 만약 제대로 돌봐주기만 하면 회복될 수 있을 것

---

* Lethargica gravis, '기면성 근무력증'이라는 뜻

같소."

"어떻게 해야 하나요, 선생님? 어떻게 하지요? 돈은 얼마든 써도 됩니다. 이제 뭘 해야 합니까? 병원으로 데려갈까요?"

포트버리는 이 제안을 일축했다. "그게 가장 좋지 못한 행동이 될 거요. 낯선 환경에서 정신이 들면 다시 졸도해버릴지도 모르니까. 여기 두고 돌보시오. 직접 돌볼 수 있도록 시간을 낼 수 있겠소?"

"어떻게든 할 겁니다."

"그러면 그렇게 하시오. 밤낮으로 간호해요. 부인분이 깨어날 때 최선의 상황은 자기 침대에서 눈을 떴을 때 당신이 바로 옆에서 눈을 뜨고 있는 것일 게요."

"간병인이 필요하지 않을까요?"

"그렇지는 않을 거요. 몸을 따뜻하게 덮어주는 것 외에는 해줄 수 있는 것도 별로 없소. 발을 머리보다 살짝 높여주는 것이 좋을 거요. 침대 다리 밑에 책을 한두 권 받쳐놓도록 해요."

"즉시 하죠."

"만약 이런 상태가 일주일 이상 지속되면 포도당 주사 같은 처치를 해야 할 거요." 포트버리는 몸을 굽히더니 가방을 닫고는 손에 들었다. "부인분의 상태에 변화가 있으면 바로 전화로 연락하시오."

"그러겠습니다. 저는…." 에드워드는 문득 말을 멈추었다. 마지막 지시 때문에 잊고 있던 무언가가 떠올랐다. "선생님, 여기까지 어떻게 오셨습니까?"

포트버리는 깜짝 놀란 듯했다. "무슨 소리요? 그렇게 찾기 힘든 곳도 아니었는데."

"하지만 주소를 알려드리지 않았는데요."

"어? 말도 안 되는 소리."

"하지만 정말입니다. 조금 전에 그 사실을 기억해내고 병원으로 다시 전화를 걸었는데 이미 떠나셨다고 하더군요."

"오늘 알려줬다고 하지는 않았소." 포트버리는 퉁명스럽게 말했다. "어제 주지 않았소."

에드워드는 기억을 더듬어보았다. 분명 전날 포트버리에게 면허증을 보여주기는 했지만, 거기에는 사무소의 주소밖에 적혀 있지 않았다. 물론 집 전화번호는 적혀 있었지만, 주소가 없이 밤 동안의 연락번호만 적혀 있었을 뿐이었다. 그의 면허증에도, 전화번호부에도 마찬가지였다. 어쩌면 신시아가….

하지만 신시아에게 물어볼 수는 없는 노릇이었다. 그리고 아내를 생각하자마자 이런 사소한 의문점은 생각의 경계 밖으로 밀려 사라져버렸다. "정말로 제가 더 이상 할 수 있는 일이 없는 겁니까?" 그가 초조하게 물었다.

"아무것도 없소. 여기서 부인분과 함께 있어주시오."

"그러지요. 하지만 한동안은 제게 쌍둥이가 필요할 정도로 바쁠 것 같습니다." 에드워드는 이렇게 덧붙였다.

"그건 왜요?" 포트버리는 장갑을 손에 들고 문을 향해 걸어 나가며 말했다.

"그 호그라는 작자 때문입니다. 그자와 결판을 지어야 하니까요. 걱정하지 마시죠. 놈을 작살낼 기회가 올 때까지는 다른 사람을 고용해 미행을 붙이겠습니다."

포트버리는 휙 돌아서서 위협하는 눈으로 그를 쏘아보았다. "그따위 짓은 하지 마시오. 당신은 여기 있어야 하오."

"물론이죠, 물론입니다. 하지만 그 작자의 꼬리를 놓치지는 않을 겁니다. 언젠가는 놈을 산산조각 내서 놈의 수수께끼를 밝히고 말 겁니다!"

포트버리는 천천히 말했다. "젊은이, 그…, 지금 말하는 그자와 무슨 일이 있어도 연관되지 않겠다고 약속을 해주었으면 좋겠소."

에드워드는 침대 쪽을 돌아보며 사납게 말했다. "무슨 일이 일어났는지 직접 보셨잖습니까. 그런데도 제가 그놈을 아무 일도 없었던 것처럼 놔줄 거라고 생각하시는 겁니까?"

"이런 세상에. 잘 들으시오. 나는 당신보다 나이가 많고, 인간이라면 당연히 어리석고 한심한 행동을 한다는 사실을 알고 있소. 하지만 그렇다고 해도, 대체 얼마나 많은 고통을 겪어야 함부로 건드리기에는 너무 위험한 것들이 존재한다는 사실을 깨달을 거요?" 그는 신시아 쪽을 손짓해 보였다. "그렇게 엄청난 재앙을 몰고 올 만한 행동을 계속하려고 하는데, 내가 대체 어떻게 아내분을 회복시켜드릴 수 있다는 말이오?"

"하지만… 잠깐만요, 포트버리 박사님. 저는 아내에 대해서는 선생님의 지시 사항은 전부 따를 거라고 말했습니다. 하지만 그 작자가 한 행동을 잊을 수는 없어요. 만약 아내가 죽으면… 아내가 죽으면, 저는 그 작자를 녹슨 쇠도끼로 토막토막 썰어버릴 겁니다!"

포트버리는 즉시 대답하지 않았다. 그리고 잠시 시간이 흐른 후 말했다. "만약 아내분이 돌아가시지 않으면?"

"아내가 죽지 않으면 제 임무는 이 자리에서 아내를 돌보는 것이겠지요. 하지만 제가 호그를 잊어버리겠다고 약속하리라 기대하지는 마십시오. 그럴 일 없을 테니까요. 단언하지요."

포트버리는 모자를 눌러쓰며 말했다. "그럼 그렇게 알고 있겠소. 그리고 부인분이 돌아가시지 않을 거라는 점은 믿어도 좋소. 하지만 한 가지 말해주지요, 젊은이. 당신은 어리석은 작자요." 그는 발소리를 울리며 아파트를 떠났다.

✳

포트버리와 티격태격 대화를 나누며 고무된 감정은 의사가 떠나자 몇 분 만에 사라져버렸고, 어두운 우울함이 다시 그를 사로잡았다. 할 수 있는 일이 아무것도 없었다. 신시아에 대한 고통스러운 걱정에서 생각을 돌릴 대상이 존재하지 않았다. 포트버리가 말한 대로 침대의 다리 아래 책을 괴어놓았지만, 그런 사소한 일을 처리하는 데에는 고작해야 몇 분밖에 걸리지 않았다. 그 작업을 끝내고 나니 더 이상 할 일이 없었다.

침대의 다리를 올릴 때 처음에는 아내를 깨우지 않기 위해 가능하면 침대가 흔들리지 않도록 조심해서 움직였다. 그러다 그는 아내가 깨어나는 것이야말로 지금 자신이 가장 원하는 일이라는 사실을 깨달았다. 그렇다고 해도 도저히 거칠거나 시끄럽게 움직일 수는 없었다. 아내가 너무도 무력하게 침대 위에 누워 있었기 때문이었다.

그는 아내의 손을 붙들고 상태가 변하는 모습을 지켜볼 수 있도록 가까운 곳으로 의자를 끌어왔다. 꼼짝도 않고 자리에 앉아 있자니, 아내의 가슴이 오르락내리락하는 모습이 눈에 들어왔다. 조금 안도가 되었다. 그는 한동안 그 모습을 바라보며 앉아 있었다. 느리고 거의 눈에 띄지 않는 들숨, 훨씬 빠르게 쏟아져 나오는 날숨.

아내의 얼굴은 지독히 창백해서 끔찍하게도 죽은 사람에 가까워 보였지만, 그래도 아름다웠다. 그녀를 바라보고 있으니 심장이 뜯겨나가는 기분이 들었다. 너무도 연약했다. 아내는 그를 완벽히 신뢰하고 있었다. 그러나 이제 그로서는 해줄 수 있는 일이 아무것도 없었다. 만약 그녀의 말을 들었더라면, 그녀가 말한 대로 따랐더라면 이런 일은 벌어지지 않았을 것이었다. 그녀는 두려움을 느끼면서도 자신의 지시를 따라 행동했었다.

심지어는 새의 자손들조차도 그녀를 겁먹게 할 수 없었는데….

지금 무슨 소리를 하는 거지? 정신 좀 차려, 에드워드. 그건 실제로 일어난 일이 아니잖아. 내 악몽 속의 일이었을 뿐이라고. 하지만 실제로 그런 일이 일어났다고 하더라도 그녀는 그렇게 행동했을 것이다. 아무리 일이 끔찍하게 돌아가도 꿋꿋하게 맞서서 그의 행동을 지지했을 것이다.

심지어는 꿈속에서조차도 아내를 완벽하게 신뢰하고 있었으며, 그녀의 용기와 헌신을 당연하게 생각하고 있었다는 사실에 에드워드는 우울함 속에서도 만족을 느꼈다. 신시아는 대부분의 남자들보다 훨씬 배짱이 있는 사람이었다. 신시아는 미드웰 사건에서 그가 붙잡은 미친 노파의 손에서 산성 용액이 든 약병을 쳐서 떨어뜨린 적이 있었다. 그녀가 재빠르고 용기 있게 행동하지 않았더라면 그는 지금쯤 검은 안경을 쓰고 안내견의 도움을 받아 사방을 돌아다녀야 했을 것이었다.

에드워드는 이불을 살짝 걷어 그날 아내가 팔에 얻은 흉터를 바라보았다. 산성 용액은 그에게는 조금도 묻지 않았지만, 그녀에게는 상처를 남겼다. 아직도 남아 있고, 계속 남아 있을 것이었다. 그러나 그녀는 개의치 않는 듯했다.

"신시아! 아, 신시아, 내 사랑!"

✳

하지만, 더 이상 같은 자세로 앉아 있을 수 없는 순간이 찾아왔다. 에드워드는 어쩔 수 없이 고통을 참으며 자리에서 일어섰다. 어젯밤의 사고로 인한 근육통이 저린 다리를 타고 폭풍처럼 휘몰아쳤다. 음식 생각만 해도 기분이 나빠졌지만, 앞으로 계속해서 아내를 지켜보며 기다리려면 체력이 필요했고, 뭔가를 먹어야 했다.

부엌 찬장과 냉장고를 뒤지자 이런저런 음식, 아침거리, 통조림 몇개, 조미료, 시든 양상추 몇 잎 정도가 나왔다. 복잡한 요리를 할 생각은 들지 않았다. 통조림 수프 하나 정도로도 충분히 버틸 수 있을 것 같았다. 그는 야채 수프 통조림 하나를 따서 냄비에 내용물을 쏟은 다음 물을 부었다. 몇 분 정도 끓인 후 냄비를 불에서 내려서 그대로 선 채로 먹었다. 골판지를 끓인 것 같은 맛이 났다.

그는 침실로 돌아가서 다시 자리에 앉아 끊임없는 기다림을 이어가려고 했다. 그러나 얼마 지나지 않아 음식에 대해서는 그의 이성보다 감정쪽이 더 옳았다는 사실이 증명되었다. 그는 서둘러 화장실로 뛰어들어가서는 한동안 구역질을 하며 신음했다. 그리고 얼굴을 씻고 입안을 헹군 후 창백한 얼굴로 힘없이, 그러나 육체적으로는 충분히 견딜 만한 상태가 되어 의자로 돌아왔다.

바깥에 땅거미가 깔리기 시작했다. 그는 화장대의 전등을 켜고, 그녀의 눈에 조명이 직접 가 닿지 않도록 전등갓을 조절한 후 다시 자리에 앉았다. 그녀의 모습은 전혀 변하지 않았다.

전화가 울렸다.

그는 비이성적인 수준으로 깜짝 놀랐다. 오랫동안 앉아서 지켜보는 동안 계속 커지는 슬픔 때문에 세상에 다른 존재가 있다는 사실조차도 생각하지 못했던 것 같았다. 그러나 그는 정신을 차리고 수화기를 들었다.

"여보세요? 네, 에드워드입니다."

"에드워드 씨, 시간을 갖고 다시 생각해봤는데 사과를 드려야 할 것 같아서요. 그리고 해명도 필요하고 말입니다."

"무슨 사과요? 지금 말씀하시는 분이 누구십니까?"

"그게, 조녀선 호그입니다, 에드워드 씨. 어제 아침에…."

"호그! 방금 '호그'라고 한 거요?"

"그렇습니다, 에드워드 씨. 어제 아침에 너무 독단적인 태도를 보인 것에 사과를 드리고 양해를 구하고 싶습니다. 그리고 부인께서 제 행동에 너무 기분이 나쁘시지 않았기를…."

이때쯤에는 에드워드도 처음 느낀 경악에서 빠져나와 충분히 자신의 감정을 피력할 수 있을 정도로 회복된 상태였다. 그는 수년에 걸쳐 사립탐정이 응당 마주치기 마련인 그런 부류의 인물들과 어울리며 주워들은 다양한 단어와 표현방식을 활용해 말했다. 그가 말을 마치자 상대방 쪽에서는 숨을 헐떡이는 소리와 쥐죽은 듯한 침묵만이 들려올 뿐이었다.

그는 만족하지 못했다. 중간에 말을 끊고 더 퍼붓고 싶어서 호그가 말하길 바랄 정도였다. "아직 듣고 있나, 호그?"

"어, 네."

"한마디 덧붙이지. 당신은 복도에 혼자 있는 여자를 붙들어서 정신을 잃게 만드는 일이 농담이라고 생각할지 모르겠지만, 나는 아니라고! 하지만 이 일을 절대 경찰에 알리지는 않을 거다. 아니, 절대로! 내 아내가 회복되는 대로 내가 몸소 네놈을 찾아 나설 테고, 그러고는…, 신이 네놈을 돌보기를 빌어주지, 호그. 주님의 가호가 필요할 테니까."

그러고는 한참 동안 침묵이 흘러 에드워드는 상대방이 전화를 끊었다고 확신했다. 그러나 호그는 그저 상황을 정리하려고 애쓰고 있던 모양이었다. "에드워드 씨, 이건 정말로 끔찍한…."

"당연한 소리!"

"혹시 제가 당신 부인에게 말을 걸어서 놀라게 해드렸다는 뜻입니까?"

"네가 더 잘 알 텐데!"

"하지만 저는 모르는 일입니다, 정말로 전혀요." 호그는 잠시 말을 멈추더니 곧 떨리는 목소리로 말을 이었다. "제가 걱정하던 일이 바로 이런 것이었습니다, 에드워드 씨. 기억이 사라진 동안 끔찍한 일을 저질렀을 수도 있다는 두려움 말입니다. 하지만 당신 부인에게 해를 입히다니…. 그분은 제게 정말 친절하게 대해주셨는데요. 너무 끔찍한 일입니다."

"마음껏 지껄여보시지!"

호그는 더 버틸 수 없이 지친 양 한숨을 쉬었다. "에드워드 씨?" 에드워드는 대답하지 않았다. "에드워드 씨, 더 이상 저 자신을 속여도 소용없겠지요. 이제 단 한 가지 방법만이 남았습니다. 저를 경찰에 넘겨주세요."

"뭐?"

"우리가 마지막으로 대화한 이후로 계속 알고 있었습니다. 어제 내내 생각은 하고 있었지만, 도저히 용기가 나지 않았지요. 저의…, 저의 다른 인격 문제는 완전히 극복했다고 생각했는데 오늘 다시 똑같은 일이 벌어졌습니다. 낮 동안의 일은 아무것도 생각이 나지 않아요. 저녁이 되어 집으로 돌아오던 길에 정신이 들었습니다. 뭔가를 해야 한다는 사실을 깨달았고, 그래서 조사를 재개해달라고 부탁하려고 선생께 전화한 겁니다. 하지만 제가 선생 부인분께 뭔가를 했을 것이라고는 상상조차 하지 못했습니다." 그는 그런 생각만으로도 충격을 극복하지 못하는 것 같았다. "그게… 그 일이 언제 벌어진 건가요, 에드워드 씨?"

에드워드는 어찌할 바를 몰랐다. 곧바로 전화선을 타고 달려가 아내를 비참한 상태로 몰아넣은 남자의 목을 조르고 싶은 마음과, 아내를 돌볼 수 있는 곳에 머물러야 한다는 상황 사이에서 갈등하고 있는 중이었다. 게다가 호그가 악당처럼 말하지 않는다는 사실도 그를 괴롭히고 있었다. 온화한 답변과 진심으로 걱정하는 어조를 듣고 있자면, 도저히 그를 잭 더 리퍼 부류의 끔찍한 괴물로 볼 수가 없었다. 물론 종종 태도만은 온화한 악당이 존재한다는 사실을 그의 이성은 되뇌고 있었지만.

따라서 그는 단순한 사실만으로 답변했다. "오전 9시 30분쯤."

"제가 오늘 아침 9시 30분에 어디에 있었나요?"

"오늘 아침이 아니야, 이 인간아. 어제 아침이지."

"어제 아침? 하지만 그건 불가능합니다. 기억나지 않으세요? 저는 어제 아침에 집에 있었어요."

"당연히 기억하지. 우리는 네놈이 집을 나서는 것을 보았고. 아마 그건 모르는 모양이지." 그리 논리적인 말은 아니었다. 어제 아침에 일어난 일을 보자면, 호그 쪽에서도 그들이 미행하고 있다는 사실을 알고 있는 것이 분명해 보였기 때문이다. 그러나 그는 논리적으로 말할 수 있는 정신 상태가 아니었다.

"하지만 저를 보셨을 리가 없어요. 어제 오전은 매주 수요일을 제외하면 제가 어디 있었는지 확신할 수 있는 유일한 시간입니다. 그대로 제 아파트에 있었어요. 거의 1시가 다 되어 클럽으로 향할 때까지 나가지 않았습니다."

"뭐라고, 그거야말로 말도 안 되는…."

"제발 잠깐만 기다려보세요, 에드워드 씨! 저도 선생님만큼이나 혼란스럽고 당황스러운데, 제 말을 좀 들어주셔야 합니다. 선생님이 제 일상적인 행동을 깨뜨리셨죠. 기억하세요? 그 후로 제 다른 인격이 찾아오지 않았습니다. 선생님 부부가 가신 다음에도 저는 제… 올바른 인격을 유지했어요. 바로 그 때문에 제가 풀려났다는 생각을 한 겁니다."

"잘도 그러셨겠지. 어떻게 그런 생각을 한 거지?"

"저 자신의 증언이 별 도움이 안 된다는 사실은 알고 있습니다." 호그는 얌전히 인정했다. "하지만 저는 혼자 있지 않았어요. 선생님 부부가 떠나신 다음에 바로 청소하는 여자가 와서 오전 내내 여기 같이 있었습니다."

"그 여자가 올라가는 걸 보지 못했다니 진짜 웃기는 일이군."

"입주 청소부니까요." 호그가 설명했다. "경비원의 부인입니다. 젠킨스 부인이에요. 그 여자분과 이야기를 해보시겠어요? 아마 지금 찾아서 전화를 받게 할 수 있을 겁니다."

"하지만…." 에드워드는 점차 혼란에 빠지며 자신이 불리한 입장에 처해 있다는 사실을 깨닫기 시작했다. 애초에 호그와 대화를 나누기 시작한 것이 문제였다. 호그는 에드워드의 논리를 부술 기회가 올 때까지 그저 그의 비위를 맞추고 있었던 것이다. 포트버리의 말이 옳았다. 호그는 교활하고 음흉한 작자였다. 알리바이를 대려는 것 아닌가!

게다가 그는 이토록 오래 침실을 떠나 있었다는 점에 갈수록 초조해지고 있었다. 호그 때문에 적어도 10분은 수화기를 붙들고 있었을 것이었다. 지금 여기 탁자에 앉아서는 침실 안을 들여다볼 수 없었다. "아니, 그 여자와 말하고 싶지 않아. 네놈은 계속 거짓말을 반복할 뿐이야!" 그는 수화기를 쾅 하고 내려놓고는 서둘러 침실로 향했다.

신시아는 그가 떠났을 때와 같은 모습이었다. 그저 잠들어 있는 듯, 가슴 아프게 사랑스러워 보였다. 그는 재빨리 아내가 숨을 쉬고 있는지를 확인했다. 호흡은 얕지만 규칙적이었다. 그의 수제 청진기가 아내의 달콤한 심장 박동 소리를 전해주었다.

그는 한동안 앉아서 아내를 바라보며 지금 자신이 처한 비참한 상황이 따뜻하고 쓸쓸한 와인처럼 스며들도록 내버려두었다. 이 고통을 잊고 싶지 않았다. 그는 고통을 힘겹게 붙들며, 그에 앞서 수많은 사람들이 이미 깨달은 진리, 즉 사랑하는 이를 향한 고통이라면 아무리 깊더라도 모두 사라지는 것보다는 낫다는 사실을 경험하고 있었다.

잠시 후 그는 현기증을 느끼고, 곧 자신이 아내에게 좋지 못한 쪽으로 행동하고 있다는 사실을 깨달았다. 우선 집 안에 음식을 가져다 놓아야 하고, 자신도 음식을 먹을 필요가 있었다. 내일은 전화통을 붙들고 앉아서 자신이 자리를 비워도 사업이 제대로 돌아가도록 만들어야 한다. 기한을 연기할 수 없는 일은 나이트워치 탐정사로 이관할 수밖에 없을 것이다. 제법 믿을 만한 친구들이고 예전에 도움을 준 적도 있었으니까. 하지만 그런 일은 전부 내일 처리해도 될 것이다.

지금 해야 할 일은…. 그는 아래쪽 길가의 정육점에 전화를 걸어 상당히 두서없이 주문을 넣었다. 가게 주인에게 성인 남성이 하루나 이틀 정도 먹을 수 있을 만큼 주변의 물건을 되는대로 챙겨달라고 말했다. 그러고는 50센트에 그 상품을 자기 집까지 배달해줄 사람을 찾아달라고도 부탁했다.

에드워드는 전화 통화를 끝내고 화장실로 가서 조심스레 면도를 했다. 그는 깔끔한 화장실 상태가 사기에 어떤 영향을 끼치는지를 잘 아는 사람이었다. 그러는 동안에도 내내 문을 열어놓고 한쪽 눈으로 침대 위를 살피는 것을 잊지 않았다. 그는 걸레 하나를 가져다 물을 축여서는 라디에이터 아래의 얼룩을 문질러 지웠다. 피 묻은 잠옷 상의는 옷장 안의 빨래바구니 안에 쑤셔 넣었다.

그는 자리에 앉아 정육점에 주문한 음식이 도착하기를 기다렸다. 그러는 사이 호그와 나누었던 대화를 곱씹어보았다. 그가 생각하기에 호그와 관련해 명확한 점은 단 한 가지밖에 없었다. 바로 그와 관련된 모든 일이 혼란스럽기만 하다는 것이었다. 애초에 처음 한 이야기조차 말이 안 되는 것이었다. 자기 자신을 미행하는 대가로 그렇게 높은 보수를 제공하다니! 그러나 그 후에 일어난 일들과 비교해보면 그 정도는 완전히 말이 되는 축이었다. 13층 사건이 있었고…. 젠장! 그는 13층을 실제로 보았고, 그곳에 들어가기도 했으며, 보석공의 확대경을 한쪽 눈에 고정시킨 채로 일하고 있는 호그를 지켜보기도 했다.

그러나 그 모든 일은 사실상 불가능한 것이었다.

이게 대체 무슨 뜻일까? 최면술은 아닐까? 에드워드는 그런 술수에 쉽사리 혹하는 사람이 아니었다. 최면술이 존재한다는 거야 알지만, 동시에 일요일 신문의 중간면 기자들이 말하는 것처럼 대단한 능력은 아니라는 사실 또한 알고 있었다. 사람들로 북적이는 거리에서 한 사람에게 순식간에 최면을 걸어서 전혀 일어나지 않은 일련의 사건을 명확하게 기억하도록 만들다니, 솔직히 전혀 믿을 수가 없었다. 만약 그런 일이 가능하다면 전 세계가 거짓이며 환상일 수도 있을 것이다.

어쩌면 그럴지도 모른다.

어쩌면 온 세상도 사람들이 집중을 하고 믿는 동안만 유지되는 것일지도 모른다. 만약 세상에 이질적인 모순점이 스며들게 하면, 사람들이 의심을 하게 되고 그에 따라 세계가 무너질지도 모른다. 어쩌면 그가 신시아의 현실에 의문을 품었기 때문에 그런 일이 발생한 것일지도 모른다. 만약 그가 눈을 감고 그녀가 건강하게 살아 있다고 믿는다면 그녀는 그렇게 될지도 모른다.

에드워드는 시도해봤다. 세상을 차단하고 오직 신시아에게만 집중했다. 건강하게 살아 있는 신시아, 그가 말한 농담에 웃을 때마다 항상 그러듯 입가에 묘한 잔주름이 일렁이는 신시아, 졸음이 가득한 눈으로 자리에서 일어나는 아름다운 신시아, 정장을 입고 멋진 모자를 머리에 올린 채 그와 함께라면 어디로든 갈 준비를 마치고 있는 신시아….

그는 눈을 뜨고 침대를 보았다. 그녀는 여전히, 변하지 않은 모습으로 죽은 것처럼 누워 있었다. 그는 한동안 멍하니 앉아 있다가 코를 풀고는 얼굴에 물을 끼얹으려 자리에서 일어섰다.

8

초인종 소리가 들렸다. 에드워드는 누군지 묻지도 않고 복도 문가로 가서 건물 정문을 열어주었다. 다른 사람과 대화를 하고 싶은 기분이 아니었다. 정육점에서 음식을 배달하라고 시킨 사람이라면 더욱더.

어느 정도 시간이 흐른 후 부드럽게 문을 두드리는 소리가 들렸다. 그는 문을 열며 "안으로 가져와요."라고 말하다가 순간 말을 멈췄다.

문밖에는 호그가 서 있었다.

두 사람 모두 처음에는 입을 열지 않았다. 에드워드는 몹시 놀란 상태였다. 호그는 소심한 모습으로 에드워드가 입을 열기를 기다리고 있었다. 마침내 호그가 수줍게 입을 열었다. "올 수밖에 없었어요, 에드워드 씨. 저기… 들어가도 되겠습니까?"

에드워드는 정말로 할 말은 잊은 채 그를 물끄러미 바라보았다. 이토록 뻔뻔한 작자라니. 엄청난 철면피가 아닌가!

"제가 제 의지로 당신 부인에게 해를 끼칠 리가 없다는 점을 증명하기 위해서 왔습니다." 호그가 순진하게 말했다. "만약 저도 모르는 사이에 그런 일을 했다면 어떻게든 그에 대해 배상을 하고 싶습니다."

"배상하기에는 너무 늦었어!"

"하지만 에드워드 씨. 대체 왜 제가 부인께 뭔가를 저질렀다고 생각하시는 겁니까? 저는 어떻게 그런 일이 가능한지 알 수가 없어요. 적어도 어제 오전에는요." 그는 말을 멈추고 비참한 표정으로 에드워드의 굳은 얼굴을 바라보았다. "제대로 된 판결 없이 악당을 쏘아버리지는 않으시겠지요, 선생님?"

에드워드는 어찌할 바를 모르고 고통스럽게 입술을 잘근거렸다. 호그의 말을 듣고 있으면 너무도 성실한 사람으로만 보였다. 그는 문을 활짝 열고 퉁명스럽게 말했다. "들어오시오."

"고맙습니다, 에드워드 씨." 호그는 소심하게 집 안으로 들어섰다. 에드워드는 문을 닫기 시작했다.

"아저씨가 에드워드인가요?" 다른 낯선 남자 하나가 꾸러미를 들고 문간에 서 있었다.

"그래." 에드워드는 고개를 끄덕이고 잔돈을 찾아 주머니를 뒤졌다. "어떻게 들어왔나?"

"저 사람과 같이 들어왔죠." 남자는 호그를 가리키며 말했다. "그런데 층을 잘못 내렸어요. 맥주가 아주 차가워요, 선생님." 그는 살가운 목소리로 덧붙였다. "냉장고에서 바로 나왔죠."

"고맙네." 에드워드는 50센트에 10센트를 더 얹어주고 문을 닫은 후 바닥에서 꾸러미를 들고는 부엌으로 향했다. 아무래도 맥주를 좀 마셔야 할 것 같았다. 지금이야말로 과거 어느 때보다도 맥주가 필요한 시점이었다. 그는 부엌 바닥에 꾸러미를 내려놓고 캔 하나를 꺼냈다. 서랍을 뒤적여 따개를 찾아 열 준비를 했다. 문득 시야 한쪽 구석에 무언가 움직이는 것이 보였다. 호그가 계속해서 양쪽 발에 몸무게를 번갈아 실으며 초조하게 서 있었던 것이다. 에드워드가 그에게 앉으라는 말을 하지 않았기 때문에 여전히 서 있는 모양이었다. "자리에 앉아요!"

"고맙습니다." 호그는 자리에 앉았다.

에드워드는 맥주 쪽으로 시선을 돌렸다. 그러나 조금 전 상황 때문에 다른 사람의 존재를 의식해버렸다. 예의 바르게 행동하려는 자기 자신이 튀어나왔다. 아무리 그래도 자신은 맥주를 마시면서 손님에게 권하지 않을 수는 없었다. 아무리 환영받지 못하는 손님일지라도.

그는 잠시 머뭇거리며 생각했다. 젠장, 저 작자가 맥주를 마신다고 해서 나나 신시아에게 해가 되는 건 아니잖아. "맥주 마실 줄 아시오?"

"네, 고맙습니다." 사실 호그는 맥주를 거의 마시지 않았다. 와인의 미묘한 향취를 느끼는 쪽을 좋아했다. 그러나 지금 이 상황에서는 합성 진이나 구정물이라도 에드워드가 권하면 마신다고 대답했을 것이었다.

에드워드는 유리잔을 탁자에 내려놓고는 침실로 가서 자기가 슬쩍 들어갈 수 있을 정도로만 문을 열었다. 신시아는 그가 예상한 대로의 모습이었다. 의식이 없는 사람일지라도 같은 자세로 오래 있으면 힘들 것이라 생각해 그는 아내의 누운 자세를 살짝 바꾸어주고는 이불을 바로 폈다. 그는 아내를 바라보고는 호그를, 그리고 포트버리가 호그에 대해 한 경고를 생각해 보았다. 그 의사가 생각하는 만큼 호그가 위험한 사람일까? 심지어는 에드워드조차도 지금 그의 손안에서 놀아나고 있는 것일까?

아니, 호그가 지금 그를 해칠 수 있을 리는 없었다. 최악의 상황이니 어떤 변화가 일어나도 나아지는 셈일 테니까. 둘이 함께 죽는다고 해도 마찬가지다. 심지어는 신시아만 죽는다고 해도 그로서는 그저 아내의 뒤를 따르기만 하면 그만이었다. 그날 아침에 생각해둔 일이었다. 그리고 그런 행동을 비겁하다고 부르는 사람이 있어도 전혀 신경 쓸 생각은 없었다!

아니, 만약 호그에게 이 사태의 책임이 있다면 적어도 눈앞에 기회가 있기는 한 셈이겠지. 그는 다시 거실로 돌아갔다.

호그는 여전히 자기 맥주잔을 건드리지 않았다. "마시지." 에드워드는 말하며 자리에 앉아 자기 잔으로 손을 뻗었다. 호그는 그의 제안에 따랐지만 현명하게도 건배를 제안하거나 건배하는 동작으로 잔을 들어 올리지는 않았다. 에드워드는 피로가 섞인 호기심을 느끼면서 호그를 바라보았다. "당신을 전혀 이해할 수가 없어, 호그."

"저도 저 자신이 이해가 안 됩니다, 에드워드 씨."

"여기에는 왜 온 거지?"

호그는 무력하게 양손을 펴 보였다. "당신 부인에 관해 묻기 위해서입니다. 제가 그분에게 무슨 짓을 했는지를 알기 위해서요. 가능하다면 제가 한 행동을 만회하기 위해서요."

"네놈이 했다는 건 인정하는 거냐?"

"아닙니다, 에드워드 씨. 아니에요. 제가 어떻게 어제 아침에 당신 부인에게 무언가를 할 수 있었다는 건지 전혀 이해할 수가 없습니다…."

"내가 봤다는 걸 잊고 있군."

"하지만… 제가 뭘 한 겁니까?"

"신시아를 미드웨이캅튼 빌딩의 복도 끝으로 몰아붙인 다음 목을 조르려 했지."

"아, 세상에! 하지만… 선생님이 직접 보신 겁니까?"

"아니, 정확히 그렇지는 않지. 나는…." 에드워드는 말을 멈추었다. 호그 앞에서 건물 한쪽에서 그가 다른 일을 하는 것을 보고 있느라 건물 반대편에서 그가 하던 짓을 보지 못했다는 소리가 어떻게 들릴지 깨달았기 때문이다.

"말씀해주세요, 에드워드 씨. 제발."

에드워드는 초조하게 자리에서 일어섰다. "아무 소용 없는 일이야." 그가 쏘아붙였다. "나는 네놈이 뭘 했는지 모르니까. 네가 뭘 했는지 아무것도 모른다고! 내가 아는 건 이것뿐이야. 네놈이 첫날 이 문으로 들어온 순간부터 나하고 아내한테는 괴상한 일들이 일어나기 시작했어. 불길한 일들이. 그리고 이제 내 아내는 죽은 것처럼 침대에 누워 있단 말이야. 아내는…." 그는 말을 멈추고 손으로 얼굴을 가렸다.

그는 어깨에 부드러운 손길이 와서 닿는 것은 느꼈다. "에드워드 씨… 제발요, 에드워드 씨. 정말 죄송합니다. 어떻게든 돕게 해주세요."

"누가 도울 수 있을지 모르겠군. 내 아내를 깨울 방법을 아는 사람이 있는 것이 아니라면. 할 수 있나, 호그 씨?"

호그는 천천히 고개를 저었다. "애석하게도 그렇지는 않습니다. 말해주세요. 부인께 무슨 일이 일어난 겁니까? 저는 아직 모르고 있습니다."

"별로 말할 것도 없어. 오늘 아침에 잠에서 깨어나지 못했지. 영원히 깨어나지 않을 것처럼 행동하고 있고."

"부인께서… 돌아가신 것이 아닌 건 확실한가요?"

"아니, 죽지는 않았어."

"물론 의사는 부르셨겠지요. 의사는 뭐라고 하던가요?"

"아내를 다른 곳으로 옮기지 말고 옆에 붙어서 지켜보라고 했지."

"그래요, 하지만 정확하게 어디가 문제라고 했지요?"

"레타르기카 그라비스라고 부르던데."

"레타르기카 그라비스? 그냥 그렇게만 말하던가요?"

"그래. 그런데 왜 그러는 거지?"

"하지만 진찰을 했을 것 아닙니까."

"그게 진단 결과였어. 레타르기카 그라비스."

호그는 여전히 영문을 모르는 표정이었다. "하지만 에드워드 씨, 그건 진단 결과가 아닙니다. 그저 '깊은 잠'을 잘난 척하면서 말한 것뿐이에요. 그 말에는 아무 뜻도 없습니다. 피부 문제가 있는 사람에게 '데르마티티스*'가 있다던가, 속이 불편한 사람에게 '가스트리티스**'가 있다고 말하는 것과 같습니다. 어떤 검사를 하던가요?"

"어… 잘 모르겠는데. 나는…."

"위 세척기로 위액을 검사해봤나요?"

"아니."

"엑스레이는?"

"아니, 도구가 없었어."

"설마 에드워드 씨, 의사가 그냥 집 안으로 들어와서 아내분을 훑어보기만 하고, 아무 조치도 취하지 않고, 검사도 해보지 않고, 조언을 구할 동료도 데려오지 않았다는 겁니까? 혹시 그 의사가 주치의였습니까?"

"아니." 에드워드는 비참하게 대꾸했다. "나는 의사에 대해서는 별로 아는 게 없어. 의사가 필요했던 적이 없으니까. 하지만 당신이라면 그 의사가 쓸 만한 사람인지 알겠지. 포트버리였으니까."

"포트버리? 제가 조언을 구한 포트버리 박사 말인가요? 어쩌다가 그

---

* Dermatitis, 피부염
** Gastritis, 위염

사람을 고르게 된 건가요?"

"글쎄, 의사라고는 아는 사람이 없었으니까. 그리고 당신 이야기를 조사하다가 그 사람을 만나보기도 했고. 당신, 포트버리에게 무슨 원한이 있는 거지?"

"딱히 그런 것은 없는데요. 그 사람이 제게 무례하게 대했을 뿐이지요. 적어도 제 생각으로는 그렇습니다."

"그럼 그 사람은 당신에게 무슨 원한이 있지?"

"그 사람이 제게 안 좋은 감정이 있을 만한 이유를 모르겠군요." 호그는 영문을 모르겠다는 투로 대답했다. "딱 한 번 보았을 뿐입니다. 물론 그 검사 결과 때문에 말이지요. 하지만 그렇다고 왜…." 그는 무력하게 어깨를 으쓱해 보였다.

"당신 손톱 아래의 물질 말인가? 그건 그냥 헛소리인 줄로만 알았는데."

"아니에요."

"어쨌든 그게 전부일 리는 없겠지. 그가 당신에 대해서 늘어놓은 온갖 소리를 생각하면 말이야."

"그 사람이 저에 대해 뭐라고 했습니까?"

"그의 말로는…." 에드워드는 순간 포트버리가 호그에 대해 명확한 말을 한 적이 없다는 점을 깨닫고 말을 멈추었다. 사실 아무 말도 하지 않은 것이나 다름이 없었다. "그가 말한 내용이 중요한 것이 아니야. 그의 감정이 중요한 거지. 그 사람은 당신을 싫어하고 있어, 호그. 그리고 당신을 두려워하고 있고."

"나를 두려워해요?" 호그는 마치 에드워드가 농담하고 있다고 확신하는 듯 힘없이 웃음을 지었다.

"그렇게 대놓고 말한 것은 아니지만, 확실히 그렇게 보였어."

호그는 고개를 저었다. "이해가 안 되는군요. 사람들이 저를 두려워하는 것보다 제가 사람들을 두려워하는 쪽이 더 익숙한데 말이죠. 잠깐만요. 혹시 그 사람이 선생님께 저에 대한 검사 결과를 말해주던가요?"

"아니. 잠깐, 그러고 보니 당신에 대한 가장 이상한 점이 떠오르는군, 호그." 그는 13층에서 일어난 말도 안 되는 모험을 떠올리며 말을 멈추었다. "당신 혹시 최면술사인가?"

"세상에, 그럴 리가요! 왜 그런 질문을 하시는 겁니까?"

에드워드는 처음 그를 미행하려 했던 때 벌어진 일을 말해주었다. 호그는 듣는 내내 조용히 있었다. 어안이 벙벙한 채로 주의를 기울이고 있는 얼굴이었다. "그런 일이 벌어졌다는 거야." 에드워드는 이렇게 끝을 맺었다. "13층도 없고, 디더리지 상회라는 곳도 없고, 아무것도 없었다니까! 그런데도 당신 얼굴을 보는 것만큼이나 그 모든 것이 선명하게 기억난다는 거지."

"그게 답니까?"

"이거면 충분하지 않나? 아니, 한 가지 덧붙이고 싶은 것이 있군. 사실 딱히 중요한 것은 아니야. 그 경험이 내게 미친 영향을 보여주는 것뿐이지."

"뭔데 그러십니까?"

"잠깐 기다려."

에드워드는 자리에서 일어나 다시 침실로 갔다. 이번에는 문을 최소한만 열려고 주의를 기울이지는 않았지만 들어간 후 문을 닫기는 했다. 어쩐지 신시아의 옆에 계속 붙어 있지 않으면 초조한 기분이 들었다. 그러나 솔직히 말하면, 그는 호그가 자신을 찾아와준 것만으로도 어딘지 초조함이 줄어들고 안심이 되었다고 인정해야 했다. 그는 의식적으로 이런 감정을 그들이 가진 문제의 근본적 원인을 알아내려는 시도라고 변명하고 있었다.

그는 다시 아내의 심장 박동에 귀를 기울였다. 그녀가 여전히 이쪽 세계에 있다는 사실에 만족하며 아내의 베개를 불룩하게 해주고는 흘러내린 머리칼을 쓸어주었다. 그는 몸을 굽혀 아내의 이마에 가볍게 키스한 다음 서둘러 방에서 나갔다.

호그는 그대로 기다리고 있었다. "어떤가요?" 그가 물었다.

에드워드는 자리에 털썩 주저앉으며 양손으로 머리를 감쌌다. "아직 똑같아." 호그는 쓸데없는 대답을 하지 않는 쪽을 택했다. 에드워드는 곧 지친 목소리로 그에게 지난 이틀 밤 동안의 악몽에 대해 말해주었다. 이야기를 끝낸 후 에드워드는 이렇게 덧붙였다. "중요한 이야기라고 한 적은 없어. 나는 미신을 믿는 사람이 아니니까."

"과연 그럴까요…." 호그가 중얼거렸다.

"무슨 뜻이지?"

"미신 이야기가 아닙니다. 하지만 그 꿈이 순전히 우연의 산물이 아니라, 선생의 경험에 근원을 둔 것일 수도 있지 않을까요? 그러니까 제 말은, 만약 누군가가 대낮에 애크미 빌딩에서 그런 꿈을 꾸게 만들 수 있다면 한밤중에 꿈을 꾸게 할 수도 있지 않겠느냐는 말입니다."

"뭐?"

"혹시 누군가에게 원한을 산 적이 있으십니까, 에드워드 씨?"

"글쎄, 딱히 떠오르는 사람은 없는데. 물론 나와 같은 직업을 가진 사람이라면 누군가와 친구가 되기에는 쉽지 않은 일을 하고 돌아다니게 마련이지만, 전부 의뢰인을 대신해서 하는 일이지. 내가 별로 마음에 안 드는 악당들이 한둘 있기는 하겠지만, 그래도…. 글쎄, 그 작자들이 이런 일을 벌일 수 있겠나. 말이 안 되는 소리야. 누구든 당신을 싫어하는 사람은 없나? 포트버리 말고?"

"제가 아는 한은 없습니다. 그리고 그 사람이 왜 저를 싫어하는지도 모르겠어요. 그 사람 말이 나와서 말인데, 다른 의사의 진료를 받아볼 생각은 있으시겠지요?"

"그래. 아무래도 머리가 잘 돌아가지 않는 것 같군. 정확히 뭘 해야 할지도 모르겠어. 전화번호부를 들고 다른 번호를 시도해보는 것 말고는 말이야."

"더 나은 방법이 있어요. 대형 병원에 전화를 걸어서 구급차를 부르세요."

"그렇게 하지!" 에드워드는 말하며 자리에서 일어섰다.

"아침까지 기다리는 편이 좋을 겁니다. 어차피 아침이 되기 전까지는 제대로 된 결과가 나오지 않을 테니까요. 그러는 동안 부인께서 깨어나실 수도 있고요."

"글쎄…. 그래, 그렇겠군. 다시 한 번 아내를 보고 와야겠어."

"에드워드 씨?"

"음?"

"어, 괜찮으시다면 혹시… 제가 부인을 좀 살펴봐도 되겠습니까?"

에드워드는 호그를 바라보았다. 호그의 예의 바른 태도와 대화 덕분에 의심이 생각보다 훨씬 덜해진 것은 사실이었지만, 호그의 제안을 들으니 포트버리의 경고가 다시 생생하게 떠올랐다. "그러지는 않았으면 좋겠군." 그는 딱딱하게 말했다.

호그는 실망했으나 내색하지 않으려 했다. "그래요, 당연하지요. 선생님 기분은 이해합니다."

에드워드가 돌아왔을 때 호그는 모자를 손에 든 채로 문간에 서 있었다. "아무래도 저는 가는 편이 좋겠습니다." 그가 말했다. 에드워드가 별다른 대답을 하지 않자, 그는 이렇게 덧붙였다. "원하신다면 아침까지 함께 여기 있어드릴 수도 있습니다만."

"아니, 그럴 필요 없어. 잘 가라고."

"편히 쉬세요, 에드워드 씨."

호그가 떠나자, 그는 몇 분 동안 목적 없이 서성이며 계속해서 아내의 옆으로 돌아오곤 했다. 포트버리의 진찰 방식에 대한 호그의 평가는 생각한 것 이상으로 그의 마음을 뒤흔들어놓았다. 거기에 덧붙여, 호그는 자신에 대한 의심을 일부 누그러뜨리며 그가 행동하도록 몰아치는 격한 감정에서 김을 빼놓기까지 했다. 이것 역시 그에게는 좋지 못한 일이었다.

그는 저녁 식사로 찬 음식을 맥주와 함께 목으로 넘겼고, 음식이 얌전히 배 속에 머무르는 것만으로도 만족감을 느꼈다. 그리고 큰 의자를 침실로 끌어와 그 앞에 발걸이를 가져다 놓고 여분의 담요를 깔아서 밤을 새울 준비를 했다. 할 일은 아무것도 없었고, 책을 읽을 기분도 아니었다. 시도는 해봤지만 잘되지 않았다. 가끔 자리에서 일어나 냉장고로 가서 맥주 캔을 하나씩 가져왔다. 맥주가 다 떨어지자 호밀 위스키를 꺼냈다. 위스키를 마시자 초조함은 조금 가시는 듯했으나, 그 외의 효과는 전혀 느낄 수 없었다. 그는 술에 취하고 싶은 마음은 조금도 없었다.

＊

그는 핍스가 거울에서 나와 신시아를 납치하려 한다고 확신하며 공포에 질려 잠에서 깨어났다. 방 안은 어두웠다. 조명을 켜고 사랑하는 이가 창백한 얼굴로 여전히 침대에 누워 있는 것을 확인할 때까지, 그는 심장이 갈빗대를 부수며 터져나올 것만 같은 기분에 사로잡혀 있었다.

다시 불을 끄기 전에 그는 커다란 거울을 살펴보았다. 그 안에 비치는 것이 자신의 침실이며, 다른 끔찍한 장소로 통하는 창문이 아니라는 것을 확인해야 했기 때문이었다. 거울 위에 희미하게 어리는 도시의 불빛 속에서 그는 간신히 놀란 가슴을 진정시킬 수 있었다.

문득 거울 속에 무언가 움직이는 것이 보였다. 그는 휙 몸을 돌렸지만, 그저 자기 자신이 거울에 비친 모습일 뿐이었다. 그는 다시 자리에 앉아 기지개를 켜며 잠이 들지 않겠다고 마음을 굳게 다졌다.

방금 그건 뭐였지?

그는 움직임을 쫓아 부엌으로 달려나갔다. 아무것도 보이지 않았다. 그리고 다시 한 번 공포가 찾아왔고, 그는 서둘러 침실로 달려갔다. 그를 그녀의 옆에서 떨어뜨리기 위한 속임수일 수도 있었다.

그들은 그를 못살게 굴어 그가 경솔하게 움직이기를 기다리며 비웃고 있었다. 그는 알 수 있었다. 놈들은 며칠에 걸쳐 계획적으로 움직이며 그의 신경을 갉아먹으려는 것이었다. 집 안의 모든 거울에서 그를 바라보면서 잡으려 하면 다시 안으로 들어가버리는 것이었다. 새의 자손들….

"새는 잔인하도다!"

그가 한 말이었나? 다른 누군가가 그에게 소리친 것이었나? 새는 잔인하다. 그는 숨을 헐떡이면서 열려 있는 침실 창문으로 가서 밖을 내다보았다. 여전히 칠흑과 같이 어두웠다. 아래의 거리에서는 아무도 움직이지 않았다. 호수 쪽에는 안개가 낮게 깔려 있었다. 지금 몇 시나 됐지? 탁자 위의 시계에 따르면 아침 6시였다. 신조차 저버린 이 도시에는 영영 빛이 찾아오지 않는 것일까?

새의 자손들. 그는 갑자기 묘한 생각이 들었다. 저들은 자신을 손아귀에 넣었다고 생각하지만, 그에게는 저들을 속일 방법이 있었다. 그에게도, 신시아에게도 절대 이런 일을 하지 못하도록. 이 집 안의 거울을 전부 깨버리는 것이다. 부엌의 연장통 안에 망치가 있었다. 그는 서둘러 부엌으로 가서 망치를 가지고 돌아왔다. 우선 이 커다란 거울부터….

그는 망치를 휘두르려다 말고 머뭇거렸다. 신시아라면 이런 행동을 마땅찮게 여길 것이다. 7년 동안 불운이 찾아온다나! 그는 미신을 믿는 사람이 아니었지만, 신시아가 좋아하지 않을 텐데! 그는 아내에게 설명하려는 듯이 침대 쪽을 바라보았다. 너무 당연한 일이었다. 거울을 깨기만 하면 두 사람은 새의 자손들로부터 안전해질 것이다.

그러나 그녀의 얼굴을 보니 도저히 그럴 수가 없었다.

그는 다른 방법을 생각해보았다. 놈들은 거울을 사용해야 한다. 거울이 대체 무엇인가? 반사하는 성질을 가진 유리지. 좋아, 그러면 반사하지 못하게 만들면 되지! 게다가 그는 그렇게 만들 방법도 알고 있었다. 망치가 있던 바로 그 연장통 안에는 할인점에서 사 온 서너 통의 에나멜 도료와 작은 붓이 있었다. 한때 신시아가 가구 손질에 흠뻑 빠져 잔뜩 사들인 물건이었다.

그는 도료를 전부 작은 혼합용 그릇에 쏟아버렸다. 한데 섞으니 꽤 짙은 색으로 변했다. 그가 생각하는 목적에는 충분해 보였다. 그는 기울어진 커다란 거울에 먼저 재빨리 치덕치덕 에나멜을 발라버렸다. 도료가 그의 손목을 타고 흘러내려 화장대 위로 뚝뚝 떨어졌지만 신경 쓰지 않았다. 나머지 거울도….

거실의 거울을 간신히 처리하고 나니 도료도 다 떨어졌다. 상관없다. 집 안에 있는 마지막 거울이었으니까. 물론 신시아의 가방과 지갑에 있는 작은 거울은 남아 있었지만, 그는 이미 그쪽은 치지 않기로 마음먹고 있었다. 사람이 기어들어가기에는 너무 작을뿐더러 어차피 눈에 보이지 않는 곳에 들어가 있으니 말이다.

뒤섞은 에나멜은 적은 양의 검은색과 깡통으로 하나 반 정도 되는 붉은색이었다. 이제 그의 손에는 도료가 잔뜩 묻어 있었다. 마치 도끼 살인 사건의 주인공처럼 보이는 몰골이었다. 그래도 상관없었다. 그는 수건으로 도료의 대부분을 닦아낸 후 다시 의자에 앉아서 병을 집어 들었다.

이제 어디 한번 해보라지! 더럽고 고약한 흑마술을 사용해보라지! 이걸로 놈들을 수세로 몰아넣어 버린 것이 분명했다.

그는 해가 뜰 때까지 기다릴 채비를 했다.

✳

초인종이 울리는 소리에 그는 의자에서 일어섰다. 정신이 혼미했지만 눈을 붙이지 않았다는 점은 확신할 수 있었다. 신시아는 괜찮아 보였다. 다른 말로 하면, 그가 아내에게 기대할 수 있는 최상의 상태, 즉 잠들어 있다는 뜻이었다. 그는 종이를 말아서 다시 한 번 그녀의 심장 고동 소리에 귀를 기울였다.

초인종 소리는 계속됐다. 아니, 다시 울리기 시작한 건가. 어느 쪽인지 알 수가 없었다. 그는 반사적으로 초인종 소리에 대답했다.

"포트버리요. 어떻게 된 거요? 자고 있었소? 환자는 어떻소?"

"별로 변한 것은 없습니다, 선생님." 그는 목소리를 가다듬으려 노력하며 대답했다.

"그런가? 흠, 좀 들어가봅시다."

문을 열어주자 포트버리는 그를 지나쳐 바로 신시아에게로 향했다. 의사는 그녀 위로 잠시 몸을 기울이더니 잠시 후 허리를 폈다. "상태가 변하지 않은 것 같군. 하루 이틀 사이에 달라질 거라고 기대할 수는 없을 거요. 아마 수요일 정도가 고비가 되겠지." 그는 호기심을 보이며 에드워드 쪽을 향했다. "대체 뭘 하고 있던 거요? 밤새 술판을 벌인 것처럼 보이는데."

"별일 아닙니다." 에드워드가 대답했다. "왜 아내를 병원으로 보내지 못하게 한 겁니까, 선생님?"

"그게 부인분에게는 최악의 행동이 될 거요."

"대체 뭘 알고 계시는 겁니까? 제대로 검사도 하지 않았지 않습니까. 어디가 문제인지 잘 모르는 것 아닙니까?"

"당신 미쳤소? 어제 말해주지 않았소."

에드워드는 고개를 저었다. "앞뒤가 안 맞는 속임수였지. 당신은 내 아내를 놓고 나를 속이려 했어. 그 이유를 알고 싶은데."

포트버리는 그를 향해 한 걸음을 옮겼다. "당신 미쳤군. 게다가 취하기도 했고." 그는 흥미롭게 커다란 거울을 바라보았다. "여기서 대체 무슨 일이 벌어진 건지 알고 싶은데." 그는 손가락으로 에나멜을 바른 자국을 만져보았다.

"건들지 마!"

포트버리는 흠칫 놀라 손을 뗐다. "이게 뭔데 그러지?"

에드워드는 음흉한 표정을 지어 보였다. "놈들을 몰아넣었어."

"누구를?"

"새의 자손들을. 놈들은 거울을 통해서 들어오거든. 하지만 내가 그들을 막았지."

포트버리는 그를 물끄러미 바라보았다.

"나는 놈들을 알아." 에드워드가 말했다. "두 번 다시 나를 속이지 못할 거야. 새는 잔인하거든."

포트버리가 손으로 얼굴을 감쌌다.

두 사람은 몇 초 동안 꼼짝도 않고 서 있었다. 엉망진창이 된 에드워드의 마음속에 새로운 무언가가 떠오를 때까지 그 정도의 시간이 걸렸기 때문이었다. 마침내 상황을 파악한 그는 포트버리의 사타구니를 걷어찼다. 이후 몇 초 동안 일어난 일은 꽤 혼란스러웠다. 포트버리는 비명을 지르는 대신 맞서 싸웠고, 정정당당하게 싸울 생각은 추호도 없는 에드워드는 처음의 강타에 이어 계속 지저분한 공격을 날려댔다.

상황이 어느 정도 정리되자 포트버리는 화장실 안에, 에드워드는 화장실 문밖 침실에서 주머니에 열쇠를 넣은 채로 서 있게 되었다. 그는 숨을 몰아쉬며 자신이 입은 사소한 부상에는 아예 신경도 쓰지 않았다.

신시아는 계속 잠들어 있었다.

✳

"에드워드 씨, 여기서 나가게 해주시오!"

에드워드는 의자로 돌아와서 눈앞의 문제를 어떻게 해결할지 궁리하고 있었다. 이제는 완전히 정신이 들었고 술에 의존할 마음은 조금도 들지 않았다. 지금은 실제로 '새의 자손들'이 존재하며, 그들 중 하나를 감금해놓았다는 사실을 받아들이려 애쓰는 중이었다.

그렇다면 신시아가 의식불명인 이유는(신이시여!) 새의 자손들이 그녀의 영혼을 훔쳐 갔기 때문인 것이다. 악마들⋯. 그들은 악마들의 심기를 거스른 것이다.

포트버리가 문을 두드리는 소리가 들렸다. "이게 대체 무슨 짓이오, 에드워드 씨? 정신이 나간 거요? 여기서 내보내주시오!"

"내보내주면 뭘 해줄 건데? 신시아를 다시 살려낼 수 있나?"

"의사가 할 수 있는 일을 할 거요. 대체 왜 이러는 거요?"

"그 이유를 알잖나. 왜 얼굴을 가렸지?"

"무슨 소리를 하는 거요? 재채기를 하려는데 당신이 나를 걷어찼잖소."

"'게준트하이트!'*라고 말했어야 할지도 모르겠군. 네놈은 악마야, 포트버리. 네놈은 새의 자손이잖아!"

잠시 침묵이 흘렀다. "그게 무슨 말도 안 되는 소리요?"

에드워드는 잠시 생각했다. 어쩌면 헛소리일지도 몰랐다. 어쩌면 정말로 포트버리는 재채기를 하려던 차였을지도 몰랐다. 아니야! 말이 되는 설명은 하나뿐이었다. 악마, 악마와 흑마술. 스톨스와 핍스와 포트버리와 다른 이들까지.

호그는? 호그도 악마일 수는 있겠지만, 잠깐 기다려보자고. 포트버리는 호그를 싫어한다. 스톨스도 호그를 싫어한다. 모든 새의 자손들이 호그를 싫어한다. 좋아, 악마든 뭐든, 그와 호그는 한편인 셈이었다.

포트버리가 다시 문을 두드리고 있었다. 주먹질보다 묵직하고 느리게 들려오는 소리였다. 자신의 몸무게를 실어 어깨로 부딪히고 있는 모양이었다. 화장실 문은 일반적인 주택의 문보다 딱히 더 튼튼하지 않았다. 저렇게 부딪히면 분명 얼마 버티지 못할 것이었다.

에드워드는 자기 쪽에서 문을 두드렸다. "포트버리! 포트버리! 내 말 들리나?"

"그렇소."

"내가 지금 뭘 하려는지 알고 있나? 호그한테 전화해서 그 친구를 이리 불러오려고 하는데. 듣고 있나, 포트버리? 그 친구가 자네를 죽일 거야, 포트버리. 죽일 거라고!"

대답은 들리지 않았지만, 묵직하게 문에 부딪히는 소리가 다시 시작되었다. 에드워드는 총을 찾아 들었다. "포트버리!" 대답은 없었다. "포트버리, 그 짓거리 그만두지 않으면 쏴버리겠어." 부딪히는 소리에는 머뭇거리는 기색조차 없었다.

---

* Gesundheit, 독일어로 '건강'이란 뜻이지만, 미국에서 재채기를 하는 사람에게 건강을 기원하는 일상적인 감탄사로 쓰인다.

문득 한 가지 생각이 떠올랐다. "포트버리, 새의 이름으로 명하노니, 그 문에서 떨어져라!"

소리가 칼로 자른 듯이 뚝 끊겼다.

에드워드는 귀를 기울인 다음 자신이 점거한 유리한 고지를 한층 더 밀어붙였다. "새의 이름으로 명하노니, 그 문을 두 번 다시 건드리지 말아라. 잘 들었지, 포트버리?" 대답은 들려오지 않았지만 정적은 그대로 계속되었다.

이른 시간이었다. 호그는 아직 집에 있었다. 에드워드의 횡설수설하는 설명 때문에 굉장히 혼란스러운 듯했지만, 그는 즉시, 또는 그보다 더 빨리 방문하겠다고 동의했다.

에드워드는 침실로 돌아가 양쪽을 감시하기 시작했다. 왼손으로는 아내의 움직이지 않는 차가운 손을 붙들고 있었다. 오른손에는 총을 든 채로 자신의 주문이 실패로 돌아갔을 때를 대비했다. 그러나 문을 두드리는 소리는 더 이상 들려오지 않았다. 한동안 양쪽 방 모두 죽음과 같은 정적만이 감돌았다. 그러다 화장실 쪽에서 희미하게 무언가를 긁는 소리가 들리기 시작했다. 아니면 그저 에드워드의 상상이었을지도 몰랐다. 기묘하고 불길하게 들리는 소리였다.

그는 여기에 어떻게 대처해야 할지 떠오르지 않아 아무것도 하지 않았다. 소리는 몇 분 동안 계속되다 멈추었다. 그 후로는 아무것도 들리지 않았다.

✳

호그는 총을 보자 움찔했다. "에드워드 씨!"

"호그, 당신 악마요?" 에드워드가 물었다.

"무슨 말인지 모르겠는데요."

"새는 잔인하도다!"

호그는 얼굴을 가리지 않았다. 그저 당황하는 기색을 보이며 조금 더 걱정스러운 표정을 지었을 뿐이었다.

"좋았어. 당신은 통과요. 악마라도 적어도 우리 편 악마이기는 하겠지. 들어오시오. 포트버리를 가둬놓았고, 나는 당신이 그자와 대면하기를 원하거든."

"제가요? 왜요?"

"그자가 악마이기 때문이지. 새의 자손 말이오. 그리고 그들은 당신을 두려워하고 있어. 어서 들어와요!" 그는 호그에게 침실로 들어오라고 재촉하고는 말을 이었다. "내가 저지른 실수는 나한테 일어난 일을 믿기를 거부한 것이었소. 그건 꿈이 아니었거든." 그는 총구로 화장실 문을 두드렸다. "포트버리! 호그가 왔다. 내가 원하는 것을 해주면 살아나갈 수 있을지도 몰라."

"그에게 뭘 원하는 건데요?" 호그가 초조하게 물었다.

"내 아내지, 당연히."

"아…."

에드워드는 다시 문을 두드리고는 호그를 돌아보며 속삭였다. "내가 문을 열면 그자를 대적해주겠소? 내가 당신 옆에 있을 거요."

호그는 침을 꿀꺽 삼키고는, 신시아를 본 후 이렇게 대답했다. "물론이죠."

"그럼 시작하지."

화장실은 텅 비어 있었다. 창문이나 다른 제대로 된 출입구는 없었지만, 포트버리가 도망친 방법은 명백했다. 면도날로 거울 표면의 에나멜을 긁어내버린 것이었다.

그들은 7년 동안의 불운을 감수하기로 하고 거울을 깼다. 방법만 알았더라면 에드워드는 거울 안으로 헤엄쳐 들어가 그들을 전부 공격했을 것이다. 그럴 방도가 없으니 누수가 일어나는 부분을 막는 쪽이 현명해 보였다.

그러고 나니 더 이상 할 일이 없었다. 그들은 아무 말 없는 에드워드의 아내를 두고 여러 이야기를 나누었으나 할 수 있는 일이 없었다. 마법사가 아니었으니까. 호그는 곧 거실로 나갔다. 비탄에 빠진 에드워드를 혼자 두고 싶었지만 완전히 저버리고 갈 수도 없었다. 그는 가끔가다 한 번씩 침실을 들여다보았다. 그러던 중에 문득 침대 아래에 반쯤 파묻혀 있는 작은 검은색 가방을 발견했고 그게 무엇인지 알아차렸다. 의사의 왕진용 가방이었다. 호그는 방 안으로 들어와 가방을 들었다.

"에드워드 씨, 이걸 확인해봤습니까?"

"뭘 말이오?" 에드워드는 흐릿한 눈을 들어 가방 덮개에 수 놓인 낡은 금빛 글자를 살펴보았다.

포티파 T. 포트버리, M. D.

"응?"

"이걸 놓고 간 모양인데요."

"가져갈 기회가 없었겠지." 에드워드는 가방을 받아 열어보았다. 청진기, 분만용 집게, 쥠쇠, 바늘, 온갖 약병이 든 상자 등 일반의가 사용하는 다양한 도구가 있었다. 처방약이 들어 있는 병도 있었다. 에드워드는 병을 꺼내 내용을 읽어보았다. "호그, 이걸 좀 보시오."

독극물!
이 처방약은 보충할 수 없음
신시아 크레이그-처방에 따라 복용
본튼 특별 할인 약국

"아내분을 독살하려는 생각이었을까요?" 호그가 물었다.

"그렇지는 않을 거요. 이건 평범한 마취제와 같은 경고문이니까. 하지만 내용물이 뭔지 보고 싶은데." 에드워드는 병을 흔들었다. 텅 빈 것 같았다. 그는 뜯기 시작했다.

"조심해요!" 호그가 주의를 주었다.

"조심할 거요." 그는 얼굴을 충분히 멀리 두고는 약병을 연 다음 아주 조심스레 냄새를 맡아보았다. 아주 옅은, 무한하게 달콤한 향기가 느껴졌다.

"에드워드?" 그는 병을 떨어뜨리며 몸을 획 돌렸다. 신시아의 눈꺼풀이 흔들리고 있었다. "저자들에게 아무것도 약속하면 안 돼, 에드워드!" 한숨과 함께 그녀의 눈이 다시 감겼다.

"새는 잔인하니까!" 그녀가 작은 소리로 중얼거렸다.

9

"당신의 기억 단절 현상이 모든 것의 열쇠일 겁니다." 에드워드가 말했다. "당신이 낮 동안 무엇을 하는지 알 수 있다면, 그래서 당신의 직업을 알 수 있다면 우리는 새의 자손들이 왜 당신을 잡으려 드는지를 알 수 있을 테지요. 게다가 어떻게 그들과 맞서 싸워야 할지도 알 수 있을 겁니다. 명백하게 당신을 두려워하고 있으니까."

호그는 신시아를 보았다. "어떻게 생각하세요, 부인?"

"저도 에드워드의 말이 옳은 것 같아요. 제가 최면술에 대해 잘 알면 시도해볼 수 있었을 텐데요. 하지만 그렇지 않으니 스코폴라민이 다음으로 괜찮은 해결책이 되겠죠. 해볼 생각이 있나요?"

"부인께서 그렇게 말씀하신다면, 물론이죠."

"준비물을 가져와, 에드워드." 그녀는 지금까지 앉아 있던 책상 모서리에서 뛰어내렸다. 에드워드는 손을 뻗어 그녀를 잡아주었다.

"조심 좀 해, 당신." 에드워드가 투덜댔다.

"헛소리 마, 난 완전 멀쩡하다고… 이제는."

그들은 신시아가 깨어나자마자 거의 즉시 사무소 건물로 자리를 옮겼다. 솔직히 말해 모두 겁에 질려 있었다. 그러나 겁에 질려 조심을 한 것뿐이지, 얼이 빠진 것은 아니었다. 아파트에 머무르는 것은 그리 좋지 않은 생각인 듯했다. 사무소도 그리 낫지는 않았다. 에드워드와 신시아는 도시를 떠나기로 마음먹었다. 사무소는 전쟁을 앞두고 회의를 하기 위해 들른, 종점 직전의 휴게소일 뿐이었다.

호그는 어찌할 바를 몰랐다.

"이 물건을 봤다는 사실 자체를 잊어주기 바랍니다." 에드워드는 피하주사를 준비하며 이렇게 경고했다. "의사도 마취의도 아닌 이상 이런 물건을 가지고 있으면 안 되니까. 하지만 때로는 유용하게 쓰일 때가 있습니다." 그는 알코올 솜으로 호그의 팔을 문질렀다. "그럼 가만히 있어요. 자!" 그는 그대로 바늘을 찔러 넣었다.

그들은 약효가 돌기를 기다렸다. "뭘 알고 싶은 건데." 에드워드가 신시아에게 속삭였다.

"나도 몰라. 운이 좋으면 두 인격이 하나로 합쳐질지도 모르지. 그러면 여러 가지를 알 수 있을 거야."

잠시 후 호그의 머리가 앞으로 처졌다. 호흡이 거칠어지기 시작했다. 신시아는 앞으로 나와서 그의 어깨를 흔들었다. "호그 씨, 내 말이 들리나요?"

"네."

"당신 이름이 뭐지요?"

"조너선… 호그입니다."

"어디서 살고 있나요?"

"고담 아파트 602호입니다."

"당신은 무슨 일을 하지요?"

"나는… 모르겠어요."

"기억해내려 해보세요. 당신 직업이 뭔가요?"

대답이 없었다. 그녀는 다시 시도했다. "당신은 최면술사인가요?"

"아니요."

"당신 그럼… 마법사인가요?"

대답까지는 잠시 시간이 걸렸지만, 결국 그는 말했다. "아니요."

"당신 정체가 대체 뭔가요, 조너선 호그?"

호그는 입을 열고 대답을 하려는 듯했다. 그러더니 갑자기 일어나 앉았다. 그 민첩한 동작에는 약물로 인해 일반적으로 따라오는 무기력한 모습은 전혀 찾아볼 수 없었다. "미안하군요, 숙녀분. 하지만 일단 이런 행동은 그만두어야 할 것 같습니다."

호그는 자리에서 일어나 창문 가로 걸어가 밖을 내다보았다. "좋지 않군요." 그는 거리를 훑어보며 말했다. "이루 말할 수 없이 나쁩니다." 그들에게 말한다기보다는 혼잣말을 하는 듯했다. 신시아와 에드워드는 그를 바라보고는 도움을 구하듯 서로를 돌아보았다.

"뭐가 나쁘다는 건가요, 호그 씨?" 신시아가 머뭇거리며 물었다. 아직 그에게서 받은 인상을 제대로 분석한 것은 아니었지만, 호그는 완전히 다른 사람이 된 듯했다. 더욱 젊고, 더욱 활기찬 사람이 되어 있었다.

"음? 아, 죄송합니다. 여러분께는 설명을 해야겠지요. 저는 그러니까, 그 약효를 제거해버릴 수밖에 없었습니다."

"제거한다고요?"

"약효를 끝낸달까, 무시한달까, 아무것도 아닌 걸로 간주하는 겁니다. 보시다시피 여러분이 질문하시는 동안 저는 제 직업을 기억해냈습니다." 그는 흥겨운 얼굴로 그들을 바라보았지만, 더 이상 설명을 하지는 않았다.

먼저 충격에서 회복된 쪽은 에드워드였다. "당신 직업이 뭐길래?"

호그는 에드워드에게 아주 부드러운 미소를 지어 보였다. "여러분께 말해봤자 소용없을 겁니다. 적어도 지금은요." 그리고 신시아를 돌아보았다. "자, 폐가 되지 않는다면 연필과 종이 한 장을 가져다주시겠습니까?"

"어… 네, 물론이죠." 그녀는 물건을 가져왔다. 호그는 우아한 동작으로 물건들을 받아들고 자리에 앉아 무언가를 적어 내려가기 시작했다.

호그가 자신의 행동을 설명하려 들지 않자, 에드워드는 목소리를 높였다. "이봐, 호그, 여기 좀 보라고…." 호그는 침착한 표정으로 그를 바라보았다. 에드워드는 말을 시작했으나, 호그의 얼굴에서 무엇을 보았는지 망설이다가 결국 어설프게 말을 끝맺고 말았다. "어… 호그 씨. 이게 대체 전부 무슨 일입니까?"

"저를 믿지 못하시겠습니까?"

에드워드는 한동안 입술을 잘근거리며 호그를 바라보았다. 호그는 침착하고 느긋한 표정이었다. "아니요…. 믿을 수 있을 것 같습니다." 마침내 에드워드가 말했다.

"좋아요. 지금 여러분이 나에게 사다줄 물건 목록을 작성하는 중입니다. 앞으로 두어 시간 동안 꽤 바쁠 예정이거든요."

"우리를 두고 떠날 건가요?"

"새의 자손들을 걱정하고 있는 거지요? 그들은 잊어버려요. 이제 당신들에게 해를 끼치지 못할 겁니다. 약속드리지요." 그는 계속해서 써내려 갔다. 몇 분 후 그는 목록을 에드워드에게 건네주었다. "맨 아래에 나와 만날 장소를 적어두었습니다. 워키건* 외곽의 주유소입니다."

"워키건? 왜 워키건입니까?"

"딱히 중요한 이유는 없습니다. 지금까지 상당히 좋아했으나 앞으로 다시는 할 수 없을 것 같은 행동을 다시 한 번 하고 싶은 것뿐이지요. 협조해주실 거죠? 여기에 부탁해놓은 물건 중 일부는 구하기 힘들 수도 있습니다. 하지만 노력은 해주시겠지요?"

"그래야겠죠."

"좋아요." 그는 즉시 자리를 떴다.

---

* 시카고 외곽의 위성도시. 미시간 호수 기슭에 위치해 있다.

에드워드는 닫히고 있는 문에서 손에 든 목록으로 시선을 옮겼다. "원참, 이게 대체…. 신시아, 저 친구가 우리한테 무얼 구해달라고 했는지 알아? 식료품이야!"

"식료품? 좀 보여줘."

10

그들은 도시 외곽으로 나와 북쪽으로 차를 몰았다. 에드워드가 운전대를 잡고 있었다. 저 앞쪽 어딘가에 그들이 호그를 만나기로 한 곳이 있었다. 차 트렁크에는 그가 사 오라고 지시한 물건들이 실려 있었다.

"에드워드?"

"응, 꼬맹이 아가씨."

"여기서 유턴할 수 있을까?"

"물론이지, 단속에 걸리지만 않는다면야. 왜 그러는데?"

"지금 그러고 싶은 기분이라서 그래. 다 끝내자." 그녀는 서둘러 말을 이었다. "차도 있어. 돈도 지금 전부 가지고 있잖아. 마음만 먹는다면 남쪽으로 달려가도 아무 문제도 없을 거야."

"아직도 그 휴가 생각을 하는 거야? 어차피 가게 될 거잖아. 이 물건을 호그에게 배달하기만 하면 즉시."

"휴가 얘기를 하는 게 아니야. 그냥 도망쳐서 두 번 다시 돌아오고 싶지 않다는 거야. 지금 당장!"

"호그가 주문하고 돈도 내지 않은 80달러어치의 온갖 호화 식료품을 가지고서? 말도 안 되는 소리."

"우리가 먹으면 되잖아."

"흠! 캐비어에 벌새 날개까지 말이지. 우리한테는 무리야. 우리는 햄버거 취향이라고. 어쨌든 음식이야 먹어치울 수 있다고 해도 호그를 다시 보고 싶어. 그냥 대화를 나누고 설명을 듣고 싶다고."

신시아는 한숨을 쉬었다. "그럴 거라고 생각했어, 에드워드. 바로 그 래서 지금 그만두고 도망치고 싶은 거야. 나는 설명 따위 필요 없어. 지금 이 모습 그대로의 세계로 만족하니까. 당신과 나만 있으면 돼. 더 복잡해질 필요 없잖아. 나는 호그의 직업에 대해서는 전혀 알고 싶지 않아. 새의 자손도, 다른 비슷한 부류의 것들도."

그는 뒤적거려 담배를 찾아 계기판 아래에서 성냥을 대고 그으면서 한쪽 눈에 의문을 담은 채 아내를 바라보았다. 다행히도 통행량은 별로 많지 않았다. "나도 당신하고 같은 느낌이 들어. 하지만 다른 관점에서 생각해보자고. 만약 지금 이 일을 관두면 나는 남은 평생 새의 자손들을 두려워하며 살게 될 테고, 거울을 보는 것이 두려워 면도도 하지 못할 거야. 하지만 이 모든 일에는 논리적인 설명이 있을 거야. 있을 수밖에 없어. 그리고 그걸 알게 되면 밤에 잠을 이룰 수 있겠지."

그녀는 몸을 웅크리고 아무 대답도 하지 않았다.

"이렇게 생각해봐." 에드워드는 조금 짜증이 나서 말을 이었다. "지금까지 일어난 모든 일은 초자연적인 존재에 의지할 필요 없이 일반적인 방법을 사용해서도 계획할 수 있는 것들이야. 초자연적 존재에 대해서라면… 글쎄, 햇빛과 차들로 가득한 이곳에서는 도저히 이해가 안 된단 말이지. 새의 자손들이라니… 젠장!"

그녀는 대답하지 않았다. 그는 말을 이었다. "가장 중요한 점은 호그가 아주 훌륭한 연기자라는 거야. 얌전한 꼬마 샌님이 아니라 특급 지도자가 되어버렸어. 그 작자가 약효가 사라진 것처럼 연기하며 이 모든 식료품을 사 오라고 말했을 때, 내가 얌전히 입 닥치고 '알겠습니다, 선생님'이라고 말한 걸 생각해봐."

"연기였다고?"

"당연하지. 누군가가 내 졸음약을 염료 넣은 물로 바꿔치기한 거야. 아마도 타자기에 가짜 경고문을 집어넣었을 때 한 일이겠지. 본론으로 돌아가 보면…, 그는 천성적으로 강한 성격이고, 거의 틀림없이 뛰어난 최면술사일 거야. 13층과 디더리지 상회에 대한 환상을 만든 것을 보면 그 작자가 얼마나 기술이 뛰어난지 입증이 되지. 아니면 최면을 건 다른 누군가가, 당신한테처럼 나한테도 약을 쓴 것일 수도 있어."

"나한테?"

"당연하지. 포트버리의 병원에서 마신 그 액체 기억나? 뭔가 효능이 늦게 나타나는 약물이었을 거야."

"하지만 당신도 마셨잖아!"

"같은 액체가 아닐 수도 있지. 포트버리와 호그는 한 패거리였던 거야. 그래서 이런 모든 일을 가능하게 만든 분위기를 잡을 수 있었던 거라고. 다른 모든 사건은 따로 떼어놓고 보면 사소하고 별로 중요하지 않은 것들뿐이야."

신시아도 나름의 생각이 있었지만, 그 생각들을 혼자 간직하는 쪽을 택했다. 그러나 한 가지 그녀를 괴롭히는 문제가 있었다. "포트버리가 어떻게 화장실에서 나간 걸까? 가둬놓았었다고 말했잖아."

"그 생각도 해봤어. 내가 호그한테 전화를 거는 동안 문을 따고는 옷장 속에 숨어서 빠져나갈 기회가 오기만을 기다리고 있었던 거야."

"흐으음…." 그녀는 더 이상 캐묻지 않고 한동안 조용히 있었다.

에드워드는 말을 멈추고 워키건의 차들 사이로 바삐 운전하고 있었다. 그는 좌회전해서 도시 밖으로 차를 몰기 시작했다.

"에드워드, 이 모든 사건이 전부 가짜고 새의 자손들 같은 것이 없다고 생각한다면 그냥 다 포기하고 남쪽으로 가도 되지 않아? 약속을 지킬 필요도 없잖아."

"내 설명이 전부 맞을 거라고 확신하고는 있어." 그는 자전거를 몰고 자살하려는 양 돌진해 오는 소년을 솜씨 좋게 피하며 말했다. "대략적으로는 말이야. 하지만 그 동기는 알 수가 없어. 그래서 호그를 만나봐야 하는 거야. 웃기는 건 말이지…." 그는 생각에 잠겨 말을 이었다. "호그가 우리한테 전혀 나쁜 마음을 먹은 것 같지 않다는 거야. 내 생각에는 그 친구도 나름대로 이유가 있어서 하는 행동이고, 우리가 그의 계획을 수행하는 동안 벌어지는 불편한 상황에 대한 대가로 5백 달러를 던져준 것 같단 말이지. 어쨌든 두고 보자고. 게다가 이미 돌아가기에는 늦었어. 저기 그 친구가 말한 주유소가 보이니까…. 저기 호그도 있군!"

호그는 고개를 까닥이고 웃어 보이기만 한 다음 차에 올라탔다. 에드워드는 2시간 전에 처음으로 느꼈던, 그의 말이면 뭐든 따르고 싶은 충동을 다시 한 번 느꼈다. 호그는 에드워드에게 어디로 가야 할지를 말해 주었다.

길은 시골로, 그리고 곧 비포장도로로 이어졌다. 잠시 후 그들은 목초지로 이어지는 농장 정문에 도착했고, 호그는 에드워드에게 그 문을 열고 계속 달려가라고 지시했다. "여기 주인은 신경 안 씁니다. 수요일마다 자주 이곳에 오곤 했죠. 꽤 아름다운 곳입니다."

정말로 아름다운 곳이었다. 비포장도로에서 마찻길로 변한 길은 점차 경사를 타고 올라 나무 한 그루가 서 있는 언덕 위로 이어졌다. 호그는 나무 아래 차를 세우게 했고, 그들은 밖으로 나왔다. 신시아는 한동안 그곳에 서서 심호흡을 하며 상쾌한 공기를 한껏 음미했다. 남쪽으로는 시카고가 보였고, 그 너머와 동쪽으로는 반짝이는 은빛 호수가 보였다. "에드워드, 여기 너무 멋지지 않아?"

"그렇군." 그도 인정했지만, 곧 호그 쪽을 돌아보며 말했다. "내가 알고 싶은 건… 우리가 왜 여기 온 겁니까?"

"소풍이지요. 제 대단원을 장식할 장소로 이곳을 골랐습니다."

"대단원이요?"

"먼저 음식부터 들지요." 호그가 말했다. "그리고 꼭 필요하다면 대화를 하도록 합시다."

소풍치고는 상당히 괴상한 메뉴였다. 소풍에 어울리는 소박한 음식이 아니라, 미식가의 진미가 다양하게 준비되어 있었다. 절인 금귤, 구아바

젤리, 단지에 넣어 절인 고기, 호그가 직접 알코올램프로 끓여 준비한 차, 포장에 유명한 이름이 적혀 있는 얇은 와플. 그래도 에드워드와 신시아는 즐겁게 식사를 즐겼다. 호그는 단 한 접시도 빼놓지 않고 모든 음식에 손을 댔다. 그러나 신시아는 그가 사실 매우 적은 양만을 먹고 있다는 것을 깨달았다. 만찬을 즐기기보다는 시식을 하는 느낌이었다.

그러는 동안 에드워드는 호그에게 맞설 용기를 냈다. 호그 본인이 상황을 더 자세히 설명해주지는 않을 게 분명해졌기 때문이다. "호그?"

"네, 에드워드 씨?"

"슬슬 가면을 벗어던지고 우리를 놀리는 일도 그만두는 게 어떻습니까?"

"친구여, 당신을 놀린 적은 없습니다."

"내 말이 무슨 뜻인지 알 텐데요. 최근 며칠 동안 계속된 이 말도 안 되는 짓거리 말입니다. 당신이 꾸민 짓이고, 우리보다 더 많은 것을 알고 있다는 것은 분명합니다. 내가 당신을 매도하거나 뭐 그런 것은 아닙니다만." 그는 서둘러 덧붙였다. "이 모든 일이 대체 무슨 뜻인지를 알고 싶습니다."

"무슨 뜻인지 당신 마음에 물어보시는 것은 어떨까요."

"좋아요." 에드워드는 이 도전을 받아들였다. "그렇게 하지요." 그는 신시아에게 했던 대로 자신의 해석을 풀어놓기 시작했다. 호그는 에드워드가 끝까지 말하게 했지만 에드워드의 말이 끝나도 침묵을 지킬 뿐이었다.

"자, 이렇게 된 거겠죠. 아닙니까?" 에드워드는 초조하게 말했다.

"괜찮은 해석인 것 같군요."

"그럴 줄 알겠습니다. 하지만 아직 몇 가지 더 설명을 해줘야 합니다. 왜 이런 일을 한 겁니까?"

호그는 진중하게 고개를 저었다. "유감이로군요, 에드워드. 나로서는 내 동기를 설명할 방법이 없습니다."

"하지만 젠장, 그건 공평하지 않아요! 당신은 적어도…."

"언제부터 공평함을 원하는 사람이 된 겁니까, 에드워드?"

"글쎄, 당신은 우리를 공평하게 대할 거라고 생각했습니다. 당신을 친구로 생각하라고 말했잖아요. 당신에게는 설명할 의무가 있어요."

"설명하겠다고 약속도 했지요. 하지만 생각해보세요, 에드워드. 정말로 설명을 원합니까? 당신들이 앞으로 어떤 곤란도 겪지 않을 거라고, 새의 자손들이 방문하는 일도 없을 거라고 맹세할 수 있습니다."

신시아는 남편의 팔을 잡았다. "더 묻지 말아요, 에드워드!"

그는 아내를 떨쳐냈다. 거칠지는 않지만, 단호하게. "나는 알아야겠어. 설명을 들어봅시다."

"마음에 들지 않을 겁니다."

"어디 한번 보죠."

"좋아요." 호그는 몸을 뒤로 젖혔다. "숙녀분, 와인을 좀 따라주세요. 감사합니다. 우선 짧은 이야기부터 하나 하죠. 어느 정도는 비유로 볼 수 있을 겁니다. 당신들에게는… 그저 단어고, 개념일 뿐이니까요. 먼 옛날 하나의 종족이 있었습니다. 인류와는 상당히 다른 종족이었어요. 상당히. 그들이 어떻게 생겼고 어떻게 살았는지 묘사할 방법은 없지만, 이들에게는 당신들도 이해할 수 있는 한 가지 특질이 있었습니다. 이들은 창조적이었어요. 예술을 창조하고 감상하는 일이야말로 이들의 직업이자 존재 이유였습니다. 내가 고르고 골라 '예술'이라는 단어를 사용하는 이유는, 예술에는 명확한 정의나 경계가 없으며 한계 또한 존재하지 않기 때문입니다. 명확한 의미가 없는 단어니 잘못 쓸 걱정 없이 사용할 수 있지요. 예술가의 수만큼이나 많은 뜻이 존재할 테니까요. 하지만 이 예술가들이 인간이 아니며, 그들의 예술 또한 인간적이 아니라는 사실은 기억해두기 바랍니다.

이런 예술가들 중 하나는, 여러분의 용어로 말하자면 '젊다'고 할 수 있는 자였습니다. 그는 스승의 감시와 지도하에 예술품을 만들어냈지요. 그에게는 재능이 있었고, 그의 창조물에는 여러 가지 독특하고 놀라운

특질이 있었습니다. 스승은 그 작품을 계속해서 손질하고 평가를 받으라고 격려해주었지요. 이를테면 인간 예술가가 매년 열리는 전람회에 출품하려고 자기 작품을 준비하는 것과 비슷하다고 생각하시면 됩니다."

그는 말을 멈추더니 갑자기 에드워드를 보고 물었다. "혹시 종교가 있으십니까? 이 모든 것들에…." 그는 팔을 휘둘러 조용하고 아름다운 전원 풍경을 가리키며 말했다. "혹시 그 창조주가 있으리라는 생각을 해보신 적은 없습니까? 창조주가 있을 수밖에 없다고?"

에드워드는 그를 바라보다가 얼굴을 붉혔다. "저는 사실 교회 신자라고는 할 수 없는 사람입니다만, 그래요, 그렇게 믿는 것 같습니다."

"당신은 어떤가요, 신시아?"

그녀는 긴장한 채로 아무 말 없이 고개를 끄덕였다.

"그 예술가는 이 세계를 창조했습니다. 자신의 방식에 따라, 그리고 그가 보기에 좋아 보이는 모습으로. 그의 스승은 작품 전체는 인정했지만…."

"잠깐만요." 에드워드가 끈덕지게 물었다. "지금 이 세상의 창조를, 우주의 창조를 말하고 있는 겁니까?"

"그럼 뭐겠습니까?"

"하지만… 젠장, 그건 말도 안 되는 소리입니다! 얼마 전 우리한테 벌어졌던 일들에 관해 설명해달라고 하지 않았습니까."

"설명이 당신 마음에 들지 않을 거라고 이야기했을 텐데요." 그는 잠시 기다리더니 말을 이었다. "처음에는 새의 자손들이 이 세계를 다스리는 이들이었습니다."

에드워드는 머리가 터질 것 같은 기분으로 그의 이야기를 들었다. 속이 뒤틀리는 공포와 함께, 이곳으로 그를 만나러 오는 길에 머릿속으로 정리한 내용이 전부 헛소리이며, 자신을 잠식하는 공포를 잠재우기 위해 얼기설기 엮어낸 내용일 뿐이라는 깨달음이 찾아왔다. 새의 자손들은 실재했다. 현실에 존재하는, 끔찍하고 막강한 힘을 지닌 자들이었다. 지금 호그가 말하고 있는 종족을 알고 있다는 느낌이 들었다. 신시아의 공포에 질려 굳어버린 얼굴을 보니, 그녀 역시 알고 있는 것이 분명했다. 그리고 그들 둘에겐 두 번 다시 전에 느낀 평온함은 없을 것이다. "태초에는 새가 있었고…."

호그는 악의라고는 한 점도 없는, 그러나 동정심 또한 존재하지 않는 눈으로 그를 바라보았다. "아닙니다." 그는 엄숙하게 말했다. "새는 존재하지 않았습니다. 오직 자신들을 새의 자손이라 부르는 이들만이 있었을 뿐입니다. 그러나 그들은 어리석고 교만했습니다. 그들의 성스러운 이야기는 그저 미신일 뿐입니다. 그러나 그들의 능력과 이 세계의 법칙 덕분에 그들은 강력한 힘을 지니고 있습니다. 에드워드, 당신이 보았다고 생각했던 것들은 모두 실제로 본 것입니다."

"그렇다면 설마…."

"기다리세요. 먼저 제 말을 들으세요. 시간이 없습니다. 당신들이 보았다고 생각한 것은 전부 실제로 본 것입니다. 단 하나의 예외만을 빼고요. 오늘까지 여러분이 진짜 나를 본 것은 당신들 또는 내 아파트 안에서 만났을 때뿐입니다. 여러분이 미행한 존재, 신시아를 놀라게 한 존재, 그들은 모두 새의 자손들이었습니다. 스톨스와 그 친구들이었지요.

스승은 새의 자손들이 마음에 들지 않았고, 피조물의 몇 군데를 개량하라고 제안했습니다. 그러나 그 예술가는 너무 서둘렀거나 부주의했던 모양입니다. 그들을 완전히 없애는 대신 덧칠을 해서, 자신의 세계에서 생육하고 번성하게 된 새로운 피조물의 일원으로 보이도록 만들어놓았습니다.

이 피조물이 평가의 대상이 되지 않았더라면 그렇게 했어도 아무 문제가 없었겠지요. 아니나 다를까, 비평가들은 그들을 눈치챘습니다. 새의 자손들은 조악한 예술품이었고, 최종 결과물을 망쳐놓는 존재였지요. 이 예술품을 보관할 가치가 있을지 의문이 생겼습니다. 그래서 내가 여기 온 겁니다."

그는 더 이상 말할 내용이 없다는 듯 말을 멈추었다. 신시아는 공포가 가득 찬 눈으로 그를 바라보았다. "그럼 당신은…. 당신이 설마…."

호그는 그녀를 보고 웃었다. "아뇨, 신시아. 나는 이 세계의 창조주가 아닙니다. 당신이 내 직업이 무언지 물어봤었지요. 나는 예술 비평가입니다."

에드워드는 이 모든 것을 믿고 싶지 않았다. 그러나 그런 일은 불가능했다. 귓속에서 울리는 명백한 진실을 거부하는 것은 불가능했다. 호그가 말을 이었다. "여러분이 사용하는 용어를 이용해 이야기하겠다고 말했었지요. 여러분의 세계와 같은 창조물을 평가하는 일은 회화 작품 앞으로 걸어가 눈으로 감상하는 것과는 다르게 마련입니다. 이 세계에는 사람들이 가득하지요. 따라서 인간의 눈을 통해 바라보아야 합니다. 나는 인간이에요."

신시아는 여전히 고뇌하는 표정이었다. "이해가 안 되네요. 당신은 인간의 몸을 통해 뜻을 행사하는 건가요?"

"나는 인간이에요. 인류 속 여기저기에는 '비평가'들이 숨어 있습니다. 비평가들이 투사된 존재지만 하나의 인간이기도 합니다. 모든 면에서 인간이며, 자신이 비평가이기도 하다는 사실은 인지하지 못하고 살아갑니다."

에드워드는 자신의 이성이 거기에 달려 있기라도 한 듯 모순점을 물고 늘어졌다. 어쩌면 실제로 그럴지도 모르는 일이었다. "하지만 당신은 알고 있잖습니까. 적어도 그렇다고 말했지요. 모순되는 발언 아닙니까."

호그는 평온한 얼굴로 고개를 끄덕였다. "오늘까지는 몰랐지요. 신시아의 질문 때문에, 그리고 다른 이유 때문에 지금까지와 같은 존재로 살아가는 일이 불편해진 것뿐입니다. 이 인격은…." 그는 자기 가슴을 쳐 보였다. "자신이 이곳에 있는 이유를 모릅니다. 한때 인간이었지만 더 이상 인간이 아니지요. 지금 이 순간도 나는 목적에 부합하는 만큼만 인격을 확장시켰을 뿐입니다. 내가 조너선 호그인 채로는 대답하지 못할 질문이 있으니까요.

조너선 호그는 이 세계의 특정한 예술적 측면을 확인하고 음미하기 위해 인간으로서 존재하게 되었습니다. 그러던 와중에 자신들을 '새의 자손들'이라 부르는 버려지고 덧칠해진 존재들의 행동을 파악하는 일이 유용해졌을 뿐입니다. 여러분은 그런 과정 가운데 끌려 들어온 겁니다. 순진하고 무지한, 군대에서 통신에 이용하는 비둘기처럼요. 하지만 여러분과 접촉하는 와중에 나는 예술적 가치가 있는 무언가를 찾을 수 있었습니다. 바로 그 때문에 여러분에게 설명하는 수고를 무릅쓰는 겁니다."

"그게 무슨 뜻인가요?"

"우선 내가 비평가로서 관찰한 내용을 언급하도록 하지요. 여러분의 세상에는 여러 즐거움이 존재합니다. 우선 음식이 있지요." 그는 손을 뻗어 머스캣 포도의 탱탱하고 달콤한 포도알을 하나 떼어내 기분 좋게 입에 넣었다. "독특하며 매우 인상적입니다. 필요한 에너지를 섭취하는 단순한 작업을 예술의 경지로 승화시키려고 생각한 사람은 지금까지 없었어요. 여러분을 만든 예술가는 정말로 소질이 있어요.

그리고 수면이 있지요. 예술가 본인의 창조물이 자신만의 세계를 만들도록 하는 기묘한 반사적 행동입니다." 그는 웃으며 말을 이었다. "이제 왜 비평가가 진실로 인간이 되어야 하는지 이해가 되겠지요. 인간이 되지 않고서 어떻게 인간처럼 꿈을 꿀 수 있겠습니까?

거기에 음주도 있지요. 음주는 음식 섭취와 꿈을 한데 섞은 행동입니다.

지금 우리가 하는 것처럼 친구들과 함께 대화를 나누는 즐거움도 있습니다. 새로운 것은 아니지만, 이것을 포함시켰다는 것만으로도 그 예술가에게 점수를 줘도 되겠지요.

그리고 성이라는 개념이 있습니다. 성은 말도 안 되는 작품입니다. 당신들이 조너선 호그에게 새로운 모습을 보여주지 않았다면 비평가로서 나는 성을 완전히 무시해버렸을 겁니다. 나 자신의 예술적 창조 행위에서는 만들어낼 생각도 하지 못했던 것이니까요. 내가 아까 말했듯이, 여러분의 예술가는 정말로 재능이 있습니다." 그는 거의 따스한 표정으로 그들을 바라보았다. "말해봐요, 신시아. 이 세상에서 가장 사랑하는 것은 무엇이고, 당신이 가장 혐오하고 두려워하는 것은 또 무엇인가요?"

그녀는 대답하려는 시도도 하지 않고 남편 옆으로 더욱 꼭 다가가 붙었다. 에드워드는 그녀를 보호하듯 어깨에 팔을 둘렀다. 그리고 호그는 에드워드에게 말했다. "그리고 당신은요, 에드워드? 필요하다면 당신의 목숨과 영혼을 바칠 존재가 이 세상에 있습니까? 대답할 필요 없습니다. 어젯밤 당신이 침대 위로 몸을 숙이고 있는 동안 당신의 얼굴과 마음에서 읽어냈으니까요. 훌륭한 작품, 훌륭한 예술이에요. 당신 둘 다. 나는 이 세계에서 훌륭하고 독창적인 예술을 많이 찾아냈어요. 여러분의 예술가에게 다음 작품을 만들어보라고 격려할 수 있을 만큼. 하지만 동시에 고약하고 형편없이 계획하고 아마추어적인 부분도 너무 많아서 이 작품 전체를 승인하기에는 부족하다고 생각하고 있었지요. 여러분과 만나 바로 이 예술, 인간의 사랑이라는 비극을 음미하기 전까지는 말입니다."

신시아는 놀라서 그를 바라보았다. "비극이요? 방금 '비극'이라고 하셨나요?"

호그는 동정심이라고는 조금도 없는, 그러나 완벽하게 이해하고 있는 눈으로 바라보며 말했다. "다른 무엇이 될 수 있겠습니까?"

신시아는 호그를 물끄러미 바라보더니 고개를 돌려 남편의 외투 자락에 자기 얼굴을 묻었다. 에드워드는 그녀의 머리를 토닥여주었다. "그만 둬요, 호그!" 그가 거칠게 말했다. "지금 아내에게 다시 겁을 주고 있잖습니까."

"제가 원한 바는 아닙니다."

"어쨌든 그랬습니다. 그리고 당신 이야기를 내가 어떻게 생각하는지 말해주지요. 당신 이야기에는 고양이가 통과할 수 있을 정도로 커다란 구멍이 숭숭 뚫려 있어요. 당신이 만들어낸 이야기 아닙니까."

"그렇게 생각하지 않을 텐데요."

사실이었다. 에드워드는 그렇게 생각하지 않았다. 하지만 그는 여전히 손으로 아내를 다독이며 용감하게 맞섰다. "당신 손톱 아래의 물질은…, 그건 어떻게 된 겁니까? 그 이야기가 빠져 있는데요. 그리고 당신 지문도요."

"내 손톱 아래의 물질은 이 이야기와는 별 관련이 없습니다. 나름의 목적은 달성했지요. 새의 자손들을 두려워하도록 만드는 것이었습니다. 저들은 그 물질의 정체를 알고 있었으니까요."

"그래서 그게 뭐였습니까?"

"자손들의 진액이었지요. 내 다른 인격이 그곳에 심어놓은 겁니다. 하지만 지문이라? 조너선 호그는 실제로 지문을 채취당할까 봐 두려워했지요. 조너선 호그는 인간입니다, 에드워드. 그 사실을 기억해야 합니다."

에드워드는 그에게 지문에 얽힌 상황을 들려주었다. 호그는 고개를 끄덕였다. "알겠습니다. 정말로 오늘도 기억이 나지 않는군요. 전체 인격이라면 알지도 모르지만 말입니다. 조너선 호그는 손수건으로 물건을 닦는 결벽증이 있었습니다. 어쩌면 당신 의자를 닦았을지도 모르지요."

"그런 기억은 없는데요."

"나도 그렇습니다."

에드워드는 다시 싸움을 걸었다. "그게 전부는…, 아니 절반조차도 안 됩니다. 당신이 있었다고 말한 요양원은 어떻게 된 겁니까? 그리고 누가 당신에게 급료를 지급한 거죠? 돈은 어디서 난 겁니까? 신시아가 왜 항상 당신을 그렇게 두려워하고 있던 겁니까?"

호그는 도시 쪽을 바라보았다. 호수에서 안개가 밀려들고 있었다. "그런 이야기를 하고 있을 시간은 없겠군요. 그리고 당신이 믿는지 여부는 중요하지 않습니다. 당신 자신에게도 그렇죠. 어차피 믿을 수밖에 없겠지만요. 하지만 덕분에 한 가지 떠오른 게 있군요. 이건…." 그는 주머니에서 두툼한 지폐 뭉치를 꺼내 에드워드에게 내밀었다. "여러분이 가져가는 편이 좋을 겁니다. 나야 더 이상 쓸 일이 없으니까요. 잠시 후 나는 떠날 겁니다."

"어딜 가는 건가요?"

"나 자신에게 돌아가는 거지요. 내가 떠나고 나면 여러분은 이렇게 해야 합니다. 차에 타고 즉시 남쪽으로 떠나세요. 도시를 통과해서요. 무슨 일이 있어도, 도시에서 한참 떨어지기 전까지는 차의 창문을 열면 안 됩니다."

"왜요? 마음에 안 드는 소린데."

"어쨌든 그렇게 하세요. 일종의… 변화가, 재조정이 있을 겁니다."

"그게 무슨 소리죠?"

"새의 자손들을 처리하는 중이라고 말하지 않았던가요? 그들도, 그들의 모든 작품도."

"어떻게요?"

호그는 대답하는 대신 다시 안개를 바라보았다. 안개가 도시를 뒤덮고 있었다. "이제 가야 할 시간입니다. 내가 말한 대로 하세요." 그는 몸을 돌리기 시작했다. 신시아가 고개를 들고 그에게 말했다.

"가지 말아요! 아직 안 돼요."

"왜 그러나요?"

"한 가지만 알려주세요. 에드워드와 내가 함께할 수 있을까요?"

호그는 그녀의 눈을 들여다보고 말했다. "무슨 뜻인지 알겠습니다. 하지만 나도 모르는 일이에요."

"당신이라면 알 것 아니에요!"

"모릅니다. 만약 여러분 둘 다 이 세계의 존재라면 여러분의 패턴은 동일하게 흘러갈 겁니다. 하지만 비평가들이 존재하니까요."

"비평가들? 그들이 우리와 무슨 상관이 있나요?"

"여러분 중 하나, 또는 두 사람 모두가 비평가일 수 있지요. 나로서는 알 수가 없습니다. 비평가들도 이곳에서는 인간이라는 사실을 기억하세요. 오늘까지는 나 자신도 비평가라는 사실을 몰랐으니까요." 그는 에드워드를 물끄러미 바라보았다. "저 사람도 그럴 수 있습니다. 오늘 문득 그런 생각이 들더군요."

"제가… 말입니까?"

"저로서는 알 도리가 없습니다. 거의 있을 법하지 않은 일이기는 하지요. 우리는 서로를 알아볼 수 없습니다. 그랬다가는 예술 작품의 평가에 영향을 끼칠 테니까요."

"하지만… 하지만… 우리 둘이 같은 존재가 아니라면…."

"그게 답니다." 힘찬 목소리는 아니었지만, 너무나 단호하게 마지막을 알리는 목소리라 그들은 순간 멈칫했다. 그는 만찬의 남은 음식으로 손을 뻗어 포도알 하나를 골라 입에 넣고는 눈을 감았다.

호그는 눈을 뜨지 않았다. 곧 에드워드가 말했다. "호그 씨?" 대답은 없었다. "호그 씨!" 여전히 대답은 없었다. 그는 신시아를 떼어 놓고 자리에서 일어나 호그가 조용히 앉아 있는 곳으로 다가갔다. 그리고 몸을 흔들어보았다. "호그 씨!"

"하지만 이대로 놔두고 갈 수는 없잖아!" 잠시 후 에드워드가 말했다.

"에드워드, 이 사람은 자기가 뭘 하는지 알고 있었어. 우리는 이 사람의 지시에 따를 수밖에 없어."

"글쎄. 워키건에 들러서 경찰에 알리고 갈 수도 있잖아."

"여기 언덕 위에 시체를 두고 왔다고 알린다고? 그 사람들이 '알았어요' 하고 우릴 보내줄 것 같아? 안 돼, 에드워드. 그냥 저 사람이 일러준 대로 하자."

"여보, 정말로 저 사람이 한 말을 전부 믿는 건 아니겠지?"

그녀는 눈물이 그렁그렁한 눈으로 그의 눈을 바라보며 말했다. "당신은? 솔직하게 말해줘, 에드워드."

그는 한동안 그녀와 눈을 마주하다가 곧 시선을 떨구며 말했다. "아, 관두자! 저 사람이 말한 대로 하자고. 차에 올라타."

언덕을 내려와서 워키건으로 돌아가기 시작하자 도시를 삼킨 안개는 사라져버렸다. 남쪽으로 방향을 틀어 도시를 향해 달려가는 동안에도 보이지 않았다. 그날 아침에 그랬던 것처럼 밝고 화창한 날이었다. 공기가 아주 조금 나빠서 호그가 말한 대로 창문을 올리고 가는 것이 현명해 보였을 뿐이었다.

그들은 호숫가 도로를 타고 남쪽으로 향했다. 루프 지역을 들르지 않고 그대로 도시에서 벗어날 때까지 남쪽으로 내려갈 생각이었다. 아침에 출발했을 때보다 차가 조금 더 많아져 있었다. 에드워드는 운전에 집중할 수밖에 없었다. 두 사람 모두 대화를 나눌 기분이 아니었고, 도로 상황이 말을 나누지 않을 핑곗거리를 주었다.

순환 지역을 떠났을 때쯤 에드워드가 입을 열었다. "신시아…."

"응."

"누군가한테 말해야 해. 다음번에 경찰이 보이면 워키건 경찰서에 가서 말하라고 일러놓자고."

"에드워드!"

"걱정하지 마. 수상쩍게 보이지 않고도 조사를 하도록 빙 둘러 말할 테니까. 흔히 하는 수법이잖아. 당신도 알 텐데."

그녀는 남편이 그럴 만한 창의력을 갖추고 있음을 알고 있었으므로, 더 이상 반대하지 않았다. 몇 블록을 더 가서 에드워드는 보도에 서서 햇볕을 쬐며 공터에서 미식축구를 하는 아이들을 지켜보고 있는 순경 한 명을 발견했다. 그는 그 옆쪽 보도로 차를 가져다 댔다. "창문 내려봐, 신시아."

신시아는 그 말대로 했다. 그리고 숨을 흠칫 들이쉬며 비명을 삼켰다. 에드워드는 비명을 지르지 않았지만 그러고 싶은 마음이었다.

열려 있는 창문 밖으로는 햇살도, 경찰도, 아이들도 보이지 않았다. 아무것도 없었다. 회색의 형체 없는 안개가 마치 갓 생명을 얻은 양 천천히 맥동하고 있을 뿐이었다. 도시의 풍경이 보이지 않는 것은 안개가 너무 짙어서가 아니었다. 그 뒤에 아무것도 존재하지 않기 때문이었다. 어떤 소리도 들리지 않았다. 어떤 형체도 보이지 않았다.

안개는 창틀과 하나가 되어 안으로 스며들기 시작했다. 에드워드가 소리쳤다. "창문 올려!" 신시아는 말에 따르려 했지만 손에 감각이 없었다. 그는 그녀 쪽으로 손을 뻗어 직접 창문을 올려서 창틀에 꽉 맞물리게 했다.

햇볕 가득한 풍경이 돌아왔다. 창문 밖으로 경관, 떠들썩한 공놀이, 보도, 그리고 그 너머 도시의 풍경이 돌아왔다. 신시아는 남편의 팔에 손을 얹었다. "출발해, 에드워드!"

"잠깐 기다려." 그는 딱딱하게 말하고 자기 옆의 창문을 보았다. 그는 아주 조심스럽게 창문을 내렸다. 아주 약간, 1센티미터쯤.

그걸로 충분했다. 이쪽 역시 형체 없는 회색 흐름이 둘러싸고 있었다. 창문 유리를 통해서는 도시의 차들과 햇살이 내리쬐는 도로의 모습이 보였다. 열려 있는 틈으로는, 아무것도 보이지 않았다.

"출발해, 에드워드, 제발!"

재촉할 필요도 없었다. 그가 이미 거칠게 차를 몰기 시작하고 있었기 때문이었다.

✳

멕시코만 해안가는 아니지만, 가까운 언덕에 올라가면 멀리 바다가 보이는 곳에 그들의 집이 있었다. 물건을 사 오는 마을은 인구가 8백 명밖에 되지 않는 곳이었으나, 그들에게는 그 정도면 충분한 듯했다. 어차피 자기들 외에는 다른 사람을 만나려 하지도 않았으니까. 남편이 텃밭이나 농지로 일하러 가면, 아내는 들고 갈 수 있는 여자들의 일거리를 가지고 따라가서 옆에서 일했다. 마을로 갈 일이 생기면 그들은 손을 잡고 함께 움직였다. 언제나.

남편은 수염을 길렀지만, 괴팍한 개성이 아니라 그럴 수밖에 없는 일이었다. 그들의 집에는 거울이 단 하나도 없었기 때문이다. 그 외에 어느 공동체에서도 이상하다고 여길 만한 특이한 습관이 하나 있기는 했지만, 그 내용상 가까운 사람조차 알아차릴 수 없었다.

밤이 찾아와서 어둠이 깔리면, 남편은 불을 끄기 전에 수갑을 꺼내어 자신과 아내의 손목에 한쪽씩 채운 다음에야 잠자리에 들었다.

로버트 **A.** 하인라인 중단편 전집· **7**

금붕어 어항

초판 1쇄 발행　2023년 4월 4일

지은이	로버트 A. 하인라인
옮긴이	조호근, 최세진
펴낸이	박은주
편집	강연희, 설재인, 이다영, 최지혜
표지 디자인	김선예
본문 디자인	서예린, 오유진, 이수정, 장혜지, 황혜나
마케팅	박동준

발행처	(주)아작
등록	2015년 9월 9일 (제2021-000132호)
주소	04050 서울특별시 마포구 양화로 156 LG팰리스빌딩 1428호
전화	02.324.3945-6　**팩스**　02.324.3947
이메일	arzaklivres@gmail.com
홈페이지	www.arzak.co.kr

ISBN	979-11-6668-727-3　04840
	979-11-6668-777-8　04840 (세트)